El mundo está cambiando

¿Alguna vez has entrado a una habitación oscura, especialmente de noche, donde se encuentra tu pareja, tu amigo o amiga, tu mamá, tu papá, un primo, un hermano o un conocido que está viendo la televisión? Me imagino que sí.

Está sentado justo enfrente de su aparato receptor con la mirada fija, recibiendo una cantidad inimaginable de información inmediata cuyo primer filtro es la pupila de cada ojo, esas fieles damas comunicativas que nos acompañan sí o sí a donde quiera que vamos, esas gloriosas ventanas del alma que sin derecho a juzgar, se encargan de enviar estos enormes y pesados paquetes directamente al rey cerebro, para que su majestad decida donde demonios ponerlos una vez que le llegan, TODOS AL MISMO TIEMPO. Y sin oportunidad de decidir en ese efímero momento, qué se queda y qué "se va", qué se exhibe en la sala de estar de la memoria a corto plazo, y qué se comprime y se queda guardado en el más recóndito rincón del sótano, empolvándose en un viejo baúl, al punto de ser absolutamente irrelevante…

Sonidos, parloteo, música electrónica corregida y aumentada, licuada bajo 15,000 filtros, mensajes buenos, mensajes no tan buenos, imágenes chispeantes de colores y movimientos pretenciosos, personajes sobreactuados que alardean un glamur chocante, inalcanzable, falso, divertido, veraniego…

Todo provocado por esos millones de escurridizos entes caprichosos a los que llamamos "pixeles", que se confabulan entre sí, a partir de una siniestra inteligencia que no podría ser sino artificial, para mostrar los colores exactos, en la posición exacta, en el tiempo exacto. No hay lugar para el error.

¿Pero qué ves tú cuando te colocas en silencio frente a esa persona, aunque sea por un momento, atrás del televisor?

Su cara de asombro, de sorpresa, de incertidumbre, o tal vez una simple cara inexpresiva, atenta, y de una seriedad sepulcral que indica que probablemente esté viendo las noticias. A eso se reduce todo: un rostro humano iluminado de forma irregular por el parpadeante brillo del monitor de su electrodoméstico favorito, el más querido de la casa. El fascinante súper héroe que viene a salvarnos del aburrimiento y la ignorancia.

Pero tú no sabes lo qué está viendo. Desde tu ángulo únicamente puedes observar destellos de colores que cambian de un momento a otro, proyectándose caóticamente en el rostro de tu prójimo, en los muebles que están cerca, y en general, esos mismos destellos iluminan toda la habitación. En cuanto al audio, escuchas una habladuría con cambios de tono y volumen, pero si acabas de entrar y no estás viendo la imagen, no entiendes nada porque está fuera de contexto, no te enganchas a menos que digan algo muy relevante que despierte tu interés de manera repentina (y entonces correrás a la pantalla a ver qué está pasando), porque tu cerebro está acostumbrado a ver la imagen en sincronía con el audio. No puede existir el uno sin el otro, ahí adentro todo es como en la vida real sin serlo exactamente. Y ha sido así por muchos, muchos años.

Siendo así, poniendo las cosas en perspectiva, ¿te habías detenido antes a pensar en estos pequeños pero significativos detalles? ¿Te imaginas cómo un *simple* aparato que ya damos por sentado en nuestra vida moderna puede producir cambios, no solo en nuestra forma de comportarnos, sino también en un nivel evolutivo trascendental para nuestra especie? La plasticidad cerebral y las conexiones neuronales que fungen como reguladores de todos los procesos del cuerpo humano a lo largo de nuestro tiempo de vida, se modifican constantemente en función a las horas que pasamos frente a una pantalla, y a nuestra forma de interactuar con los avances tecnológicos y científicos que se siguen desarrollando, cubriendo con creces todas nuestras necesidades, e incluso la ilusión de un futuro utópico que haga valer todos nuestros esfuerzos y desventuras como humanidad hasta este punto.

Siendo justos, no hay que dejar de lado que muchísimos de estos inventos, descubrimientos y herramientas que el hombre ha ido cosechando y que hoy podemos disfrutar a manos llenas, han sido también, en ocasiones, nuestra perdición. La jaula infernal que nos atrapa dentro de nuestras propias y más temidas pesadillas, esto es cuando lo anterior mencionado se pone en un camino que no debía ser, se convierte en nuestro verdugo cuando el alma humana sucumbe ante las más bajas pasiones, trayendo una gélida oscuridad que lo envuelve todo.

Prueba y error. Así ha sido todo, así hemos sido nosotros, un experimento que persiste, que crece.

¿Cómo puede algo estar y al mismo tiempo no estar?
¿Cómo puede lo intangible ser al mismo tiempo tangible en otro punto geográfico? ¿Y estar vivo? ¿Y respirar?
¿Cómo podemos acceder al pasado y verlo tal como fue, sin poder intervenir?
¿En qué hemos convertido nuestra realidad? ¿Y hasta qué punto nos envuelve? ¿Qué tan buena es? ¿Qué tan importante? ¿Qué tan mala? ¿Qué tan trascendente? ¿Qué tan divertida? ¿Qué tan terrorífica? ¿Qué tan seria?

Lo más fascinante es que no hay respuestas concretas, sólo hechos interconectados que a su vez nos llevan a otras incógnitas, ese es el combustible que nos mantiene en movimiento y nos convierte en engranes de este monstruoso mecanismo que nunca termina.

Tú sólo ves destellos, y el insistente brillo de la pantalla que ilumina todo, incluso la cara atenta de tu compañero, que no quiere perder detalle. Él que está frente a esa caja de sueños, de lugares remotos y de lugares inexistentes, producto de la imaginación de quién sabe quien, él que desde su quietud devora con vehemencia una alegoría casi fantasmal de impactos publicitarios, drama, música, comedia, terror de ese que te haces pipí del susto, o tal vez simplemente esté viendo un buen documental. No lo sabrás hasta que te pongas frente a la pantalla con aquel, y empieces a compartir su mismo nivel de actividad cerebral y de frecuencia cardiaca.

Cuando al fin decidan presionar ese botón determinante en el control remoto, sólo quedará una fría y plana superficie, de la que nada puede salir para acompañarlos.

Y seguramente también lo has visto a él y a otros frente a su teléfono inteligente, su Tablet, videojuego o lo que sea, en medio de la oscuridad, con su rostro iluminado por ese brillo que parece fascinarles tanto, arrancarles sonrisas, carcajadas, expresiones de interés o de desilusión, mientras frotan con insistencia la fuente de ese brillo con las yemas de sus dedos, tratando de que sus sueños se hagan realidad.

Ellos también son como los personajes de la televisión: están, pero no están. Cuando caemos en engancharnos en el mundo virtual, de maravillas intangibles, aunque sea por unos minutos, podemos seguir estando físicamente, incluso darnos cuenta de lo que pasa a nuestro alrededor, pero al mismo tiempo nuestra mente está en Japón hablando con ese amigo especial, o cazando zombis en ese videojuego tan emocionante, o tratando de perfeccionarnos en Instagram.
La TV es la caja idiota; nosotros somos los inteligentes en cuanto presionamos ese botón de apagado, recordando que *nosotros tenemos el control*, y nos vamos a dormir.

El internet es la caja de Pandora, salen cosas buenas y malas en todas direcciones y sin un plan fijo; la esperanza que queda es el buen uso de esta herramienta, y eso depende de todos.

Los smartphones son el genio que concede muchos de nuestros deseos; no podemos regresarlo a la botella, mas sí podemos dominarlo y darle órdenes, y nunca dejar que sea al revés.

Las redes sociales son ese álbum familiar de fotografías; hay que saber con quién y qué compartir, a nadie le interesa que estabas haciendo el jueves a las 15:44 y qué traías puesto.

En esta antología de ciencia ficción encontrarás historias que no querrás dejar de leer, te mantendrán interesado(a) y muy probablemente, reflexivo(a) y con la mente abierta. Cada una de ellas está inspirada en:

A) Los momentos que ya estamos viviendo, nuestro presente al cual me gusta llamar "la era de lo absurdo", esa en la que cualquier cosa puede pasar y ya no nos sorprendería tanto, este punto al que hemos llegado en el cual gradualmente vamos perdiendo nuestra cordura, sentido común, sensibilidad y capacidad de asombro. Una era en la que la puerilidad más grande que se te ocurra puede ser posible, y podría estar saliendo mañana en los noticieros más serios de tu nación.

B) Las especulaciones que se hacen sobre el futuro, tanto negativas como positivas, con base en lo que hemos aprendido a lo largo de la historia, y los experimentos que se siguen realizando en varias partes del mundo, con un acercamiento también desde una óptica ética, moral y social.

C) Las rimbombantes hipótesis que de unos años para acá son portada en revistas de divulgación científica, de las cuales las que más han logrado seducirme y tengo presente en mis perpetuas noches de insomnio, son: aquella que afirma que el tiempo no existe, que todo es aquí y ahora, y que la diferencia entre pasado, presente y futuro, es sólo una ilusión creada por la mente humana que nos juega sucio al no poder esclarecer la *verdadera realidad*, estando la misma más allá de nuestro entendimiento. El hecho de afirmar, o aun especular que todo lo que vivimos día con día ya ha pasado, pasó, está pasando y pasará, todo en un mismo momento, nos remite invariablemente a cuestionarnos conceptos como el destino y el libre albedrío. Por otra parte, está la hipótesis que versa sobre la remotísima posibilidad de que vivamos dentro de una simulación creada por súper humanos del futuro, derrumbando así, de forma tajante, todos los conceptos que hemos construido desde el principio de los tiempos hasta este punto sobre todo aquello que conocemos como mundo, universo, tiempo, espacio, Dios, el Big Bang, etcétera, obligándonos a redefinir los mismos, partiendo desde cero. Éstas dos hipótesis emergen de una era post-moderna que admite cada vez más el debate y la especulación entre transdisciplinas, aunque algunas de estas especulaciones parezcan descabelladas si se les observa de manera superficial, esto con el fin de enriquecer el diálogo entre expertos de todo el mundo que toman su trabajo muy en serio, insertándose así, en una delgada línea que divide los espectros de Ciencia y Filosofía. O quizá más bien, en el punto de encuentro donde ambos finalmente se unen.

Esta obra, lejos de pretender ser el eterno regaño social que sataniza a la tecnología misma, resultado de la insaciable necesidad del ser humano por obtener más conocimiento e ir más allá de sus límites, inventando lo inimaginable para facilitar la vida principalmente de su misma especie (y muchas veces para destruirla), es más bien una colección de relatos con el fin de entretener, liberando tu imaginación, invitándote a adentrarte en esos espacios virtuales donde encontrarás lo último en tecnología y avances científicos que no siempre son bien usados, esas armas de doble filo que tanto nos atraen, que volvemos parte de nosotros, como los personajes de cada una de las historias. Aquellas que hacemos parte de nuestra vida, y las convertimos en extensiones sofisticadas de nosotros mismos.

¡Que disfrutes este viaje!

Índice

Entró por la puerta de la cocina de su casa, una cocina blanca, iluminada, limpia y muy moderna. Aún era temprano, pues no había tenido la última clase en la preparatoria, que terminaba después de las doce del día. Le gustaba más ese camino que entrar por la puerta principal, era más su estilo. Llegó caminando lentamente, con la mirada fija en la pantalla de su teléfono, texteando con un amigo. Ya frente a la isla, puso ahí su teléfono, sin bloquear la pantalla todavía, y con esa conversación abierta. Se sirvió un vaso de agua fría y se lo tomó todo casi de golpe, miró hacia el frente para despejar la vista y segundos después, al escuchar el sonido de nuevo mensaje en la conversación aún abierta, bajó la mirada hacia su teléfono, sin tomarlo aún, y con el vaso de cristal aún en su mano derecha, sonrió amplia y amistosamente después de leer el mensaje. Ese era Adrián, de 17 años, aunque aparentaba un poco más de edad para algunas personas, pues era alto, de cabello oscuro, complexión ligeramente atlética y una actitud fascinantemente relajada, madura y de autoconfianza. Un rostro blanco y libre de imperfecciones, definitivamente no lucía jamás como una persona promedio de su edad. Básicamente era el tipo que todos querían tener como amigo. Sin embargo, no era demasiado sociable.

Tenía un grupo pequeño de amigos a los que veía muy seguido, casi todos de su misma escuela.

Raúl, su mejor amigo, era con quien estaba texteando al llegar a su casa. En su último mensaje, lo invitaba a encontrarse con él en una cafetería cercana, para platicarle más acerca de una amiga que quería presentarle en una fiesta que estaba muy próxima a llevarse a cabo.

Adrián caminó hacia la sala, dejó su mochila en el sillón, se quitó la chamarra pues ya no hacía tanto frío afuera, la dejó junto a la mochila, se miró brevemente en un espejo que estaba colocado en uno de los muros, se arregló un poco el cabello y salió alegremente hacia la cafetería. Al llegar al encuentro con su amigo, lo saludó apaciblemente, como era su costumbre, sin hacer muchos aspavientos.

Adrián era sumamente educado, pero nunca se veía como alguien aburrido, e incluso cuando dejaba escapar algún gesto, movimiento o expresión de ironía, lo hacía de una forma tan precisa, que a los presentes no les quedaba más que reír a carcajadas y no decir nada más. Nadie lo criticaba. Nadie lo cuestionaba. Tenía un halo de superioridad que inspiraba respeto en todo momento.

Adrián y Raúl conversaron largo rato mientras degustaban su café en una de las mesas que estaba en la parte exterior de la cafetería, que daba directamente a la calle. Se mostraban mutuamente fotos de sus compañeros de clase y otras personas a las que conocían en la pantalla de su teléfono. Seguían explorando Instagram y riendo a carcajadas cuando recordaban algunas de sus anécdotas. Hasta que llegaron al tema de la exnovia de Adrián.

—La fiesta de Alexis será algo fuera de serie, y cada vez falta menos. ¡Definitivamente tienes que ir! Es dentro de tres semanas y va a ir mi amiga Bridget, la de Canadá, ¿te acuerdas que te comenté?

—Sí, aunque…

—¡Nada! -dijo Raúl sonriente, para luego cambiar a una expresión más seria con un aire de preocupación- Desde que rompiste con Mónica ya no has salido mucho, y la verdad te haría muy bien conocer nuevas personas porque…

–¿Y cómo no iba a terminar con ella si descubrí que me engañaba con otro tipo? -interrumpió Adrián enojado-

Hubo un silencio y luego continuó…

–La muy cínica me estuvo viendo la cara todo el tiempo. Ella y el tipejo con el que se estuvo acostando, estuvieron riéndose de mí todo este tiempo.

–Pues por eso mismo -contestó Raúl tratando de animarlo- necesitas olvidarte de todo eso, ¿hace cuánto, desde que andabas con Mónica que no vas a una fiesta?

–Pues ya veremos, tengo muchas cosas qué hacer.

–¡Por favor! ¿Qué es lo que te preocupa?
Eres el mejor de la clase, cada vez obtienes mejores calificaciones y hasta tienes tu laboratorio ese donde haces tus experimentos raros y nunca dejas entrar a nadie.

Las palabras de su amigo hicieron sonreír con orgullo a Adrián.

–Tienes razón, hay un tiempo para todo.

–Entonces, ¿cuento contigo para que me acompañes a la fiesta?

–Sí, quiero conocer a la tal Bridget.

–Seguramente caerá rendida a tus pies, don galán.

Ambos rieron.
Al ver que Adrián ya estaba más relajado otra vez, Raúl se atrevió a preguntar confiadamente…

–Oye, ¿y tú crees que el bebé que está esperando Mónica sí sea del tipo ese con el que te puso el cuerno?

–¡Quién sabe! Sabrá Dios con cuántos más se habrá acostado la muy zorra.

–Oye, pero a mí me dijo que ya se habían hecho la prueba express de ADN…

–¿en serio? -interrumpió Adrián sorprendido, volteando a ver a Raúl a los ojos.

–… y que salió positiva. ¡Sí! Mira, hasta me mandó una captura de la app. ¡No la había visto hasta ahora! -y le mostró la captura en un mensaje a Adrián.

–Entonces finalmente se la hizo. -dijo Adrián pensativo.

–Sí, y al parecer sí es de ese tipo. Yo al principio no sabía si creerle, porque ya sabes la reputación que tiene ahora… pero ya ves, aquí lo dice claramente en la captura, y esa aplicación es muy efectiva, todo el mundo la usa y es recomendada por médicos, no hay margen de error.

La app de la que Raúl hablaba era una que, a través de un pequeño dispositivo electrónico, que se conectaba al smartphone, podía medir la compatibilidad genética de dos seres vivos y hacer exámenes de paternidad en cuestión de segundos, entre otras cosas.

Mónica tenía cinco meses de embarazo, bastó con una pequeña muestra de líquido amniótico y otra de la saliva de su amante depositados en dos pequeñísimas bases circulares de vidrio conectadas al dispositivo medidor a través de circuitos metálicos. La prueba arrojó que, efectivamente, el padre del bebé era el mismo con quien Adrián había sorprendido a Mónica besándose afuera de un hotel.

–Cuando ustedes dos terminaron y se descubrió todo, ella me contactó diciéndome que estaba arrepentida, yo le dije que yo no era quién para juzgarla, pero obviamente me molestó mucho lo que te hizo, tú eres como mi hermano. Y francamente no sé porqué sigue escribiéndome, si yo le contesto cada vez más cortante, y a veces hasta la dejo en visto.

–Seguramente necesita desahogarse con alguien la pobre infeliz. - dijo Adrián con desprecio rencoroso, mientras se llevaba a la boca otro pan dulce.

–Sí, ¡y mira! Acaba de escribirme otro mensaje. ¿Qué no se cansa?

–¿Qué es lo que te dice?

–¡Ja! Dice que el tipo ese se fue de viaje hace casi tres meses y no le dijo a donde, le dijo que volvería en un mes para que juntos decidieran qué hacer antes de que nazca su hijo, pero que primero tenía que encargarse de algo importante. El asunto es que no ha regresado ni ha vuelto a saber nada de él, y la muy estúpida ni siquiera sabe cómo localizar a sus padres o algún familiar porque tampoco sabe donde exactamente vivía… ¿¡Te das cuenta!?

–Interesante. -dijo Adrián aún serio, pero con cierta satisfacción en su rostro.

–Y aún hay más: los papás de ella tampoco están en casa, andan de viaje y le dijeron que no sabían cuando regresarían y que se las arreglara como pudiera con su embarazo no deseado, está completamente devastada, hundida en sus lágrimas y sin saber qué hacer. ¡No cabe duda de que todo se paga en esta vida!

–Ella aún no paga lo que me hizo, Raúl. -dijo Adrián todavía pensativo y mirando hacia otro lado.

–¿No te parece suficiente castigo todo lo que le está pasando? Está completamente abandonada por todos, deprimida, juzgada. Su vida es una porquería de proporciones colosales.

–Nunca es suficiente, Raúl. Nunca es suficiente. -dijo Adrián con una pequeña sonrisa maliciosa recién dibujada en su rostro.

Raúl lo vio con curiosidad, y antes de que pudiera formular cualquier pregunta, Adrián dijo:

–¿Nos vamos?

Raúl y Adrián se levantaron de su mesa y dejaron la cuenta pagada.

Al regresar a su casa, los padres de Adrián ya habían llegado, saludaron a su hijo y le preguntaron a donde había ido, y él les dijo que a tomar un café con Raúl y que estaban planeando ir a una fiesta.

–Y… ¿cómo estás? -preguntó Dalila cerrando su laptop y quitándose los lentes para concentrar toda su atención en su hijo.

–Mamá… ¡no otra vez! -contestó Adrián mirándola a los ojos. -Ya te dije que estoy bien, Mónica pertenece al pasado desde hace mucho.

Sacó a Tzugi de su jaula, un pequeño hámster que la familia había adquirido hacía unos meses, y él disfrutaba acariciar y ponerlo en su cara para que le hiciera cosquillas. Después de juguetear un poco con Tzugi, lo regresó a su jaula y le puso un recipiente con agua nueva.

Acto seguido, Adrián subió a su recámara después de recoger su mochila y su chamarra de la sala.

Noé, el padre de Adrián, y su esposa Dalila siguieron conversando en la cocina. Noé que estaba buscando unas manzanas en el refrigerador, cerró la puerta de este y le dijo a Dalila, quien aún mostraba una ligera preocupación:

–¡Ya, quita esa cara! Nuestro hijo está bien. Y estaría aún mejor si no se la recordaras cada vez que tienes oportunidad.

–No lo sé, Noé, no lo sé. Es que… para estar tan enamorado, lo superó muy pronto, ¿no crees?

–Así son los jóvenes hoy en día. A mí me da gusto que haya tomado con tanta madurez lo que le pasó, y que mejor siga concentrado en sus estudios. Y me da gusto que vaya a ir a una fiesta, hace mucho que no salía con sus amigos, ¿no crees?

–Sí, seguro tienes razón. – contestó Dalila.

Noé la abrazó por atrás y le dio un tierno beso, mientras ella seguía sentada. Dalila volvió a colocarse sus lentes para ver de cerca, abrió su laptop y siguió con lo que estaba haciendo.

Dalila y Noé estaban tan enamorados como el primer día, y felices de tener un solo hijo.

–Adrián es muy inteligente, Dalila. Él sabe cómo manejar sus emociones a la perfección -dijo Noé mientras caminaba hacia la sala y luego a la puerta de entrada hacia su oficina.

–Bueno, te dejo porque tengo que llamar al ingeniero Alcázar, y ya sabes que las conversaciones con ese viejo pesado duran, por lo menos, hora y media.

–¡Suerte con eso! -dijo Dalila riendo para luego continuar trabajando.

Así pasaron varias horas, hasta que los padres de Adrián salieron para ir al cine.

Cuando Adrián se percató de que ya no había nadie en casa más que él, bajó a la sala y luego se dirigió a una escalera que daba a un sótano, es ahí donde Adrián tenía su laboratorio experimental.

Abrió la puerta con su huella digital como siempre, después de entrar, la puerta se cerró detrás de él, quedando sellada por un mecanismo magnético. Aquella era una puerta de cristal blanco y marco metálico, que no dejaba ver nada hacia el interior.

Su laboratorio, era un lugar amplio, luminoso, y aún más limpio y más blanco que la cocina. Nada ahí estaba por casualidad, nada estaba fuera de lugar. Todo alrededor eran microscopios, máquinas de rayos X, computadoras ultramodernas, tubos de ensayo, toda clase de máquinas extrañas, pequeños robots colaboradores, guantes de látex, gafas de seguridad, pinzas, batas de laboratorio limpias en extremo, y de un blanco que deslumbraba. Toda clase de pequeños instrumentos de nivel quirúrgico, lámparas, láseres, sustancias químicas perfectamente embotelladas en cantidades exactas, y perfectamente selladas, varias mesas metálicas, gavetas, extintores, y muchas otras cosas de esa misma naturaleza. Todo en su lugar, todo impecable.

Cuando en algún momento, por cualquier razón, alguien iba a tocar la puerta o lo llamaba a su celular, Adrián se molestaba, el laboratorio era más que un santuario para él, requería de su absoluta concentración y entrega. Estando ahí, siempre les daba continuidad a las cosas, no le gustaba dejar nada a medias. Había ya llevado a cabo varios experimentos científicos exitosos él solo, sin ayuda de nadie más que sus robots.

Por estas razones, Adrián prefería apagar su celular cuando entraba al laboratorio, tal como lo hizo ese día.

Después de ponerse su habitual bata blanca, sus guantes de látex y sus lentes de seguridad, Adrián se dirigió a una de las mesas y tomó una pipeta de una gran caja de plástico transparente donde había cientos de ellas, obviamente todas esterilizadas.

Fue hacia uno de sus mejores microscopios, el más avanzado, y colocó una placa de Petri, para observar, orgulloso, a un grupo de nanobots que recién había creado.

Tomó la pipeta, y absorbió a los nanobots para después guardarla en una bolsa de sellado hermético.

Al día siguiente, Adrián se fue a la preparatoria como cualquier otro día, después de alimentar a Tzugi y darle un paseo por la casa en su hombro, lo sacó hasta el patio pues quería que le diera la luz del sol y el aire fresco. Luego lo regresó a su jaula.
En los pasillos de su escuela, nadie se atrevía a hablarle, pero todos volteaban a verlo, fascinados con su autoconfianza y su

apariencia saludable y enérgica. Ya estando en clase, como se aburría con las explicaciones tan básicas del sr. Samuel Fábregas, su profesor de Biología, se puso a platicar con Raúl y con otros dos amigos, que también eran sus compañeros de equipo en la actividad que estaban por realizar, el profesor Fábregas se dio cuenta de que no le prestaba atención, y le dijo seriamente:

–Adrián, ¿serías tan amable de explicarnos en qué consiste la teoría de la síntesis abiótica?

Fábregas asumió que, como su alumno no lo estaba escuchando, no sabría responder lo que acababa de explicar, ya que no contaba con ese conocimiento y por tanto quedaría en ridículo frente a todo el grupo, y él podría hacer ver su punto de porqué es tan importante prestar atención a cada detalle de la clase.

Adrián volteó tranquilamente, se levantó de su asiento, y con una serenidad casi arrogante, viendo a los ojos a su profesor, contestó:

–¡Claro! La síntesis abiótica, también llamada teoría fisicoquímica, fue enunciada durante la década de 1920 por el biólogo soviético Alexander Oparin, y por el británico Haldane, la cual explica que los primeros seres vivos en el planeta fueron el resultado de reacciones químicas provocadas por el efecto que tuvieron las condiciones de temperatura, actividad eléctrica y radiación solar en la atmósfera primitiva sobre las únicas sustancias que en aquel momento existían en la misma, las cuales son: hidrógeno, metano, amoniaco, vapor de agua, ácido sulfhídrico y dióxido de carbono en menores cantidades. Lo que plantea es que la vida surgió de forma aleatoria a través de una compleja progresión de compuestos simples a compuestos orgánicos autorreplicantes.

Hubo un silencio. El profesor Fábregas volteó brevemente a ver a los demás alumnos, que estaban atentos a la respuesta de Adrián, casi se podría decir que no parpadearon, y sostenían la respiración. No estaban distraídos ni susurrando como hacía apenas un minuto. No había ruidos de fondo.

–Está bien. -dijo el profesor, regresando su mirada hacia Adrián, el cual lo miraba con desprecio.

–¿Alguna otra preguntita? -dijo Adrián entrecerrando los ojos con una mordacidad autocontrolada.

–No, siéntate y guarda silencio.

–Ah. -replicó Adrián mientras regresaba a su posición inicial con una sonrisa irónica recién dibujada en su rostro.

Saliendo de la escuela, conversaba con sus compañeros de equipo mientras se dirigía a la puerta principal.

–¡Sin duda hoy acabaste con ese pelmazo!
–¡Sí, lo hiciste papilla!
–Eso fue increíble, amigo. En serio te luciste.
–Eres el único que puede poner en su lugar a ese mediocre.
Con la orgullosa mirada al frente, Adrián se limitaba a decir con desdén:

 –Sí, sí. Lo sé.

Raúl le dijo que si quería ir a jugar videojuegos a su casa, ya que era viernes y tenían todo el fin de semana para hacer tareas. Adrián contestó que más tarde, ya que primero tenía algo importante que hacer después de comer.

Al llegar a su casa, su mamá nuevamente lo interrogó sobre la escuela, su estado de ánimo y si no había alguien que despertara su interés amoroso. A lo cual Adrián le contestó con una aguda ironía, haciéndole ver, descaradamente, que no era psicóloga, que él estaba bien y sabía lo que hacía, igual que siempre. Y que ahora se encontraba más feliz que nunca porque tenía maravillosos planes para su futuro.
Le dijo que mejor se dedicara a escribir sus recetitas de cocina en su blog, ya que cada quién sabe para lo que es bueno y debe dedicarse exclusivamente a eso si quiere crecer en la vida.

Cuando terminó de comer, se dirigió a casa de Mónica, quien al principio no quería recibirlo, pero él la convenció de que iba en son de paz.

–Gracias por dejarme entrar a tu casa, después de todo lo que te hice y las cosas horribles que le he dicho a todo el mundo de ti. Pero te prometo que ya no será así. Quiero decirte que ya me di cuenta de que todos cometemos errores y te perdono, igual espero que tú me perdones a mí.

–Me siento muy sola, Adrián. No sé qué hacer. Ya ni mis amigas me hablan, es como si de pronto todo el mundo me odiara. Sólo voy a tener un hijo, ¿a caso es eso tan malo? Si he de criarlo yo sola, lo voy a hacer. Ya no tengo miedo. Por ahora es lo único que me da fuerzas.

–Te entiendo.

En ese momento Mónica empezó a sollozar, y Adrián, fingiendo una compasión que no sentía, le dio un pequeño abrazo y le dijo que todo estaría bien, y que por lo que algún día sintió por ella, le prometía que podía contar con él para cualquier cosa.

–¿Ya más tranquila? -preguntó Adrián mostrando un falso interés- Sé que he hablado muy mal de ti, pero es porque estaba enojado. Ahora que ha pasado un tiempo, y que las cosas se han calmado, necesito que sepas que ya no te guardo ningún resentimiento. Hay que recordar los buenos momentos que pasamos juntos. -Adrián mostraba una sonrisa benevolente y compasiva.

Mónica también sonrió y Adrián le dijo que si no sería mucho pedirle un café, y así terminaban la conversación armoniosamente.

Mientras Mónica fue a preparar el café, Adrián subió al baño, pero antes fue de forma sigilosa a la recámara de ella, y rápidamente sacó la bolsa de su mochila, aquella donde había guardado la pipeta que contenía los nanobots. En pocos segundos vació todo el contenido de la pipeta sobre la cama de su exnovia y salió apresurado.

Supuestamente ambos quedaron en buenos términos, y Adrián regresó a su casa, entró a su laboratorio, encendió uno de los ordenadores y abrió un programa para, acto seguido, escribir rápidamente un código de programación que parecía haberse aprendido de memoria. Era un código para programar a distancia a los nanobots y que hicieran su voluntad.

Sus dedos navegaban sobre el teclado de una forma acelerada y perfecta, no cometía ni un solo error. Parecían flotar en el aire sin siquiera tocar los botones. Todo lo tenía planeado, era como sí él mismo fuera una máquina, no tenía que borrar nada, no había nada que corregir. Y con cada tecla que presionaba, parecía aumentar gradualmente su satisfacción, la cual se veía en su cara, en su sonrisa tremendamente maliciosa.
Si alguien hubiese estado ahí para verlo, para observar esa maníaca expresión de cerca, habría sentido un escalofrío que sube hasta la cabeza en forma de hormigueo, de esos que dan cuando sabes que algo anda mal, cuando tienes un mal presentimiento.

Al finalizar y apagar el monitor, se dirigió a la puerta para salir de su inmaculado santuario científico, pero ésta no abrió de inmediato, y cuando lo hizo, se quedó a medias. Adrián fue por una caja de herramientas y se dispuso a repararla, luego fue con su amigo y se disculpó por llegar más tarde de lo acordado.
Pasó la noche en casa de Raúl, y el día siguiente regresó a la suya, se puso a leer y luego bajó al laboratorio nuevamente, para revisar una vez más su monitor, y cerciorarse de que todo siguiera en orden.
Pero cuando quiso entrar, no pudo tener acceso porque la puerta no abría, así que fue al garage por unas herramientas que ahí guardaban, y furioso, empezó a desarmar la puerta por fuera, y el sistema de reconocimiento de huellas digitales.

Su padre, Noé, al escuchar tanto ruido de cosas metálicas sobre el suelo, decidió bajar a ver qué pasaba.

–Hijo, ¿qué pasa? ¿qué es todo ese escándalo?

–¡Esta basura! Pensé que había logrado repararla pero ahora no funciona con el lector de huellas digitales. Parece que tendré que dejarla así, por ahora tendré que conformarme con que abra automáticamente, sin necesidad del lector.

–Bueno, tranquilo. No pasa nada, ya lo arreglarás después. Además nadie entrará a tu laboratorio, no es para tanto.

Adrián no podía ocultar su furia.

–¿Sabes? ¡Detesto que pasen éstas cosas! Detesto la imperfección. No puedo con eso.

–Adrián, por favor. No todo tiene que ser perfecto siempre, en la vida te vas a encontrar…

–¡No! ¡En mi vida no! ¡En mi vida todo tiene que ser perfecto! ¡¡¡No puede ser de otra forma!!! Tú y mi madre me programaron para ser perfecto, ¿no es así?

–Bueno, no fue exactamente así, para empezar. Y además debes de entender que las cosas que se salen de tu control debes dejarlas ir y no engancharte, de otro modo, estarás cargando constantemente con un estrés innecesario.

Adrián terminó de reparar la puerta pero no consiguió el nuevo lector de huellas digitales, así que tuvo que comprarlo por internet, pero le llegaría hasta dentro de seis semanas, ya que lo llevaban desde muy lejos.

Se llegó el día de la fiesta de Alexis. Adrián había movido sus influencias no sólo para que las tres mejores amigas de Mónica volvieran a hablarle, si no para que la convencieran de ir a la fiesta, y así fue.

–Mira, ella es mi amiga Bridget, de la que tanto te he hablado. -dijo Raúl

–Mucho gusto, Bridget.
–Mucho gusto, Adrián.

Bridget era delgada, con un cabello lacio muy oscuro y largo, y
una mirada dulce. Era bonita y amable.

Adrián y Bridget conversaron por un largo rato, Raúl los había
dejado solos con el pretexto de ir a seleccionar una mejor playlist y
preparar más bebidas.

Cuando llegó Mónica, acompañada de sus amigas, Adrián desvió
la mirada un poco, pero inmediatamente volvió a la conversación
con Bridget y fingió no advertir su presencia.

Todos volteaban a ver a Mónica, la exnovia de Adrián.
Algunos murmuraban, y de un momento a otro se volvió tema de
conversación entre casi todos los presentes. Raúl y Alexis
comentaban que después de tanto tiempo de no verla, ¿cómo se le
ocurría presentarse así como así y en su estado?

Algunas chicas comentaban que era una zorra, otras decían que por
más que se esforzó en verse bien para la fiesta, ese vestido de
maternidad y su horrible cabello y aspecto desaliñado no le
ayudaban en nada.

Mónica, por su parte, apenas si caminaba por ahí, algunos la
saludaban, otros no, y ella trataba de parecer tranquila y
despreocupada, pero en realidad estaba nerviosa, se sentía fuera de
lugar.

En la terraza, vio a lo lejos a Adrián, y levantó la mano para
saludarlo tímidamente, pero él la vio y no le hizo caso. Ella pensó
que tal vez no se había dado cuenta.
Sus amigas pronto la dejaron sola para ponerse a platicar con otros
conocidos, ella, sin saber qué hacer, se dispuso a mirar a su
alrededor buscando alguien con quién conversar. Pero estaba
demasiado incómoda.

Adrián, quien le pidió a Bridget que lo esperara para ir por otra bebida, se dirigió hacia el interior de la casa. Antes de llegar a donde las bebidas, Mónica lo interceptó en medio de la música y el bullicio con toda clase de aspavientos, ya que Adrián fingía no escucharla.

–Sí, dime. -volteó Adrián con una gélida indiferencia.

–Quisiera hablar contigo un momento.

–¿Cómo dices?

–¡Que quiero hablar contigo! Te necesito… Necesito hablar con alguien.

–Está bien, pero vamos a un lugar donde no haya tanto ruido.

Ambos se dirigieron hacia la entrada de la cocina, donde el ruido ya no era tan fuerte y pudieron entenderse.

–¿De qué quieres hablar?

–Pues… en realidad… no lo sé. De tantas cosas. Es decir, bueno… mis papás no han regresado de viaje, mis amigas ya me hablan pero no son conmigo como eran antes. Siento que no tengo a nadie y el bebé… -en ese momento agachó la mirada y las lágrimas se apoderaron de ella- el bebé… estoy muy preocupada, hace una semana que no lo siento moverse dentro de mí. Es… como si… no quiero ni pensarlo. ¡Dios mío, Adrián!

Se puso las manos en la cara y empezó a llorar desconsoladamente.

Adrián apartó sus manos, le levantó la cara hacia él desde la barbilla, y le dijo:

–¿Y qué quieres que yo haga? Necesitas ver a un doctor para estar segura de que el bebé está bien.
Yo no soy médico.

–Tienes razón, lo siento. Pero es que como tú dijiste...

–Tienes una cara espantosa, Mónica. ¿Acaso lo único que sabes hacer ahora es llorar? Estás arruinando la fiesta. Si te sentías tan mal, no hubieras venido.

Adrián se dirigió de nuevo hacia la fiesta, buscando como si nada la mesa donde estaban las bebidas, para servirse una, Mónica lo siguió para seguir intentando hablar con él y que le explicara su comportamiento, pues no podía creer que se estuviera portando tan frío con ella, después de que estuvo en su casa hablándole tan dulcemente y ofreciéndole su apoyo.

Llegó un momento en el que, después de haberse Adrián servido la bebida, Mónica lo jaló del brazo para que volteara a verla.

–Adríán, ¿¡qué te pasa!? ¿Porqué me tratas así? Todo lo que hablamos...

El movimiento brusco provocó que Adrián vaciara el contenido del vaso sobre su ropa, para entonces algunos invitados ya se habían dado cuenta de la discusión, y estaban atentos a lo que pasara. Adrián se puso furioso.

–¡¡¡¿Qué te pasa, estúpida?!!! ¡Mira lo que hiciste!

Mónica estaba muy nerviosa y se sentía cada vez más mal. Desorientada. Confusa.

–¡Ya no quiero nada contigo! ¿Puedes entenderlo?
No quiero absolutamente nada, tú me traicionaste y eso no puedes borrarlo. Ten dignidad y no vengas ahora a buscarme y a rogarme.

En este punto, ya habían llamado la atención de toda la gente y todos estaban observándolos sorprendidos, el DJ había bajado la música casi al mínimo porque advirtió que algo pasaba y también él quería saber. Era un caos. El ambiente estaba muy tenso. Adrián se dio cuenta de esto y lo aprovechó para seguir gritándole sus verdades en la cara a Mónica, para humillarla enfrente de todos, sin piedad, de la forma más cruel.

–¡Eres una zorra! Eso es lo que eres, lo que siempre has sido. Y todo el mundo aquí lo sabe -decía Adrián señalando a todos en la fiesta- Por eso nadie te quiere. ¡Ni tus papás te quieren! Lo mejor que puedes hacer es esconderte donde nadie te vea, que se olviden de que existes para que dejen de burlarse de ti, lo único que haces es causar lástima y repulsión.

Mónica estaba débil. Tenía los labios secos y estaba pálida, su mirada perdida en los ojos furiosos de Adrián, sin saber qué hacer, sin saber a donde irse, unas lágrimas rodaban por sus mejillas recorriendo todo su rostro estático, aterrorizado.

Lo único que en ese momento la sostenía en pie era la vergüenza de sentir todas las miradas encima, juzgándola.

Pero no pudo resistir más, sintió un abrupto movimiento desde el fondo de su estómago, y un frío bajando por sus piernas, mientras Adrián seguía gritando y maltratándola enfrente de todos los que algún día fueron sus amigos y conocidos en común.
Se le rompió la fuente.
Algunos gritaron de la sorpresa, otros decían "qué asco", y se volteaban al ver esos chorros de líquido bajando por las piernas de la pobre Mónica, acompañados de un olor terriblemente fétido que rápidamente se extendió por toda la habitación donde se desarrollaba la fiesta. Aquello era un miserable espectáculo, el escenario era ese espacio donde Mónica estaba en medio de todos y de todo, donde se rompían su fuerzas, donde cada palabra, cada gesto, cada burla y cada cara desencajada a su alrededor, quebrantaban un poco más su dignidad, y disipaban la mínuscula sombra que quedaba en ella de lo que algún día fue, de aquella muchacha alegre y simpática, con alegría por vivir. Y se desmayó.

Raúl se acercó de inmediato, junto con el DJ a levantarla del suelo, lanzando una breve mirada incriminatoria a Adrián, quien permanecía de pie, viendo hacia abajo a donde estaba Mónica, como si fuera una cucaracha que acababa de aplastar, con una expresión de asco y desprecio absoluto.

Hasta Bridget que nunca la había visto antes, sintió compasión por la pobre chica, y se acercó para ver en qué podía ayudar.

Entre los tres la llevaron de inmediato a un hospital, y permanecieron ahí casi toda la noche con ella.

Todos los demás se fueron de la fiesta poco a poco, y Adrián llegó a su casa como si nada.

Dalila estaba en su recámara muy atenta a un documental que estaban pasando en la TV sobre delfines y otros mamíferos que por su inteligencia, se estaba pensando en otorgarles los mismos derechos que a cualquier ser humano. El narrador hablaba de que en algunos casos, lo único que les impide a los delfines ser igual que nosotros y hacer lo que hacemos, son sus características físicas. El hecho de que no comparten las mismas extremidades que un ser humano y no pueden desplazarse como nosotros, ni construír cosas o hablar. Ese documental dejó muy pensativa a la madre de Adrián, y justo en ese momento, mientras sostenía el control remoto entre su mentón y su mano derecha, entró su hijo, abriendo la puerta con toda confianza.

–Hijo, ¿cómo estás?
–Bien mamá, vine a darte las buenas noches.

Adrián se acercó, se sentó en la cama y le dio un beso en la frente, como un hijo cariñoso que no rompe un plato.

–¿Tan pronto terminó la fiesta? Yo pensé que vendrías mucho más tarde.
–Sí, es que todos estaban muy cansados, creo que mañana hay examen o algo así, y tenían que estudiar, ya sabes.
–¿Y tú? ¿Cómo estás? ¿Cómo te fue en la fiesta, la pasaste bien?
–¡Mejor que nunca! Fue la mejor noche de mi vida, se podría decir -respondió Adrián con un suspiro de satisfacción y una sonrisa que dejó desconcertada a su madre-.

–Y de lo otro, pues yo no estoy cansado ni tengo que estudiar, ya sabes que para mí, cuando hay examen, es como cualquier otro día de escuela.

Al día siguiente, se sentía un ambiente tenso en toda la preparatoria, todos volteaban a ver a Adrián por donde pasaba, para inmediatamente después apartar la mirada y seguir con sus asuntos.

Cuando llegó a su salón, estaban todos hablando de lo mismo, de la noche anterior y de Mónica. Pero él ya lo sabía, y le tenía sin cuidado. Se acercó a donde estaban las tres mejores amigas de Mónica comentando, y con una cara las tres como si hubiesen visto un fantasma, y escuchó algunas palabras entre murmullos, y ellas levantaron la mirada hacia él.

–¿Hablando de Mónica? No se preocupen, pueden continuar. A mí ya no me afecta.

–Adrián… tú… ¿tú sabes lo que le pasó a Mónica? -preguntó una de ellas-

–Sí, lo sé, estuve ahí, ¿no se acuerdan? Se le rompió la fuente y a la zorrita se la tuvieron que llevar al hospital para dar a luz a su hijo bastardo. ¿Y qué?

Voltearon a verse las tres, asustadas, y luego volvieron la mirada hacia él.

–Adrián, su hijo nació muerto. Si es que eso es nacer… estuvimos ahí anoche porque estábamos preocupadas por ella y…
–El doctor nos dejó esperar y ver todo desde afuera…
–Fue algo horrible, jamás en mi vida había visto o… me hubiera imaginado… algo así.
–El cuerpo del bebé estaba completamente negro, como podrido, y olía horrible. Era como si nuestra amiga hubiera tenido todo este tiempo pedazos de fruta podrida dentro de ella… tuvieron que sacar el cuerpo en varios pedazos, era una mezcla de vísceras malformadas, sangre y carne calcinada.

–Todo lo que vimos anoche… fue…

Las tres tenían una cara aterrorizada mientras contaban todo lo ocurrido la noche anterior en el hospital. Adrián las observaba y escuchaba con orgullo y paciencia, tratando de disimular su fascinación pero sin esforzarse por fingir sorpresa o terror.

–¿Tú… sigues odiándola por lo que te hizo?

–No. -contestó Adrián- Me es completamente indiferente, ya se los dije.

–Pero Adrián, lo que le pasó es horrible, no te imaginas lo deprimida que está, no tiene ganas ni de hablar.

–Sí, y lo que le pasó a su bebé es tan extraño… el mismo doctor tenía una cara de espanto que no podía disimular. Nos dijo que en toda su carrera jamás había experimentado algo de esa naturaleza, y que simplemente no se explica que fue lo que ocurrió y cómo pudo ser.

–Nos dijo que lo que le ocurrió a Mónica con su bebé no tiene una explicación científica lógica.

–De verdad, Adrián, fue espantoso. Algo así no se lo desearía ni a mi peor enemigo… ¿no piensas ir a verla?

–No. -dijo Adrián con desdén- Tengo muchas cosas que hacer en mi laboratorio y aquí en la escuela, soy un estudiante brillante y no pienso renunciar a ese título. Ya me divertí anoche en la fiesta, ahora es momento de retomar mi rutina y mis investigaciones científicas. Prontó ingresaré a la universidad y…

Una de las tres amigas de Mónica se atrevió a enfrentarlo, levantándose de su asiento y levantándole la voz en su cara, mientras las otras dos trataban de sentarla y le decían que se tranquilizara.

–Si eres un excelente estudiante es porque tus padres pagaron por modificar genéticamente tu ADN antes de que nacieras. Pero por todo lo demás eres un ser humano común y corriente, ¡como cualquiera de nosotros! ¡Deja ya de sentirte superior!

Adrián sonrió cínicamente y se marchó, mientras la chica que se atrevió a desafiarlo, se sentó de nuevo con sus asustadas amigas.

En el camino a la salida, se encontró con Alexis, quien también estaba aterrorizado por lo que le pasó a Mónica, y aunque llegó después del parto al hospital, alcanzó a ver parte del feto calcinado que yacía sobre una fría mesa de quirófano envuelto en gasas y toallas, mientras el doctor le explicaba todo lo que pasó. Adrián respondió con el mismo cinismo cuando Alexis inició una conversación sobre el tema.

Todos, incluso su mejor amigo, coincidían en que el comportamiento de Adrián era sumamente extraño. Días después, el profesor Fábregas convocó a una reunión con los padres de Adrián y el director de la escuela, para tratar el tema del comportamiento de su hijo. Lo primero que hizo fue contarles lo que había pasado en su clase hacía unas semanas, cuando Adrián "desafió su autoridad" respondiendo con soberbia a sus preguntas y ridiculizándolo frente a todo el grupo. Él consideraba que gradualmente le había ido perdiendo el respeto, y así lo expresó. De igual forma, narró todos los eventos ocurridos con Mónica, quien en un momento de desesperación acudió a él, porque necesitaba que alguien la escuchara realmente, alguien con experiencia, que pudiera darle algún consejo. Reponiéndose un poco de su angustiosa depresión, ella le contó todo lo que había pasado, desde su relación con Adrián, hasta su ruptura, sus mensajes, todo lo que hizo para desprestigiarla, su inusitada visita y finalmente la humillación que le hizo frente a todos y la extraña forma en que su bebé murió dentro de ella.

Mónica se reconcilió con sus padres cuando regresaron de viaje, y horrorizados por todo lo que pasó y con miedo a que la depresión de su hija se agudizara, decidieron mudarse a Canadá los tres, para no dejarla sola nunca más.

Pero aquella tarde, el profesor Fábregas, el director y los padres de Adrián tuvieron una larga conversación, en la cual salieron a relucir muchas cosas, y que incluso el mismo Noé comentó que en varias ocasiones había entrado al laboratorio de su hijo sin que éste se diera cuenta, para ver en qué andaba. Y encontró varios libros e investigaciones sobre nanotecnología en su escritorio, así como algunos instrumentos pequeños y soluciones químicas recién preparadas en tubos de ensayo y matraces. Sospechaba que Adrián estaba trabajando en algo muy importante para él y que celosamente ocultaba a todos por alguna oscura razón. Inevitablemente empezó a conectar puntos junto con su esposa, después de aquella larga charla. El extraño comportamiento de su hijo, a veces grosero e irritable, otras sigiloso, o tranquilo, o serio. Cada vez era más notorio que algo lo tenía inquieto y molesto, y su madre siempre supo que no era normal que hubiera tomado con tanta tranquilidad su ruptura amorosa con Mónica, después de su traición. Por otro lado estaban sus extraños experimentos en los que, de unos meses para acá, trabajaba por largas horas en el laboratorio sin dejar entrar a nadie, y de los que jamás hablaba, pues siempre que se le interrogaba por simple curiosidad, contestaba con evasivas, argumentando que todo su trabajo eran meras aproximaciones científicas sin una aplicación o trascendencia inmediata, y que quizás le llevaría años descubrir algo importante, como la creación de un material nuevo o alguna medicina. Por tanto, era irrelevante hablar sobre un trabajo no terminado.

Dalila y Noé decidieron hablar con una psicóloga que quizás podía ayudar a Adrián, que pudiera sacar algo en claro, enseñándolo a lidiar con sus emociones. Pero Adrián no aceptó. Insistió en que él estaba bien y que no necesitaba ninguna clase de terapia, y además, según sus propias palabras, seguramente se aburriría mucho hablando con ella, por considerarla de un "rango inferior".

—Todos los psicólogos son iguales, es más parloteo que conocimiento. Su inteligencia no da sino para repetir las mismas cosas que durante años han repetido infinidad de profesionales de la salud mental, no aportan nada nuevo, porque no tienen criterio para proponer. Esa gente que se siente la gran cosa por tener su propio consultorio, sólo está esperando cobrar lo de la "terapia" de 45 minutos, que no es más que una sucesión retórica infinta construída con las mismas palabras del paciente.

—Pero hijo, debes de entender, tu papá y yo estamos muy preocupados. Últimamente te comportas de una manera extraña, evasiva. Antes nos tenías más confianza, y ahora… no sé, eres otro.

—Mamá, ¡no me pasa nada! Ya te lo dije. Todos tenemos cambios de humor, y el que ya no les cuente todo no significa que soy diferente, sólo estoy creciendo. Eso es normal. ¿Cuándo vas a dejar de fastidiarme?

No hubo manera de convencerlo, y fue así como los padres de Adrián decidieron hablar con el dr. Vásquez, un genetista experimentado con varios diplomados y a quien conocían desde hacía ya muchos años.

—Bien, y ahora que ya te hemos contado todo lo ocurrido en los últimos meses, ¿crees que el extraño comportamiento de Adrián tenga algo que ver con su ADN modificado? -preguntó Noé.

—Me temo que sí, y lo que más me preocupa es lo que me han contado sobre el laboratorio y los experimentos que él ha desarrollado. -contestó el doctor.

—Nos horroriza pensar que Adrián haya tenido algo que ver con lo que le pasó a Mónica. Es que sería algo terrible, fatal. Nuestro hijo no podría hacer algo así.

—Sin embargo es posible, -comentó el doctor- a juzgar por su comportamiento, a mí también me parece que oculta algo. Al igual que una persona con una configuración de ADN promedio, aquellos individuos cuyo genoma fue modificado desde el nacimiento, como en el caso de Adrián, siguen creciendo, no sólo físicamente, si no a nivel intelectual.

Hubo un profundo silencio. Dalila y Noé voltearon a verse, y luego dirigieron su mirada hacia el dr. Vásquez.

–Adrián se volverá cada vez más inteligente con el paso del tiempo -continuó Vásquez tratando de dar una explicación más acertada- y no hay manera de detenerlo. Conforme siga creciendo, su capacidad mental aumentará, y si canaliza su inteligencia hacia algo tan oscuro como la venganza, es muy probable que continué por ese camino durante toda su vida. Es un riesgo que se corre desde el principio, desde el momento en que el genoma de un ser humano es modificado.

Dalila, quien tomaba fuertemente la mano de su esposo, habló por primera vez entre sollozos.
–Nosotros no queríamos esto… nosotros… queríamos que Adrián fuera inteligente, sí, pero para que fuera exitoso, popular. Que le fuera bien en la escuela y lograra muchas cosas importantes. Y que fuera feliz. Y…

–Y que fuera mejor que los demás. -intervino Vásquez.

–Sí. Tal vez. -dijo Dalila- ¿Qué tiene eso de malo? Si podíamos pagar por un procedimiento así, ¿porqué no hacerlo? Todos los padres quieren lo mejor para sus hijos, ¿no es así?, es por eso que te pedimos someter al bebé al procedimiento antes de que naciera. Modificar su ADN para que fuera más inteligente que el resto, más saludable, menos propenso a cometer errores. ¡Eso fue lo que TÚ nos prometiste!

–En aquel tiempo un procedimiento como ese era algo innovador, fascinante. Y mi entusiasmo era tal, que sólo veía el lado brillante del asunto. Pensé que algo así era casi imposible de que pasara.

–A ver, vamos a tranquilizarnos, por favor. -intervino Noé- Estamos elaborando conjeturas, llegando a conclusiones sin estar completamente seguros de que Adrián haya actuado en contra de su exnovia.

Para poder pensar con claridad y saber qué vamos a hacer, primero tenemos que tener la certeza, conocer exactamente en qué está metido nuestro hijo, qué cosas nos ha estado ocultando. Vásquez… tú tienes conocimientos en nanotecnología, ¿no es así?

–Sí, sé algunas cosas pero…

–Necesito que vengas a nuestra casa.

–Bueno, yo…

–¡Por favor! Necesito que nos ayudes a revisar algunas cosas de Adrián en su laboratorio, y tiene que ser cuanto antes. Ahora tenemos acceso porque se descompuso el lector de huellas digitales de la puerta y el nuevo que compró por internet, ya no tarda en llegarle. ¿Podrías ir este sábado? Por favor, Vásquez, hazlo por nuestra amistad de hace tantos años. Esto es muy importante.

El doctor Vásquez tenía también un laboratorio lleno de cosas y experimentos raros, pero aún con toda su experiencia, no era tan inteligente como lo era ya Adrián a sus 17 años. Su enfoque era biológico principalmente, y estar ahí era asombroso hasta para el más escéptico. Tenía fetos de animales y seres humanos, inventos indescifrables a medio hacer, que involucraban aparatos mecánicos, luces, cajas incubadoras, todo tipo de instrumentos médicos, apartos de rayos X y radiografías de varias especies casi desconocidas de animales salvajes, todo en un ambiente casi oscuro en su totalidad, y todo muy desordenado, la antítesis del laboratorio de Adrián, ese niño que un día él había fabricado en cierto sentido. Ese que alguna vez fue un recién nacido con un destino brillante frente a él, ahora convertido en un jovencito con una mente mosntruosa que acaparaba todo a su alrededor.

Entre los experimentos más raros pero avanzados del dr. Vásquez, casi en su etapa final, estaban un gen que permitía la habilidad de bioluminiscencia a especies animales y vegetales que no lo necesitaban, y que además podía heredarse. Un rayo colisionador de partículas a nivel subatómico que producía un tipo de energía desconocido, con posibles aplicaciones futuras en campos como la electrónica, la acústica y la medicina regenerativa. Y por último un extraño aparato que al ponerlo en marcha permitía intercambiar toda la información almacenada en el cerebro, incluyendo la conciencia misma, entre dos animales.

El doctor aceptó.

Sabían que durante el sábado Adrián no estaría en casa, y menos en su laboratorio, ya que últimamente se la pasaba viendo películas y jugando videojuegos en casa de Raúl, que más que por gusto era por miedo que seguía siendo su amigo.

Se llegó el día sábado, y el dr. Vásquez, acompañado de los padres de Adrián, entró en su laboratorio y empezó a estudiar minuciosamente todos sus inventos, pero con más atención en aquellos que eran recientes, en sus notas, en sus libros y toda la información almacenada en sus computadoras.

Revisó los comandos en una de las computadoras, tratando de sacar en claro para que servían exactamente, cuál era su función. Y fue así que descifró su conexión con los nanobots, los cuales también analizó usando los mismos microscopios de Adrián, e hizo varias pruebas ejecutando algunos de los comandos principales codificados en el ordenador, para luego observar lo que hacían. No podía creer todo aquello, su corazón latía desesperadamente, su cara de asombro pero a la vez de horror era inocultable, incrementando la preocupación inminente de Noé y Dalila. Con las manos aún temblorosas cubiertas por guantes de látex blancos, Vásquez tomó en sus manos una de las pipetas que advirtió en un bote de basura, la revisó bajo el microscopio más potente y vio algunos de los mismos nanobots que había visto antes, los que ejecutaban órdenes específicas por medio de los comandos en la computadora. Sin duda eran los mismos, pues se movían igual, a la misma velocidad, y tenían la misma forma.

Vásquez tomó con cuidado un pedazo de carne que Adrián tenía en un congelador, en el mismo laboratorio, lo sacó de su bolsa hermética y lo sometió a varias pruebas, depositando en ella los nanobots con una nueva pipeta de plástico.

Al ver lo que ocurría con el pedazo de carne bajo el microscopio, a medida que ejecutaba los comandos en el ordenador, Vásquez no daba crédito: algunas células de la carne se quemaban casi por completo, y otras eran modificadas al contacto con los nanobots de tal modo que parecían las células de una fruta en estado de descomposición. El proceso era lento pero muy efectivo, si se hubiesen dejado actuar así por varios días, los resultados se hubieran notado a simple vista.

—No hay duda, Adrián fue quién provocó la muerte del bebé antes de su nacimiento, usando nanotecnología.

Al decir esto Vásquez, Dalila se echó a llorar y puso sus manos sobre su cara. Noé la abrazó tomándola por los hombros.

—¿Qué vamos a hacer ahora? Nuestro hijo está fuera de control. -dijo Noé-.

El dr. Vásquez los miro a ambos con impotencia y dijo:

—Lamentablemente no hay forma de detenerlo, se vuelve cada vez más inteligente y quién sabe de que otras cosas llegue a ser capaz. Les recomiendo que tengan mucho cuidado.

—Pero, ¿estás completamente seguro de lo que estás diciendo? -preguntó Dalila-.

—Por desgracia sí. Después de que fueron a visitarme a mi consultorio, y me contaron todo lo ocurrido, me puse en contacto con el médico que atendió a Mónica durante el parto, su nombre me sonaba conocido, así que no me fue difícil localizarlo y hablar con él.
Analizaron el feto… o bueno, lo que quedaba de él. Los pedazos. Todo lo que me contó, todo lo que él descubrió coincide a la perfección con lo que acabo de ver aquí.

Dalila seguía llorando, y en este punto Noé también, y abrazaba a su esposa con fuerza.

—Les recomiendo que hablen con él. Que lo enfrenten. No hay otra manera. Háganle ver que está haciendo mal, que debe detenerse. -había una expresión de resignación en el doctor que preocupaba-
Pero… si eso no funciona…

Vásquez fue hacia donde estaba su portafolio, y sacó una bolsa transparente de plástico grueso, adentro había lo que parecía una prenda blanca doblada, junto con otras cosas.

–Este es un kit de emergencia, -dijo Vásquez- si se pone violento o creen que es extremadamente necesario, deben usarlo por su propia seguridad… y la de todos. Adentro viene también una nota con instrucciones esepecíficas que les dejé sobre cómo utilizarlo.

Dalila tomó el paquete y junto con Noé, salieron primero del laboratorio para acompañar al doctor hacia la puerta, pero Vásquez recordó que quería llevarse algunas pipetas de las que utilizaron él y Adrián, para seguir estudiando a los infames nanobots, a su vez que tomar algunas fotografías de todos los apuntes de Adrián, los comandos en su computadora y todo lo que pudiese ayudar en un futuro para encontrar alguna forma de contrarrestar sus malévolas hazañas.

Los padres de Adrián aceptaron adelantarse y dejar solo a Vásquez, siguieron caminando como si fuesen unos ancianos. Lentos, agotados, resignados, sin fuerzas.

Subieron las escaleras que daban vuelta hacia la sala comedor y ahí estaba Adrián, estático. Su mirada le helaba la sangre a cualquiera. Los observó muy seriamente mientras ellos avanzaban lentamente hacia él, tomados de la mano con miedo.

–Pensaron que regresaría muy tarde, ¿verdad? Como todos los sábados.

–Adrián, por favor… -dijo Noé en voz baja, tartamudeando.

–O tal vez pensaron que regresaría hasta mañana, como algunas veces.

–Hijo, nosotros… -expresó Dalila con el mismo miedo, sin saber cómo continuar.-

–¡¿Qué demonios han estado haciendo en mi laboratorio?!

–Mira, tranquilízate… -expresó Noé soltando a Dalila y dirigiendo sus manos hacia Adrián tratando de apaciguar su malestar- vamos a hablar.

–¿Así es que ahora se dedican a espiarme? -dijo Adrián avanzando hacia ellos lentamente, quienes retrocedían alrededor de la isla de la cocina.

–Nosotros nunca quisimos espiarte, simplemente empezmos a notar que tu comportamiento…

–¡Y ahora también estaban en mi laboratorio! -interrumpió Adrián a su padre- ¿Qué rayos hacían y con qué propósito?

–Bueno, ¡ya basta! -dijo Noé armándose finalmente de valor- eres nuestro hijo y te amamos, pero no por eso vamos a dejar de señalar tus errores… ni tampoco vamos a tenerte miedo.

–¿A qué te refieres? -dijo Adrián.

–Ya sabemos lo de Mónica, estamos enterados de todo lo que le hiciste.

–Hijo, estás mal, tienes que entender que lo que hiciste fue horrible -intervino Dalila- y necesitas ayuda. Por más que esa joven te haya hecho sufrir, nada se compara con haber matado a su bebé. ¿Te das cuenta de lo monstruoso de tus actos? ¡Es un crimen!

–Sí -contestó Adrián con una tranquilidad arrogante-, pero nadie puede hacer nada para culparme, ¡porque no tienen pruebas! ¿O es que acaso ustedes lo van a hacer?

–Sí es necesario, sí. -dijo Noé avanzando unos cuantos pasos hacia él.

–¡No se me acerquen! -dijo Adrián sacando su teléfono del bolsillo izquierdo del pantalón y desbloqueándolo.

En ese momento Noé dirigió una breve mirada hacia Dalila y ambos se vieron como preguntándose en silencio qué estaba tramando ahora.

–Nosotros no estamos en tu contra -siguió avanzando Noé lentamente- y no pensamos denunciarte si tú aceptas por las buenas ir con un especialista en salud mental, alguien que te ayude…

–¡¡¡NO SE ME ACERQUEN!!! -para esto Adrián ya había abierto una aplicación en su teléfono y lo más rápido que pudo accionó un botón virtual en la pantalla. Enseguida aparecieron varios controles virtuales deslizables de arriba abajo con parámetros que sólo él entendía-.

–Esa zorra se merecía todo lo que le pasó. Conmigo nadie se mete sin pagar las consecuencias.

–Dalia, ¿estás bien? -dijo Noé- No puedo mover las piernas, y siento un hormigueo que sube.

–A mí me pasa lo mismo, no puedo avanzar. Nos está haciendo algo. -contestó Dalila-

–El suelo está electrificado, la zona donde ustedes están parados la estoy controlando sólo para que no puedan mover las piernas. No me obliguen a tener que aumentar los niveles y empezar a hacerles algo peor. Olvídense de esa estupidez de llevarme con alguien y confesarle lo que he hecho, ¡porque NO me van a convencer! Yo no estoy enfermo, ni tengo ningún problema.

–Sí tienes un problema, -dijo Dalila llorando- y quizás los únicos responsables somos nosotros. Nunca quisimos esto para ti, nunca pensamos que se saliera de control. Pero tenemos que buscar la manera de corregir lo que hicimos, yo creo que aún no es demasiado tarde. Tenemos que encontrar la forma de que esto se detenga, Adrián. Esto que te está haciendo tanto daño, a ti y a los que te rodean, pero tienes que aceptar que te ayudemos.

–¡¡¡Ya les dije que no necesito ninguna ayuda!!! -Adrián subió el
nivel de dos de los cuatro controles deslizables en su teléfono,
Dalila y Noé sintieron una fuerte y repentina corriente eléctrica
que subía desde sus piernas hasta el estómago, y se retorcían de
dolor, sin poder moverse del mismo lugar.

–¡Ustedes me crearon! No quieran ahora arrepentirse.
Los que tienen que entender son ustedes.
Entender que no les queda otra alternativa más que aceptarme tal
cual soy, no van a arrepentirse a estas alturas. Soy quien soy, y se
los agradezco, y estoy orgulloso de ser así porque soy más listo
que los demás… soy más listo que todos, y nadie podrá nunca ser
mejor que yo ni aprovecharse de mí, siempre tendré el control de
mi vida.
Todo lo que le hice a Mónica y a su estúpido bebé se lo tenía bien
merecido por haberme traicionado, lo estuve planeando desde el
momento en que descubrí su infidelidad… y me salió perfecto. -
Adrián tenía en su cara una expresión de placer diablólico- ¡no me
arrepiento! Y seguiré haciendo cosas parecidas con todo aquel que
me ofenda directamente con sus acciones. ¡Y ustedes no van a
detenerme!

–¡Ya, Adrián! ¡Deja en paz a tus padres! -Gritó el dr. Vásquez
sorprendiendo a Adrián por detrás y sujetándolo de los brazos para
arrebatarle el smartphone.

–¡Suélteme! ¿Quién rayos es usted? ¿Qué está haciendo aquí?

Vásquez iba subiendo la escalera cuando escuchó la acalorada
discusión y decidió esconderse, hasta que vio a Adrián en una
posición en la que daba la espalda a la escalera que bajaba hacia el
sótano, donde estaba instalado su laboratorio. Fue así que pudo
terminar de subir rápidamente y agarrarlo de los brazos, hubo un
forcejeo y finalmente pudo quitarle el teléfono y bajar al mínimo el
nivel de todos los controles.

Dalila y Noé cayeron de forma brusca al suelo y a pesar de la
gravedad de la situación, necesitaron unos treinta segundos para

recuperarse del dolor y el cansancio de más de la mitad de su cuerpo, e incorporarse para enfrentar de nuevo la escabrosa escena.

El doctor, desesperado, sólo atinó lanzar el teléfono lo más lejos que pudo hacia la sala, y antes de que Adrián pudiera correr a recuperarlo, estaba rodeado por ambos lados de la isla, y sin acceso a las escaleras o a la puerta de la cocina.

De un lado el doctor, del otro sus padres.
–El único responsable soy yo. De tu condición actual, claro. -dijo Vásquez mirando seriamente a Adrián, quien lo escuchaba mirándolo a los ojos porque no sabía qué más hacer, privado de todos sus tecnológicos trucos, descubierto y acorralado- Pero no de tus acciones, no de tu mal proceder. Tú tienes el control sobre eso, y puedes corregir el camino a tiempo, puedes cambiar.

–Pues no quiero, ¡y ustedes no van a obligarme! -contestó Adrián retomando su actitud agresiva y tratando de escapar, pero sus padres lograron detenerlo y el dr. Vásquez volvió a capturarlo, bloqueando sus movimientos con los brazos agarrados por detrás.

Vásquez le dio instrucciones a Noé, de que sacara pronto una camisa de fuerza de la bolsa que les había entregado, la cual Dalila había dejado nerviosamente en el suelo junto a la entrada de la escalera que daba hacia el sótano, cuando encontraron a Adrián en esa área.

Noé se apresuró a hacer eso, mientras Adrián y el doctor forcejeaban.

Adrián no pudo escaparse, y después de ponerle el doctor la camisa de fuerza y tenerlo bien sujeto, se lo encargó a Noé, quien sólo tuvo que sostenerlo en sus brazos para que no corriera.

Adrián vociferaba, decía que hicieran lo que hicieran no podrían detenerlo pues él era más listo, y que estaban cometiendo un gran error y los tres iban a pagar por eso.

El dr. Vásquez sacó un frasquito de plástico de la misma bolsa donde estaba la camisa de fuerza, de ahí sacó una jeringa y un sedante, preparó todo y se lo inyectó rápidamente en el cuello a Adrián, con ayuda de su padre. Dalila sólo observaba todo llorando, a la expectativa de lo que iba a pasar y sin poder creer lo que estaba presenciando.

En cuestión de segundos, Adrián apaciguó sus exaltados movimientos, cerró los ojos y se desvaneció.

–¿Y ahora qué? ¿Qué vamos a hacer con él? -preguntó Dalila al doctor.

–Lo llevaremos a mi laboratorio.

–Espera, -dijo Noé extrañado- ¿a tu laboratorio? Querrás decir a tu consultorio.

Hubo un momento de silencio. Los tres se veían entre sí, había una pregunta en el aire que dos de ellos no querían hacer y el otro no quería contestar.

Finalmente el gélido silencio se rompió por la voz asustada de Dalila, quien sostenía a Adrián en sus brazos, de rodillas en el suelo:

–¿Qué está pasando por tu cabeza? ¿En serio crees que volveremos a poner a nuestro hijo en tus manos?

–Tienen que confiar en mí. Esta es una situación extrema.

–Sí, pero por más extrema que sea, seguimos hablando de mi hijo. Nadie le pondrá una mano encima. Noé, por favor dile algo.

Noé no supo decir nada, sólo volteó a ver al doctor.

–¿Qué le vas a hacer? No te lo vas a llevar a ninguna parte, esta es su casa y aquí pertenece. Y esto lo arreglaremos los tres como familia.

–Lo sé, y eso sería lo ideal en una situación diferente, de menos riesgo. Pero no podemos darnos el lujo de hacer como que nada pasa, de seguir tratando de dialogar con él y hacerlo entrar en razón cuando ya vimos que su propia mente desatada lo está consumiendo, debemos actuar ya, de inmediato.

–Pero tú dijiste que no hay forma de revertir el proceso, que es imparable.

–Dalila, tienes que confiar en mí. -dijo Vásquez para luego voltear a ver a Noé- ambos deben confiar en mí. Les aseguro que Adrián volverá a su casa, aquí con ustedes. A donde pertenece, porque es su hijo. No tienen que perderlo.

Al ver que no haría cambiar de opinión al doctor, y que su esposo también se había puesto de su lado, Dalila no tuvo otra opción más que aceptar resignada y ayudar a Noé a cargar a Adrián, que seguía completamente inconsciente como consecuencia del fuerte sedante que le inyectaron.

Se lo llevaron al auto como se los indicó el doctor, quien antes de salir tras ellos, se dirigió hasta la jaula donde estaba Tzugi, en la sala. La tomó, lo observó pensativo y salió con la jaula en la mano tras los padres de Adrián.

Al día siguiente, Dalila entró al cuarto de su hijo, el cual estaba completamente iluminado por la luz del sol de las diez de la mañana, que entraba por las dos grandes ventanas que daban hacia el jardín, y que habían abierto de par en par, acentuadas por las cortinas blancas completamente corridas hacia los extremos. Aquello era de una naturaleza casi onírica, pero era real. En su rostro había una sonrisa angelical, cuyo origen no era otro que la paz, la tranquilidad. El arcoiris después de la tormenta. Traía un plato de comida en las manos, y Adrián estaba ahí sentado, en una silla al pie de su cama y frente a una de las ventanas, vestido de blanco de pies a cabeza y con la mirada perdida en el suelo, una cara inexpresiva. Iluminado como un ángel por la brillante luz blanca del sol que entraba por las ventanas y resplandecía sobre sus ropas blancas. Dalila se acercó a él, y mientras ponía el plato

de comida sobre una mesita rodante que estaba enfrente, Adrián
levantó la mirada del suelo y la dirigió hacia ella, esbozando una
risueña sonrisa inmutable e infantil.
Dalila le acercó la mesita para que pudiera comer el contenido del
plato hondo, acarició su cabello y le dijo:

—Aquí está tu desayuno, mi amor. Come bien. -Le dio un beso en
la frente-

Adrián parpadeó una vez, y mantenía esa extraña pero apacible
sonrisa, y esa aún más inocente expresión en sus ojos, que nadie
había visto antes, que nadie se hubiera imaginado ver alguna vez, y
luego volteó hacia el plato de comida, donde había nueces, moras
y trocitos de fresa. Una exagerada expresión infantiloide de
sorpresa invadía ahora todo su rostro, y juntando en ambas manos
su dedo pulgar con los otros cuatro dedos, se dispuso a tomar
montoncitos de aquellas frutas y se los llevó a la boca, comiendo
apresuradamente.

Dalila salió de la habitación con la misma sonrisa teatral, pasando
por la sala llegó a la cocina, donde estaba su esposo que ya había
advertido su presencia y la miraba fijamente mientras llegaba,
sosteniendo la jaula de Tzugi, quién pedaleaba violentamente la
rueda que tenía ahí adentro para jugar.

—¿Me ayudas a darle de comer? -dijo Noé.

—¡Claro! -contestó Dalila contenta.

Noé puso la jaula sobre la isla de granito de la cocina, y se dispuso
a observar a su esposa, pensativo, mientras ella abría una bolsa de
alimento para hámsters y servía un poco en un pequeño platito.

En cuanto estaba lista, Noé abrió a la mitad la puertecita de la
jaula, y Dalila metió el plato, con su misma sonrisa y una mirada
de ternura.

–¡Hola, pequeño Tzugi! Aquí está tu comida, pequeño. -expresó Dalila con la más dulce de las voces- Noé observaba a su esposa como si fuese una extraña.

–¿Nos vamos? -le dijo Noé-
–Sí, amor. -contestó Dalila.

Ambos salieron por la puerta de la cocina.

El pequeño hámster, desde un rincón cerca de la puerta de la jaula, los observaba. Hacía pequeños ruidos, pero por más que se esforzaba no podía hablar, tampoco podía abrir la puerta, y aunque hubiese tenido algunas herramientas cerca, sus pequeñas manos no habrían podido manipularlas.

Pero era la mente de Adrián la que estaba ahí adentro, en esa limitada y pequeña forma de vida, y además de sus pequeños chillidos y de correr como loco por toda la jaula tratando de hallar una forma de salir, no podía hacer más que pensar. Y pensaba...

–¡Sáquenme, malditos infelices! Ustedes están locos. ¡Regresen! ¿Qué fue lo que hicieron conmigo? ¡Sáquenme de aquí! Pagarán por esto. ¡Les juro que voy a salir, hallaré la forma de ser yo otra vez y se arrepentirán de esto! ¡¡¡Les haré pagar!!! Nadie es más inteligente que yo. ¡Nadie puede detenerme!

¡Los haré pedazos!

DIGITAL
DETOX

Detrás de la imponente puerta de un gris metálico, lo que había era una habitación de un tamaño limitado, con dos camas muy sencillas, ambas de una estructura que consistía en tubos negros de metal. Las dos eran exactamente iguales, vestidas con sábanas blancas y limpias al igual que su respectiva almohada. Al lado de cada una, un buró, de madera y pintado de blanco. Eso era todo. Estaba habitada por dos jóvenes: Mateo y Andrea, ambos de 16 años. Se encontraban ahí aislados de todo, rodeados por cuatro paredes de un blanco perfecto y una ventana con persianas por la cual al asomarse sólo veían un campo irregular de pasto muy verde, y a lo lejos unos cuantos árboles, pero no se veía nada más allá. En una semana ahí, apenas si se habían dirigido la palabra, sólo para saludarse cuando regresaban de comer o para decirse "buenas noches" cuando ya se iban a dormir. El relativo silencio permanente, lejos de proporcionar calma, quietud, comenzaba a ser por de más incómodo. Lo único que escuchaban gran parte de su estancia ahí, era el ruido que producía la máquina del aire acondicionado a través del ducto, acompañado del sonido del aire saliendo suavemente por la rejilla que correspondía a ese cuarto. No podían cambiar la configuración de este, porque no había termostato ni tampoco tenían acceso a un control, así es que, si tenían frío o calor, debían llamar al enfermero que los atendía a ellos. Pero no por medio de un timbre, sino haciendo una señal frente a la cámara de circuito cerrado que los vigilaba 24/7. Esa cámara era una diminuta esfera negra incrustada en una de las cuatro esquinas superiores, la que estaba arriba de la cama donde dormía Mateo, y que tenía como protección alrededor suyo, una esfera más grande de un vidrio muy resistente. La forma de hacer esto era colocarse frente a ella desde un buen lugar de la habitación, y mostrar las manos con las palmas abiertas y hacia afuera, estirando los brazos a la altura de su cara. Pero hay algo más: si querían que les hicieran caso, ambos debían estar de acuerdo. Mateo y Andrea tenían que pararse uno al lado del otro, y hacer la señal al mismo tiempo. Esta era una regla ineludible en cualquier habitación compartida del pabellón psiquiátrico, desde la puerta de acceso principal hasta el lugar más aislado y recóndito. Siendo este último el caso de los jóvenes que habían llegado hacía una semana.

Debían permanecer así hasta que llegara el enfermero en turno. Haciendo esta señal frente a la cámara, un sensor de movimiento remoto enviaba un sonido intermitente a la sala de control correspondiente a esa área del pabellón (todo el lugar estaba dividido por áreas, y a cada enfermero le correspondían nueve habitaciones para atender las necesidades de los pacientes). Además del sonido que se escuchaba en toda la sala, en el monitor del enfermero al que correspondiera la habitación desde la cual estuviesen llamando, se ampliaba uno de los nueve cuadros en donde monitoreaban todo el tiempo la actividad en las habitaciones. El cuadro vinculado al llamado ocupaba toda la pantalla durante unos segundos, luego volvía a su posición original, pero en la esquina superior izquierda un punto verde parpadeaba, indicando que se debía atender cuanto antes.

Además de esto, todos los enfermeros tenían en la muñeca una pulsera con una pequeña pantalla que emitía vibraciones hasta que él o ella llegaban al cuarto correspondiente. En realidad, era bastante útil, porque si estaban en otro lugar, fuera de la sala de control, ya sea porque estaban tomando un break o comiendo, la pulsera además de emitir vibraciones emitía un fuerte sonido, y en la pantalla mostraba sólo la transmisión directa de ese cuarto, mientras el número de este parpadeaba en el centro, abarcando todo el cuadro.

Ernesto era el enfermero del cuarto número tres, donde estaban Mateo y Andrea. Ya habían tenido algunos problemas con él por lo de esa regla tan estricta de permanecer en esa posición ambos hasta que él llegara. Una vez le gritonearon y le dijeron que eso era absurdo, a lo que él respondió que él no hacía las reglas, sólo las cumplía; en otra ocasión, se les olvidó por completo y violaron esa norma, pero lo convencieron de no delatarlos y no penalizarlos, sólo por esa vez. Ernesto accedió a regañadientes, poniendo en riesgo su trabajo. Pero hizo mucho énfasis en que no habría próxima vez y que sería más severo con ellos. Lo que sucede es que si uno de ellos estaba frente a la cámara con los brazos extendidos, pero otro estaba, por decir algo, en la cama acostado, y el enfermero llegaba y los encontraba así, se incurría en una violación a la norma, y se les penalizaba a ambos sin poder salir al exterior ni siquiera una vez a la semana, cuando normalmente podían salir cada vez que quisieran siempre y cuando hubiese pasado un tiempo prudente desde la última vez, y de forma obligatoria los domingos, día en el cual se realizaban ciertas actividades como rodar en el pasto, abrazar a los árboles, jugar con pelotas de plástico entre otras cosas. En ambos casos, siempre debían de estar acompañados por un enfermero en todo momento, las salidas duraban sólo 30 minutos y no podían salir de las áreas permitidas. Ni interactuar con ningún otro paciente de otra área.

A veces Mateo y Andrea no se ponían de acuerdo con lo de la temperatura, la comida o las salidas y era difícil, pero al final siempre alguno de ellos terminaba cediendo. Y entonces hacían la señal juntos para llamar a Ernesto. Si se arrepentían o consideraban que él se estaba tardando mucho y ya no querían esperarlo, ambos tenían que dejar de hacer la señal antes de que él llegara, y ponerse en otro lugar de la habitación, por ejemplo, en la cama, de esta forma el detector de comando por movimiento dejaba de ejecutar la orden, y era la única forma en que la pulsera se apagaba antes del enfermero llegar ahí.

Si el asunto del llamado era el aire acondicionado (que casi siempre era porque estaba muy frío), entonces Ernesto o el enfermero que estuviese en turno, debía entrar sigilosamente, con el control remoto en el bolsillo de su pantalón o de su bata, para que ellos no pudieran verlo.

Entonces les pedía que se voltearan de espaldas para sacarlo y poderlo usar, de ninguna manera estaba permitido que lo viesen, y mucho menos que observasen directamente las teclas o los números digitales sobre la pantalla. También debían de taparse los oídos, pues era muy importante que no escucharan el sonido que hacía el control remoto al presionar los botones para cambiar la temperatura del cuarto.

Una vez terminado el proceso, el enfermero les tocaba el hombro a los dos para que supieran que ya podían voltear, y les preguntaba que si así estaba bien la temperatura, que si ya se sentían más cómodos.

Esas rutinas eran el pan de cada día en aquel lugar.

Pero aquel día específicamente, Mateo y Andrea estaban muy aburridos, comenzaban a realmente detestar todo aquello, a sentir un hueco, un vacío interior. El más afectado era Mateo, quien se hallaba sentado en el suelo junto a su cama, mas no encima de ella. Tenía su brazo izquierdo sobre la orilla, extendido. Recargaba también su espalda en la orilla, tratando de estar cómodo. Contemplaba a la nada, su mirada perdida se concentraba más en su mundo interior que en las escasas cosas que lo rodeaban. Era como si tuviese a otra persona frente a él, con la que evidentemente se había embarcado en una discusión llena de reclamos.

Pasó varios minutos así, ensimismado. Hasta que casi en automático, volteó la cabeza con una lentitud robótica hacia su izquierda, y levantó la mirada sólo para percatarse de algo que lo perturbó mucho: Andrea lo observaba fijamente.

–¿Qué pasa? -preguntó Mateo asustado a su compañera después de unos segundos que le parecieron eternos, en los que se quedó congelado mirándola también a los ojos, sin saber qué decir.

–Te ves devastado. No es que yo no lo esté, pero es impresionante ver a alguien más en una situación tan parecida a la tuya... antes... jamás me habría imaginado presenciar algo así, más aún, que me importara.

–No sé qué decir, simplemente son tantas cosas que... Pero... no importa. De verdad no importa, ¿ya qué más da?

–Pues a veces hablar con alguien de lo que te pasa, de tus cosas, ayuda. -dijo Andrea quien permanecía sentada en su cama en la misma posición-

–A las mujeres les encanta el chisme, ¿no?

Ambos rieron.

–Sólo digo que ya que vamos a estar aquí encerrados no sé cuanto tiempo, sería bueno al menos desahogarnos, sin tapujos, sería un buen ejercicio catártico. Además, hemos llegado al punto en el que este silencio junto con las formalidades es ridículo.

–Vamos a estar aquí por tres meses, eso ya lo sabemos.

–Sí, pero recuerda que también se nos dijo que el tiempo podía extenderse, dependiendo de los resultados de nuestra constante observación. No es por torturarte, pero podríamos estar en este blanco y tranquilo infierno hasta por seis meses si a ellos se les da la gana. Y si los avances en esas sesiones cognitivo-conductuales con la especialista no son lo suficientemente...

–¡Sí, sí, ya lo sé! -interrumpió Mateo- si los doctores siguen creyendo que estamos locos de remate, nos dejarán en esta pinche jaula hasta que a ellos les de la gana, y si no fuera por esa ley que dice que lo máximo que podemos estar aquí son seis meses, te

aseguro que harían todo lo posible por tenernos aquí encerrados por varios años, son unos sádicos. Yo pienso que todo lo que nos explicaron antes es puro cuento y que en realidad disfrutan torturándonos, eso les divierte. Pero no les daremos ese gusto, ¿o sí?
Tú y yo nos hemos portado bien y hemos tenido grandes avances en esta semana, saldremos de aquí en tres meses.

–Bueno, sí. Esa es la idea. Pero nunca se sabe. Y además yo tengo fe en que esta terapia de emergencia sí funcione, y que nunca volvamos a recaer. Después de todo, para eso está diseñada.
A mí me trajeron aquí a la fuerza igual que a ti y que a la mayoría, pero antes de ingresarme, y para que no estuviera tan asustada, me dieron un curso de hora y media explicándome en que consistía la terapia, cómo se creó, donde surgió, y donde se ha implementado… me imagino que a ti también te lo dieron.

–Sí -contestó Mateo desviando de nuevo la mirada- Me dieron ese discurso y me pusieron a ver un video explicativo. Esa fue la última vez que estuve frente a un maldito televisor. *Digital Detox*, la milagrosa terapia que promete acabar con tu ansiedad y adicción por la tecnología para reconectarte con la gente, tus responsabilidades y el "mundo real". Sólo espero que no sea una total pérdida de tiempo.

–No creo que lo sea, y en realidad la necesitamos. Pienso que para que esto funcione realmente, cada uno de nosotros debe admitir de manera consciente que nuestra adicción a la tecnología es enfermiza y nos llevó al límite, y que erradicarla es necesario para poder reinsertarnos sanamente en la sociedad.

Mateó volteó a ver a Andrea nuevamente.

–Eso suena a que estamos en la cárcel.

–Es una forma de verlo. Y precisamente por eso, deberíamos poner absolutamente todo de nuestra parte para salir de ésta "cárcel".
¿Para qué meternos en más líos?
Pero bueno, ya no sigas dándome evasivas.

Cuéntame, ¿cómo fue que llegaste aquí?

Mateo exhaló, trago saliva, y volviendo a su posición original hasta antes de empezar a hablar con su compañera, empezó a recordar, con una expresión reflexiva y solemne.

Hacía tres años, un amigo lo había invitado a quedarse a dormir en su casa, pues era ya de noche y había una tormenta eléctrica muy fuerte. El aguacero era implacable, inundando muchas de las calles alrededor de esa casa, además habían cortado el suministro de electricidad en todo el vecindario.

Mateo llamó a sus padres y estuvieron de acuerdo en que se quedara hasta el día siguiente, era la primera vez desde los seis años en que se quedaba a dormir fuera de su casa. Al principio estaba algo incómodo, pero luego se fue acostumbrando al ambiente y ambos chicos tuvieron la ocurrencia de aprovechar la oscuridad y los truenos para contar historias de terror a la luz de las velas, era el ambiente perfecto para ese tipo de relatos. La luz de los relámpagos entraba por la gran ventana de la sala, de la cual habían corrido las cortinas hacia los extremos para observar con claridad y asombro el gran espectáculo meteorológico de allá afuera. Las gotas de lluvia golpeaban con violencia el cristal de la ventana, luego hubo granizo, produciendo un estridente sonido como de disparos.

Mateo era quien más tenía miedo, cuando su amigo lo miraba con seriedad mientras relataba la parte más espeluznante de cada una de sus historias, la luz de los fuertes relámpagos que iluminaba toda la habitación momentáneamente, iluminaba también su rostro, esa expresión gélida y mortífera. Y es que aquel amigo suyo, a pesar de su temprana edad, tenía una habilidad magistral para contar historias, se tomaba muy en serio la narrativa sobre todo cuando se trataba de ese tipo de historias, convirtiéndose él mismo en una especie de actor de aquellos cuentos.

Algunos los inventaba, otros los había escuchado en la televisión o se los contaba su hermano mayor cuando iba de visita.

De pronto se dibujó en su rostro una macabra sonrisa y empezó a reírse como maniático.

–¡Jajajajajaja! ¡Te estás cagando de miedo! ¿Verdad?

–Nnn…o…, ¿c-c-cómo crees? -dijo Mateo apretándose las manos que estaban blancas como el papel- Lo que pasa es que hace mucho frío, debe ser por el granizo. El frío ya se metió hasta acá.

Luego fue el turno de Mateo para contar su historia, después de su amigo, luego otra vez de Mateo y así siguieron hasta que se cansaron y se quedaron dormidos en la sala, cubriéndose con mantas.

Horas después, se despertaron en mitad de la madrugada, se pusieron a platicar de nuevo y ya no pudieron volver a dormirse. El cielo era de un negro absoluto y hacía algo de frío todavía, pero la tormenta había cesado. Algunas gotas de lluvia muy fina la reemplazaban ahora al asomarse por la ventana, creando un ambiente tranquilo, pacífico.

La electricidad funcionaba de nuevo, y al amigo de Mateo se le ocurrió que jugaran videojuegos. Tenía varias consolas y juegos diferentes. Juegos de todo tipo: simulación, disparos, batallas, etcétera.

Le mostró varios a Mateo y le enseñó como jugar, ya que no sabía muy bien. Era casi nuevo en eso. Le enseñó varios trucos de juegos de acción para luego retarlo a vencer sus récords.

Mateo era bueno para ser casi un principiante, aprendió muy bien y rápido de su amigo, y la emoción crecía cada vez que, en sus amigables competencias, lograba vencerlo al menos una vez por partida. Todos los demás juegos tenían siempre algo diferente, que lo dejaba más y más fascinado, la música, los efectos especiales, desbloquear mundos, armas, poderes, ¡la sensación de poder y control que tenía sobre su personaje al cual sometía a todo tipo de acrobacias! Aquello era sensacional.

Estuvieron así varias horas, y terminaron por cansarse y dormirse hasta casi las seis de la mañana, cuando ya iba a amanecer. Se levantaron a las diez y media con la llegada de los padres del amigo de Mateo, quienes habían vuelto de visitar a un familiar fuera de la ciudad. Desayunaron todos juntos y después de eso, siguieron con el maratón de videojuegos los dos amigos.

Desde ese día, Mateo quedó tan fascinado con aquella nueva experiencia, que le pidió a su madre que le comprara una de las consolas que tenía su amigo porque tenía ganas de seguir jugando, aquella consola en especial le había gustado mucho y quería comprar varios juegos y aprender nuevos trucos.

Su madre le compró lo que quería y desde entonces, todas las tardes, se sentaba por varias horas a descubrir nuevos mundos, intentar nuevas estrategias, enfocaba toda su atención en su nuevo pasatiempo, que pronto se convirtió casi en una religión.

Para Navidad le pidió a su madre otra consola, ahora ya tenía dos. Alternaba en cada una de ellas en una sola tarde, pues cada juego y cada consola tenía su propio encanto, su propia naturaleza y terrenos por explorar. Cada vez se acostaba más tarde por estar jugando, a veces también buscaba en internet nuevas estrategias y consejos para cada uno de los juegos, hipótesis sobre las historias de los personajes, comentarios en foros de fanáticos, entre otras cosas.

Al día siguiente presumía con sus amigos en la escuela de todos sus logros, los personajes, los mundos y habilidades que lograba desbloquear y cómo lo hacía, otros trucos se los guardaba para él mismo, así podía ganarles a todos cuando se juntaban en casa de alguno de ellos para jugar.

También en su teléfono tenía varios juegos, la capacidad de almacenamiento estaba casi en su totalidad ocupada por estas apps de entretenimiento. De esta manera, podía entretenerse en los descansos, cuando una clase se pospusiera o cuando el maestro estuviera diciendo algo aburrido.

Con el paso de las semanas y los meses, empezó a descuidar sus tareas, no ponía atención a lo que le decían, tenía constantes discusiones con su madre porque se olvidaba de cosas importantes, siempre se le enfriaba la comida por estar jugando, y sus calificaciones habían bajado considerablemente.

–¡Mateo! ¿qué pasa contigo? Te pedí específicamente que fueras a pagar estos recibos, te dejé el dinero sobre la mesa, ¿porqué no fuiste? ¡Tienes la cabeza en las nubes! Te dije que necesitaba que te encargaras de eso mientras yo iba a arreglar el asunto del coche, ¡nunca me haces caso!

–Ay mamá, perdón. Se me olvidó, ¿sí? Ya, no te enojes.

–Y tampoco compraste el alimento para los perros. Tuve que ir yo. Estoy dejando de trabajar por tu culpa, sabes muy bien que en esta casa todos tenemos que cooperar.

–Bueno, bueno, está bien. Ya, no hagas dramas. -dijo Mateo mientras le quitaba los recibos y el dinero a su madre- Ahorita voy a pagarlos, ya.

–Pues ojalá y no hayan cerrado.

–No, ¿cómo crees? No es tan tarde. Además, todos estos pagos puedes hacerlos por internet, ¿sí sabías?

–No voy a pagar de más sólo por tu pereza. Y sabes muy bien que no confío en hacer pagos así, no me gusta dar datos de mi tarjeta y encima de todo arriesgarme a que las transacciones no se completen.

–Estás loca. En fin, voy a hacer estos pagos. Ahorita regreso.

–Espera, quiero decirte que cuando vuelvas tú y yo vamos a hablar muy seriamente. No creas que no estoy al tanto de tus descuidos en la escuela, tus calificaciones han bajado mucho, tú no eras así. Este vicio de los videojuegos te está consumiendo, te está haciendo un vago.

–Ay, no exageres.

–No, no exagero. Me doy cuenta del tiempo que le dedicas, ¡es demasiado! Te olvidas de todo lo demás.

Había empezado a escribir su propio blog y creado varios foros sobre sus personajes favoritos en varios de los juegos, donde se especulaba sobre qué vendría después, cómo serían los personajes de las secuelas y sus mundos, también compartía trucos y secretos que había ido perfeccionando. Las tareas de la escuela las hacía en la noche de prisa y sin interés, o a veces simplemente no las hacía. Estudiaba para los exámenes porque su mamá le apagaba sus consolas y le prohibía usarlas hasta que se supiera los temas que vendrían en sus evaluaciones parciales. En varias ocasiones tuvo que esconderle sus discos y cancelar membresías y suscripciones a toda clase de videojuegos online de paga que Mateo había adquirido a escondidas, usando sus tarjetas sin su autorización.

Una vez, la madre de Mateo tenía que ir a cuidar a su hermana por varios días durante casi todo el día porque estaba muy enferma, por lo cual estaría regresando ya muy entrada la noche, y le hizo una lista a su hijo de todas las cosas que tenía que hacer, entre ellas cuidar de su hermanito.

–¿Y porqué no lo llevas contigo? -dijo Mateo con un total desinterés y la mirada fija en la pantalla de 55 pulgadas montada sobre la pared, todos sus dedos ocupados en el control inalámbrico moviéndose con destreza.

–No puedo llevar a tu hermano, es demasiado inquieto. Se va a aburrir y empezaría a correr y gritar por toda la casa y a hacer maldades, y tú tía necesita descansar para poder recuperarse. Por estar cuidando que Luis no haga de las suyas, no podría yo atenderla bien.

–Ah… ya veo… ¡Puta madre! Me dispararon. ¡Recargar! ¡Recargar! ¡Recargar! ¿Dónde está mi poción? Necesito neutralizar la…

–¡Mateo, pareces un zombi!

–¡Aquí está! ¡Recupérate! ¡¡¡Sí!!! ¡Recargar energía! Vamos, vamos, vamos. ¡¡¡Rápido!!!

En su desesperación, la madre de Mateo desconectó la consola directamente de la electricidad. Le dio la lista a Mateo, diciéndole que ya estaba harta de su actitud, y hasta que cambiara y les diera más importancia a las cosas, no tendría acceso a sus videojuegos. Después de poner las dos consolas bajo llave, regresó a la sala, sólo para recordarle a Mateo que hiciera todo lo que le dijo.

–¡Y ni se te ocurra irte a la casa de uno de tus amiguitos a jugar! Porque me voy a enterar y te juro, Mateo, que te va a ir muy mal. Y por favor, vigila a tu hermano. No quiero que haga de las suyas mientras yo no estoy. Te voy a dar este dinero para que compres algo sólo en caso de que haga falta, pero en la cocina todavía queda comida de la que preparé a mediodía. Probablemente regrese en la noche, o si no hasta mañana. Depende de cómo se encuentre tu tía. Pero voy a tener que estar yendo a cuidarla todos los días desde ahora, y más que en ninguna otra ocasión, necesito que estés concentrado y que me ayudes, no es mucho lo que te estoy pidiendo.

–Estaba tan enojado que sólo podía pensar en lo histérica y exagerada que era mi mamá, ¿qué tan difícil podía ser llevar a cabo unas cuántas tareas caseras y cuidar de mi hermano de seis años? Aunque es medio latoso, pensé que no tenía tanta ciencia controlar a un niño… Y me parecía una total locura quitarme mis videojuegos, me había vuelto un experto precisamente por practicar durante horas. Y lo que mi mamá me pedía, podía esperar, podía hacerlo rápido después de jugar. Jamás me imaginé que aquel sería el peor día de mi vida, el peor para mi familia y para mí.

Hubo una pausa larga y un silencio perturbador.

–¿Qué fue lo que pasó? -preguntó Andrea asustada.

Mateo empezó a sumergirse otra vez en sus recuerdos, en especial en aquel que le causaba tanto dolor y era tan difícil para él.

–Bueno… pues… lo que mi mamá no sabía, es que yo también tenía varios juegos en mi celular. Así que, ya que me había quitado las consolas, pensé que tenía que entretenerme, aunque fuera con versiones limitadas de videojuegos. Y así lo hice, después de barrer y trapear de mala gana, darle de comer a los perros y hacer mi tarea, me senté a jugar en mi teléfono, pronto se fueron pasando las horas y se hizo de noche, no sé ni cuanto tiempo pasó. Mi hermanito Luis bajó después de haber estado durmiendo casi toda la tarde, lo cual era una ventaja para mí porque no tenía que andar detrás de él vigilando que no hiciera travesuras y así me dejaba jugar en paz. Cuando me encontró en la sala, me dijo que tenía hambre y que ya no quedaba comida de la que mamá había preparado antes de irse.

Mateo casi no le ponía atención a Luis, contestaba con medias palabras y seguía concentrado en su juego de carreras de autos, sosteniendo el teléfono en forma horizontal, el auto de fórmula 1 en el centro de la flamante pantalla, moviéndolo hacia los lados en función de la dirección que debía tomar, y hacia delante de forma brusca cuando debía saltar obstáculos o esquivar a un contrincante.

–Debe quedar algo, busca bien en el refrigerador -le dijo Mateo a su hermano-

–No, ya no queda nada preparado. Ya revisé bien.

–Ve a ver qué encuentras, ¡deja de molestar!

–¡Pues es que tengo hambre! ¡Prepárame algo de cenar! -gritó Luis- Mamá te dejó a cargo de todo. ¡Quiero cenaaaaar!

–Ay, bueno, espérame entonces. Ahorita voy.

–¡No! Quiero algo ahorita, ya. Tengo mucha hambre.

Mateo ignoraba a su hermano, seguía emocionado en su juego con toda su atención fija en la pantalla del móvil. Sus maniobras de nivel experto eran precipitadas y toscas, pero muy efectivas, y entre más puntos ganaba, entre más subía de nivel, su cerebro le daba una mayor descarga de adrenalina, que se reflejaba en su cara de placer, de fascinación desmedida.

–¡Mateo, tengo hambre! ¡Mateo, tengo hambre! -repetía el pequeño Luis, gritando cada vez más fuerte en vista de que su hermano no le hacía caso. Estaba decidido a usar esto como estrategia, lo fastidiaría a tal punto que no lo quedara más que levantarse, ir a la cocina y prepararle algo de cenar.

–¡Cállate, no molestes! Ahorita voy. -decía Mateo levantando la voz, pero inmerso en el juego todavía, ni siquiera los estridentes gritos de su hermano lo distraían de su pasatiempo-

–Si no te levantas, entonces me prepararé algo yo mismo. Voy a preparar una pasta.

–Sí, claro -se burló Mateo, con los ojos aún clavados en la pantalla- no sabes ni vestirte solo, y ahora quieres cocinar.

–Pues vas a ver que sí -dijo Luisito mientras corría hacia la cocina.

Unos quince minutos después, regresó de la cocina corriendo.

–¡¡¡Mateo, no encuentro la pasta!!!

–¡Te lo dije! Eres un pequeño inútil.

–¿Dónde puso mamá las cosas para preparar comida?

–¿¡Yo qué sé!? Y se llaman ingredientes, idiota. Pero además no los vas a alcanzar, están muy altos para ti, tonto.

–¡Pues entonces ven tuuuuú! Ya te dije.

–Ahorita.

—Eso dijiste hace rato… ¡Aaaaah! Eres odioso.

Paso así un momento de silencio, Luis sólo se quedaba ahí parado viendo a su hermano, en espera de una respuesta.

—O pide una pizza. Sé que mamá te dejó dinero.

—Sí, ahorita.
—¿Ahorita cuándo?

No hubo respuesta.

—Dame el dinero y el teléfono, yo la pido.

—No.

—¿Porqué no?

—Porque no, espérate.

Luis esperó otro momento, veía con desesperación que su hermano mayor ni siquiera volteaba a verlo, estaba como hipnotizado por la pantalla de su teléfono.

—¡QUE TENGO HAMBRE! -gritó Luis desesperado, dándole un manotazo al teléfono de Mateo, haciendo un berrinche.

El teléfono cayó al suelo con el abrupto golpe. Eso era lo peor que le podían hacer a Mateo.

—¿¡¡¡QUÉ TE PASA, PENDEJO!!!? -Mateo estaba furioso- ¡Ya te dije que ahorita voy, no estés chingando!

—¡Pide la puta pizza! -gritó Luis, llorando de coraje.

—¡¡¡La voy a pedir cuando se me de la gana!!! Ahora, lárgate. -Le dijo mientras lo tomaba bruscamente del brazo, lastimándolo, y luego lo empujó-.

Luis se fue hacia la cocina, sollozando.

Mateo recogió su teléfono, que había caído debajo de la mesa de centro. Buscó otro juego, ya que el de carreras estaba arruinado, pues su hermano lo había interrumpido y le impidió superar su propio récord.

El pequeño Luis estaba decidido a prepararse algo de cenar, pensó que mientras encontraba la pasta, podía poner el agua a calentar, así ya estaría lista para cuando tuviera la pasta a la mano, y así mismo buscaría también los otros ingredientes, los que él pensaba que eran los correctos, pues trataba de recordar las ocasiones en las que había visto a su mamá hacer todo el proceso.

A como pudo, se subió a un banquito, y deslizando una olla grande por todo el gabinete hasta llegar al grifo, la llenó de agua hasta un poco más de la mitad para después sacarla de ahí y deslizarla esta vez hasta la estufa. Tuvo que subirse varias veces al banquito y deslizarlo por la orilla para poder maniobrar.

Teniendo ya la olla encima de una de las parrillas de la estufa, logró encenderla con dificultad y la dejó ahí. Después de un rato, cuando ya había encontrado algunos de los ingredientes, subiéndose a sillas y a la mesa para poder alcanzarlos, quiso ver si el agua ya estaba lista, así que se subió de nuevo al banquito, y con ayuda de unos guantes de cocina, tomó la olla por la orilla con las dos manos y la inclinó con cuidado hacia él, pero dio una mala pisada y el banquito resbaló, provocando que él cayera al suelo trayéndose la olla consigo, derramando el agua hirviendo sobre su cara y cuerpo. El grito de dolor fue tan desgarrador que, al oírlo desde la sala, Mateo inmediatamente dejó su teléfono a un lado, en el cual estaba ahora jugando un juego de zombis, y corrió asustado hasta la cocina.

—No te imaginas lo horrible que fue ver a mi hermanito ahí tirado, gritando y retorciéndose de dolor, traté de ayudarlo, pero al querer levantarlo del suelo gritó aún más porque le ardía la piel con el contacto.

Andrea estaba asustada llegado este punto, pero al mismo tiempo observaba a Mateo con atención, escuchando con interés su terrible historia.

–Llamé desesperado a emergencias, tuve problemas para articular las palabras, no entendían lo que trataba de decirles, me pidieron que me tranquilizara, pero yo no podía, sentía que me estaba ahogando de la angustia. Precisamente en el momento en el que colgué, cuando me dijeron que ya iban en camino hacia mi casa, Luisito se desmayó. Pensé lo peor, pensé que había muerto. Fueron los minutos más largos de mi vida y no sabía qué hacer porque la persona de emergencias me dijo que no lo moviera hasta que ellos llegaran. Sólo me acerqué para asegurarme de que aún estuviera respirando. Luego recordé que me habían dicho también que le pusiera trapos mojados en las partes de la piel más afectadas, para minimizar los daños de las quemaduras. Tuve que…

Mateo exhaló con angustia, recordar todo aquello le pesaba demasiado. Era como si estuviera viviéndolo de nuevo. Los recuerdos estaban demasiado presentes. Después de una pausa, continúo con su relato, casi olvidándose de que Andrea estaba escuchándolo, era más bien como un diálogo consigo mismo.

–Tuve que ir un momento a la sala, y sentarme para tranquilizarme y tomar aire, no podía creer lo que estaba ocurriendo, era como una de esas pesadillas de las que sabes que te vas a despertar pronto. Pero esta vez no fue así, me tocaba enfrentar la realidad. Ser un hombre.
Así es que no esperé más, subí a mi habitación y saqué todas las toallas que pude, de todos los tamaños, las llevé a la cocina y las empapé metiéndolas a una olla de agua fría. Apenas si podía coordinar mis movimientos, estaba temblando de pies a cabeza. Pensaba que cada segundo que pasaba era un siglo más de agonía para mi hermano. Saqué las toallas, las empecé a poner alrededor de su cuello y pecho, luego algunas, las más pequeñas, en la cara, dejando sólo la boca y la nariz libres para que pudiera respirar sin dificultad.
Llegó la ambulancia y los paramédicos lo subieron con cuidado a la camilla, luego de más o menos media hora, llegamos al hospital.

Los médicos que lo iban a atender me preguntaron algunas cosas rápido, pero ya no me dejaron ingresar a donde lo iban a atender. Me quedé en una sala de espera, pensando en todo lo que había pasado. Entonces tomé mi teléfono y le llamé a mi mamá, le dije que había ocurrido un accidente y que estábamos en ese hospital. Ella llegó poco después, desesperada, preguntándome que había pasado. Uno de los doctores que había recibido a mi hermano le explicó que tenía quemaduras de segundo grado y que estaba grave, pero que habían logrado estabilizarlo, y que estaban haciendo todo lo que podían por él.

–¿Y… qué pasó después? -preguntó Andrea-

–Lo que tenía que pasar. Le conté todo a mi mamá.
Sabía que se iba a enojar mucho conmigo, pero me sentía tan culpable, que de cierta forma quería compensar mi falta de atención, empezar a hacer las cosas bien. Así que mientras comíamos algo en la cafetería del hospital, le dije todo lo que había pasado aquella noche. Me dijo que estaba muy decepcionada de mí, que cómo había podido ser tan descuidado.
Cerca de las once de la noche, uno de los doctores salió y nos dijo que lo mejor sería que fuésemos a casa a descansar, ya que mi hermano debía pasar ahí la noche y que lo más probable es que estaría varios días internado.
Mi mamá le respondió que ella prefería esperar un poco más, de todos modos no podría dormir, aunque quisiera.

Para esa hora, Mateo y su madre eran los únicos en aquella sala de espera. Ninguno de los dos decía ni media palabra, ambos estaban pensativos, angustiados, con la mirada puesta en el suelo, Mateo con las manos en los bolsillos y su madre con los brazos cruzados, era un ambiente tenso.

Después de un largo rato, Mateo sacó su teléfono, vio la hora, y como estaba tan aburrido, buscó un juego, y bajando el volumen, empezó a jugarlo. Su madre, al escuchar los sonidos del juego, volteó su mirada hacia él, indignada. Lo tomó con violencia del brazo, levantándolo de su asiento, le arrebató el aparato y se lo llevó de prisa hacia el estacionamiento, pues no quería armar un escándalo ahí.

Una vez que estaban frente a su auto, empezó una acalorada discusión.

–¿¡Qué demonios pasa contigo!? -le gritó su madre- ¿Hasta dónde va a llegar tu obsesión?

–Sólo quería relajarme un poco, distraerme, porque…

–¿CÓMO PUEDES PENSAR EN DISTRAERTE DESPUÉS DE LO QUE HAS PROVOCADO? -gritó con furia- ¿te das cuenta de que cambiaste el bienestar y la seguridad de tu hermano por esta porquería? -dijo mientras agitaba violentamente el teléfono de Mateo en su mano, para luego lanzarlo contra una columna cuadrada de concreto con tal fuerza que la pantalla se rompió por completo, y el teléfono quedó inservible.

–Yo no sabía que todo esto iba a pasar -dijo Mateo llorando- yo no podía saberlo, no quería que nada de esto pasara, te lo juro.

–Pero pasó, y fue tu culpa. Por esta maldita obsesión que tienes con los videojuegos. ¿No te das cuenta de que no te traen nada positivo a tu vida? ¿No te aportan nada? Por el contrario, pusiste la vida de tu hermano en peligro. Por tu descuido, por tu indiferencia.

Mateo seguía llorando, llevándose las manos a la cara. Sabía que su madre tenía razón y se sentía pésimo.

–Esto es lo que va a pasar: te puedes ir olvidando de todos tus videojuegos, porque voy a vender las consolas, los discos, absolutamente todo, y cancelaré tu tarjeta para que no puedas pagar ninguna membresía. La computadora estará en mi cuarto y sólo la usarás una hora al día para tus tareas, cuando necesites dinero, me lo pides a mí. Tú ya no tendrás disposición de nada porque no se puede confiar en ti.

Y como yo voy a estar cuidando a tu hermano, desde mañana, tú te irás a cuidar a tu tía. Y me esperarás ahí en su casa, hasta que yo te recoja. No quiero que me marques, ni quiero que tu tía se entere de

nada de esto, porque aún está delicada de salud y no quiero que se angustie.
Ahora, sube al auto -dijo mientras subía ella al asiento del conductor-

Mateo, corrió a levantar su teléfono, que había caído debajo del auto de enseguida.

—¡Que subas al auto te dije! Nos vamos a casa. -gritó su madre ya estando adentro.

Mateo se apresuró a subirse al asiento de enseguida, con su teléfono en la mano, cerrando de golpe la puerta. Durante el camino se la pasó tratando de hacer que funcionara. La pantalla estaba ennegrecida por el líquido derramado con el golpe, no se distinguía nada por entre las grietas, y no respondía ante el contacto táctil. No logró activar ninguna de sus funciones. La pantalla parpadeaba, se distinguían algunas líneas de colores, pero la mayoría eran líneas negras, unas mucho más gruesas que otras.

—No te imaginas lo horrible que fue ver a mi hermano con la cara roja, la piel llena de manchas y ampollas. Los siguientes días fueron los más duros. Mi tía se recuperó pronto, pero mi hermano seguía en el hospital, después dejaron que nos lo lleváramos a casa, pero no sin antes darnos una serie de recomendaciones muy estrictas y específicas. Había que estar cambiándole el vendaje y aplicarle pomadas, varias veces me tocó a mí hacerlo. También debía permanecer hidratado, por lo cual era necesario cuidar que tomara muchos líquidos y un suero especial.

Andrea no daba crédito a lo que escuchaba. Estaba atónita.
—Con el paso del tiempo ha ido mejorando, pero todavía no es recomendable que asista a la escuela, según el doctor. Podría lastimarse con cualquier cosa, necesita estar en casa bajo los cuidados de mamá, y de una enfermera que contrató cuando decidió traerme aquí. Además, las burlas de los otros niños por su aspecto podrían minar su autoestima. Ya bastante mal se siente, no es el mismo de antes. No juega, no bromea, ha perdido peso porque no tiene ganas de comer y no le gusta que abramos

demasiado las cortinas, la luz del sol le molesta. Ha perdido ya varios meses de clases.
Y bueno, te preguntarás en qué preciso momento después de todos los eventos ocurridos, mi madre decidió que lo mejor era internarme aquí.
Pues bien, después de todo aquello, yo estaba muy nervioso, me sentía muy mal. Y comencé a insistirle a mi mamá en que me devolviera aunque sea algunos de mis videojuegos, para relajarme un poco, para distraerme. Jamás accedió, por el contrario, me encerraba en mi cuarto después de la escuela sin hablar con nadie, sin usar internet ni teléfono. Fue entonces cuando empecé a tener ataques de pánico donde me faltaba el aire, tenía vómitos, me mareaba, y una vez me desmayé. Ella al principio pensó en llevarme con psicólogos, pero luego se enteró de esta estúpida terapia y vino aquí a pedir más información, le prometieron erradicar el problema y no se lo pensó dos veces, me trajo aquí sin siquiera preguntarme como me sentía al respecto.

–¡Guau! Todo eso es muy fuerte… no sé qué decirte… Pero tu hermano saldrá de eso, se recuperará. Ya verás que así va a ser. Y tú también.
–Pues ahora estoy un poco más tranquilo, pero los primeros días sentía que me volvía loco en este puto agujero.

–Te entiendo. -dijo Andrea con una voz dulce y apacible- Mi historia es casi igual de trágica, aunque por fortuna nadie de mi familia se vio directamente afectado.

Andrea exhaló, volteó a ver hacia la ventana que estaba a su derecha, por donde entraba la blanca y resplandeciente luz del sol por la mañana, y dejó que poco a poco los recuerdos fluyeran, tratando de ser lo más precisa posible.

–Disfrutaba charlar con mis amigas a todas horas, por WhatsApp, Messenger… nos mandábamos fotos, tutoriales, canciones, ya sabes. Era algo inofensivo.
Un día se me ocurrió crear un grupo en WhatsApp con amigas de mi salón, así podríamos compartirnos cosas por ahí todas juntas. Al principio sólo éramos cuatro, ¿puedes creerlo? Así fue como

todo empezó, con un tonto grupo de cuatro chicas. Yo creo que hablábamos más cuando estábamos en casa por esos medios, que al estar en la escuela. Mis papás comenzaban a quejarse de que tenía el teléfono pegado a las manos a todas horas, hasta en la mesa a la hora de comer. Me regañaban por cosas como esa, pero la verdad es que no podía dejar de ver el teléfono cada vez que sonaba, porque sabía que eran ellas enviando cosas al grupo, y me daba mucha curiosidad. A veces enviaban memes que me hacían reírme a carcajadas, otras, fotos de chicos guapos, en fin. Después, dos de ellas me preguntaron si podía agregar al grupo a otras amigas y primas de ellas, a lo cual les dije que sí y las agregué. En ese grupo nos compartíamos ideas y tutoriales de maquillaje, peinado, etcétera. También nos poníamos de acuerdo para ir a fiestas y conciertos, o al cine.

El grupo de WhatsApp de Andrea comenzó a hacerse muy popular, en cuestión de semanas, otras chicas del salón se agregaron, luego de toda la escuela. Era un grupo de mujeres únicamente. Así se acordó desde el principio, estaba prohibido meter hombres, por muy cercanos que fueran. En realidad Andrea no se daba cuenta de todo esto, ni tampoco del tiempo que pasaba conectada platicando con sus amigas. Para ella era completamente normal… hasta que se le salió de las manos.

Al igual que Mateo con los videojuegos, ella pasaba horas enteras en WhatsApp, dejaba de hacer sus deberes por estar en su laptop o en el teléfono enviando mensajes, a veces le daba la noche en el sillón de la sala o en la cama o escritorio de su recámara, charlando de todo tipo de cosas, muchas veces se compartían rumores de otras chicas que no estaban en el grupo porque a la mayoría les caían mal, o habían tenido algún altercado con ellas, o simplemente eran más reservadas y no les interesó nunca estar en ese grupo. Esto último se volvió tan habitual, que ahora ese era el tema central del grupo, se habían ido olvidando de los tutoriales de maquillaje, los videos graciosos y las fotos de galanes de televisión y cine, para dar paso a chismes y habladurías en las que cada una de ellas tenía algo que comentar, y Andrea siempre estaba atenta porque para ella era emocionante enterarse de todo y además hacer sus propias aportaciones. Le divertía ver lo que las demás comentaban, las burlas hacia la chica excluida del rumor en turno, las cuales iban subiendo de tono, pues siempre había alguien que quería ser más creativa que la anterior, para que las demás se rieran o dijeran algo más. Se había vuelto como una competencia, y al mismo tiempo una práctica que reforzaba el vínculo de amistad, les permitía conocerse más pero también expresarse con total libertad de muchas cosas de las que normalmente no hablaban en la escuela.

Andrea decía que su mamá, quien era la que estaba más tiempo en casa con ella, exageraba cuando le decía que pasaba mucho tiempo "pegada" a WhatsApp, en el chisme con sus amigas. Tenían algunas discusiones por esa causa, pero al final, su madre siempre suponía que hasta cierto punto era una actitud normal en una adolescente.
Así que nunca le dio mucha importancia al pequeño vicio de su hija.

Karina era una chica sólo un año mayor que ella, habían sido amigas por varios años, se llevaban muy bien, hasta que empezaron a enfrentarse por un chico que les gustaba a ambas, también de su misma escuela. En realidad, él nunca fue novio de ninguna de las dos, pero había salido con Andrea varias veces, y una vez se besaron, aunque luego eso quedó casi en el olvido, luego él empezó a salir con Karina porque se había distanciado de Andrea por algunas diferencias que tuvieron, Karina no se lo comentó a Andrea, sino que ella se enteró por su parte, y se quedó con la idea de que Karina le había bajado al novio.

Dejaron de hablarse, ahora la mejor amiga de Andrea era Paola, otra compañera del salón.

A veces, algunas compañeras y amigas del grupo de WhatsApp, hacían comentarios que no eran del agrado de Andrea, y ella abría otra conversación privada con Paola, para criticar a las demás sin que se dieran cuenta. El incesante cotilleo era el pan de cada día de estas dos chicas. Los comentarios corrosivos que hacían incluso de las mismas chicas del grupo, las hacían sentir malas, poderosas. Era un constante flujo de serotonina patrocinado por ese intercambio de caracteres, memes, emojis, audios, videos y gifs en una pantalla muy personal.

Lo que vino después, era lo más difícil de contar para Andrea, era algo que, aún pasados varios meses, aún estando sentada ahí, recordando, dispuesta a compartir su historia con Mateo, le costaba trabajo creer. Era como recordar una de esas pesadillas de las que te da gusto despertar, y que agradeces a la vida por estar fuera de esa tormentosa realidad imaginada.

Mateo notó la angustia en el rostro de Andrea, y en su cambio de respiración a una más agitada, entrecortada y temblorosa.

–Oye, está bien si no puedes hablar de eso. Te entiendo. Me lo puedes decir en otro momento, cuando te sientas lista.

–No, no. Está bien. Quiero decírtelo, necesito hacerlo. Necesito que alguien me escuche. Sólo dame un momento para asimilar todo esto, que aún es difícil.
Porque… porque ésta es la parte más radical de la historia.

Andrea se dio un respiro, se frotó la cara con las manos, y luego, volteando a ver a Mateo, continúo con su relato.

–Karina quería arreglar las cosas, se acercó a mí. Ella quería que estuviéramos en paz, aún si no podíamos volver a ser amigas. Nunca le di oportunidad de explicarme, de hablar realmente conmigo. Sólo le dije que sí, que estaba bien, que borrón y cuenta nueva.
Pero nunca volvió a ser alguien importante para mí, y casi no hablábamos.

Un día, por medio del grupo de WhatsApp, Andrea se enteró de un chisme sobre Karina, algo que se comentaba en la escuela desde hacía unas semanas. Supuestamente, alguien la vio entrar de forma sospechosa a la oficina del director y quedarse ahí con él durante varias horas. Se decía que los padres de Karina estaban atravesando por algunos problemas económicos y no podían seguir cubriendo sus colegiaturas. Karina se rehusaba a cambiarse de escuela, ya que ahí estaban sus amigas, ya conocía el método de estudio, a los maestros, etcétera. Lo que se comentaba era que, Karina había llegado a un acuerdo con el director para darles más tiempo a los padres para pagar, y éstos creían que era porque Karina tenía muy buenas calificaciones y además le ayudaría al director organizando su agenda, archivando documentos, etcétera. Trabajos de oficina.

Lo que ellos no sabían, era que este acuerdo en realidad era a cambio de favores sexuales.

Todo resultó ser cierto.

Algunas chicas que estaban en el grupo de Andrea se hacían pasar por amigas de Karina para sacarle información, fue así como una maraña de medias verdades de una y de otra, fueron las piezas del rompecabezas que llamó la atención de Andrea.

A ella se le hizo divertido investigar personalmente ese tema más a fondo, sin decirle a nadie. Le daba mucha curiosidad enterarse de en qué estaba metida su examiga. Obviamente no podía preguntarle de forma directa ni fingir, de buenas a primeras, que le estaba hablando otra vez, que quería acercarse a ella. Eso hubiese sido sospechoso.

En realidad, ideó un plan para poder descubrirla ella misma, y un día en el que ya casi todos se habían ido, ella se quedó más tiempo en la escuela. Con el pretexto de que le urgía ir al baño, dejó que su grupo de amigas más cercanas se adelantaran y logró que se fueran sin ella. Se fue a escondidas hasta un lugar seguro, donde casi nadie pasaba. Este lugar, en el exterior, tenía unas pequeñas ventanas en la parte de arriba, las cuales daban a la oficina del director. Casi nadie iba nunca por ese lugar, porque se usaba para almacenar cosas viejas, aparatos que ya no servían, etcétera. Andrea aprovechó una mesa vieja y una silla para treparse y alcanzar una de las ventanas, la que estaba más hacia la orilla izquierda, para poder esconderse bien. Ese fragmento, estaba en gran parte cubierto por un montón de libros viejos y olvidados en la parte más alta de uno de los libreros que estaban adentro, pero se podía apreciar bien toda la oficina. Andrea activó el silenciador de su teléfono para que no se escuchara cuando tomaba las fotos. Y ahí estaba Karina, frente al director, con mirada cabizbaja e incómoda. El sujeto, un hombre viejo, alto y gordo, con mirada libidinosa, comenzó a acariciar el rostro de Karina, luego a besarla, a tocar su hombro, bajando su mano con lentitud hasta su cadera, luego a manosear sus glúteos. Esas fueron las primeras fotos que Andrea tomó con alevosía, con un aire triunfal de paparazzi con suerte, hacía zoom, tomaba muchas fotos de diferentes ángulos, moviendo sólo un poco su teléfono, cambiando de vez en vez la orientación, tanto como le permitían sus brazos y manos evitando hacer movimientos bruscos en su reducido espacio.

Luego tomó las fotos más candentes, según describió después ella misma, de Karina practicándole sexo oral a su director. Ninguno de ellos estaba completamente desnudo, el director sólo se bajó los pantalones y estaba sentado en su silla, mientras Karina hacía lo suyo, y él le empujaba la cabeza hacia abajo como desesperado por obtener más placer.

Andrea se aseguró de que las fotos fueran lo más evidente posible, de que estuvieran bien enfocadas, con un encuadre perfecto. Estuvo ahí durante todo el acto sexual, observando con morbo, imaginando con euforia los beneficios del poder que ahora tenía sobre Karina y sobre el director de su institución. Observó cada detalle en primera fila, casi sin dar crédito, pues jamás imaginó, cuando surgieron las primeras habladurías, que casi todo era verdad, y que un día podría presenciarlo ella misma.

Al llegar a casa, Karina entró a su habitación y cerró con llave, dejó sus cosas en el escritorio y rápidamente se dejó caer en la cama boca abajo, con su sonrisa de triunfo, de chisme fresco. Volvió a ver todas las imágenes, seleccionó las cinco mejores y las guardó en otra carpeta. Le llegaban muchos mensajes de WhatsApp, los cuales a veces abría para verlos, pero no les daba mucha importancia.

Cuando ya hubo terminado su labor con las fotos, abrió de nuevo la infinita conversación de su grupo de amigas en WhatsApp, era un comentario tras otro, sobre los maestros, sobre otras chicas, sobre los "antisociales" de la escuela… hasta que llegaron al tema de Karina. Seguían los comentarios malintencionados sobre ella, Andrea no comentaba nada, se limitó a enviar un emoji de una carita tapándose la boca, como cubriendo su risa, el cual pronto, con el flujo vertiginoso de la conversación, quedó atrás y en el olvido. Todos aquellos comentarios que se hacían tenían un sabor diferente para Andrea, uno más divertido, ahora que sabía la verdad, que la había presenciado ella misma. Era como cuando alguien está mascando un chicle durante mucho tiempo, y luego empieza a perder su sabor, pero entonces se mete uno nuevo a la boca y al mascarlo el sabor es otra vez más dulce.

En ese momento, una notificación apareció más arriba de la pantalla: era un mensaje privado de Paola. Le decía que su prima iba a hacer una fiesta el sábado, y que la acompañara, pero que le preocupaba que no tenía nada que ponerse, a lo que Andrea le respondió:

–Wey, ¡no mames! Todo lo que dicen de Karina en el grupo…

Seguían llegando mensajes del grupo, y Andrea abrió la conversación para seguir leyendo, dejando pendiente la de Paola.

–Sí, ya sé. -respondió Paola- ¡Se pasan! Se me hace que todo eso lo inventan.

Andrea se apresuró a buscar la carpeta con el "top 5" de las fotos de Karina y el director, cuando las hubo seleccionado, escribió en la parte inferior: "¡Todo es cierto! Los espié y les tomé fotos. Estas son las mejores 5, para que tengas la primicia. *emoji de guiño de ojo* ¡Es una puerca atascada, qué perro asco! *emojis de cerdito y cara vomitando*"
Presionó el botón de enviar.

Pero Andrea cometió un fatal error: lo envió al grupo, no a Paola.

Algunas de las chicas reaccionaron con emojis de sorpresa, otras de risa, otras prefirieron no comentar nada, y por último estaban las que le reclamaron a Andrea, diciéndole que había ido demasiado lejos, que consideraban que se extralimitó, para luego abandonar el grupo indignadas.

Lo que siguió fue una ola de memes, de acoso, de burlas, de todo tipo de mensajes en las redes sociales de Karina, las fotos le dieron la vuelta no solo a la escuela si no a la ciudad entera, a tal grado de que Karina ya no podía ni salir de su casa porque en cada esquina había un burlón haciendo muecas e imitando los movimientos sexuales de Karina, introduciéndose objetos en la boca. Le gritaban en la calle toda suerte de vulgaridades, ofensas, improperios, le lanzaban objetos y vendían playeras con su cara impresa, con algún mensaje de doble sentido.

En menos de una semana, el escándalo era tal, que tuvieron que cerrar la escuela indefinidamente, pues el hostigamiento de la prensa, padres de familia y gente curiosa afuera de la misma no permitía que las clases se impartieran como si nada pasara, además de que estaba el tema de conseguir un reemplazo para el director, el cual fue encarcelado por acoso sexual a una menor y le retiraron su cédula profesional.

Toda la escuela sufrió un desprestigio sin precedentes. Ante la opinión pública quedaron manchados para siempre. Las infames imágenes circulaban a diario por todo tipo de plataformas en la red.

Karina se suicidó. El acoso y las burlas se volvieron insoportables, ya no tenía ninguna motivación para seguir adelante, se ahorcó en su casa. Le dejó una nota a Andrea donde le decía que no podía creer que su odio hubiera llegado tan lejos como para aprovechar un error que ella cometió y humillarla de esa manera. Pero que la perdonaba y que se iba en paz, porque al fin terminaría todo aquel infierno para ella.

Los papás de Karina se hicieron cargo de que todos se enteraran de eso, tuvieron varios enfrentamientos con las autoridades de la escuela, con los padres de Andrea y con la Andrea misma. También grabaron varios videos dirigidos hacia toda la gente que había humillado y acosado a su hija, desencadenando en ella una depresión tan fuerte que la llevó al suicidio.
Andrea no sabía ya que hacer, se cansaba de disculparse con todos, incluso con sus propios padres, con lágrimas en los ojos, jurando

una y otra vez que fue un error, que ella nunca quiso que todo aquello pasara.

—Todo Brasil se enteró. Fue una noticia que estuvo en boca de todos por varias semanas, luego a la gente se le fue olvidando, como suele suceder, y dirigieron su atención a otras noticias relevantes. Pero yo… yo no he podido olvidar. No podré nunca. Es algo que me acompañará hasta el último día de mi vida. Mis padres me internaron aquí porque creen que así retomaré el buen camino, que tendré una vida normal como la que tenía antes de adentrarme en este vicio de las redes sociales y la mensajería instantánea. Pero, ¿cuántas terapias necesito realmente para no sentirme así de culpable? ¿Cuántos medicamentos para no seguir viendo la cara demacrada y sin ganas de vivir de Karina en sus últimos días, antes de poder conciliar el sueño todas las noches? ¿Acaso el estar aquí encerrada sin contacto con la tecnología me va a ayudar a dejar atrás todo lo que pasó y continuar con mi vida donde la dejé? ¿Dónde me perdí? Donde…

Andrea no pudo más y rompió en llanto, tapándose la cara con las dos manos y apoyando sus antebrazos en las rodillas, con las piernas dobladas e inclinadas hacia la parte superior de su cuerpo. Mateo la observaba con compasión, pensando que podía decirle que la tranquilizara un poco.

—No fue tu culpa, tú no querías hacerlo. Jamás podrías haberte imaginado que todo aquello iba a pasar. -Andrea seguía llorando y Mateo se levantó y fue hacia su cama, la abrazó y le dio consuelo-Tranquila, todo estará bien. Eres una buena persona, Andrea. De no serlo, no te sentirías así. Y las cosas pasan siempre por una razón, para hacernos crecer como humanos, aunque esto duela a veces, aunque sea todo tan cruel.

Muchas amigas dejaron de hablarle a Andrea, la veían como la persona que mató a Karina, la que le arruinó la vida. Algunos vecinos le gritaban en la calle que con qué cara se atrevía a salir, que debería darle vergüenza lo que hizo, lo que provocó. A pesar de que Andrea contó una y mil veces, a la prensa, a sus maestros, a sus padres, lo que realmente pasó, y lo arrepentida que estaba, muchos no le creyeron. Pensaron que lo había hecho a propósito porque odiaba a Karina, que era una bruja que merecía estar muerta. Por otro lado, hubo otros que la apoyaban, que le creían y se acercaban a ella para darle mensajes positivos. Algunos de los que le enviaban mensajes a sus redes sociales, ni siquiera la conocían en persona, pero se declaraban sus fans, y le aplaudían que hubiera expuesto a Karina y principalmente al director, decían que este tipo de eventos deberían denunciarse con más frecuencia, para que se sepa la clase de corrupción y basura que hay en las escuelas que se dicen reconocidas. Estos "fans" la consideraban casi una heroína, cosa que no la hacía sentir mejor de ninguna manera.

Paola fue quien siempre la apoyó además de sus padres, de hecho, quiso visitarla en varias ocasiones pero no la dejaron verla, pues los doctores decían que debía permanecer al menos un mes sin recibir visitas del exterior, como parte de la terapia.

Mateo se quedó así con ella un buen rato, hasta que logró que estuviera más tranquila, ambos se incorporaron y se plantaron frente a la ventana, observando hacia el exterior con nostalgia.

Cuando dieron las cuatro de la tarde, llegó Sofía, la enfermera del turno de la tarde encargada del cuarto de ellos. Compañera y reemplazo también de Ernesto en caso de que él, por alguna razón, no pudiera asistir en la mañana o algún día en específico. Era una mujer de unos 33 años, muy delgada, alta, de cabello negro recogido en una forma que endurecía sus facciones, era muy bonita pero muy seria, tenía una nariz respingada y pequeña, ojos negros expresivos, labios en forma de corazón. Su rostro era fino pero duro, como si fuese una muñeca de porcelana o un maniquí en un aparador.

Entró con ese riguroso y fino caminar que la caracterizaba, con una charola en la mano. La dejó sobre el buró diciendo "sus medicamentos, jóvenes".

Sobre la charola había dos vasos de vidrio con agua, y al lado de cada uno, dos píldoras cuyas mitades eran, una transparente, que dejaba ver el polvo de adentro, y la otra de color rojo. Tanto Andrea como Mateo debían tomar estos medicamentos pues eran parte de la terapia. Eran ansiolíticos leves que ayudaban a soportar con más calma su estancia ahí.

–Los veo mucho más tranquilos -dijo Sofía con cierta ironía- espero sigan así, se ahorrarán muchos problemas innecesarios.

Mateo y Andrea voltearon a verse con miradas de desaprobación hacia Sofía mientras ella se dirigía hacia la puerta para salir. Luego sonrieron.

Habían tenido más problemas con ella que con Ernesto, pues no era tan paciente y mucho menos comprensiva.

Los días fueron pasando, y las largas horas de silencio y aislamiento se hacían cada vez más insoportables. No sabían cuanto tiempo había pasado, así que empezaron a preguntar a los enfermeros o a otros pacientes del área (que eran muy pocos) cuando salían a las actividades al aire libre.

Intentaban, de vez en cuando, contarse historias de terror, anécdotas de su infancia, para no aburrirse. Pero las ideas se disipaban rápidamente y duraban otro largo tiempo sin decir nada, pensando cada quién en lo suyo.

Un día por la mañana, Mateo se levantó de su habitual posición junto a la cama, y dijo: "ya no puedo más, esto es asfixiante", expresó que debían hacer algo para salir de ahí, que al diablo con el tiempo que faltaba.

–Calma, Mateo, debemos ser pacientes -dijo Andrea-

–Y lo hemos sido… ¡lo hemos sido! ¿No es así? Pero ¿no estás harta ya? ¿No sientes que ya fue demasiado? Yo creo que la mejor terapia que pudimos tener fue hablar tú y yo.

–Es verdad. Compartir nuestras historias nos hizo bien.

Mateo y Andrea se acercaron cada vez más, viéndose a los ojos, y se besaron. Se besaron con dulzura y amor, no estaban nerviosos sino tranquilos, en paz consigo mismos y con el otro, en total confort. El bienestar compartido de su alma por fin hacía juego con el entorno blanco de aquella habitación, con las telas suaves de su vestimenta, y de las sábanas. La angelical luz del sol de la mañana que entraba por aquella gran ventana iluminaba sus deseos, sus anhelos, su nuevo porvenir, y las posibilidades de un futuro mejor para ambos, esta vez juntos.

Algunas partículas suspendidas en el aire danzaban alrededor de ellos, iluminadas por la fuerte luz.

–Vámonos de aquí, Andrea -dijo Mateo con un semblante de esperanza y júbilo- escapémonos juntos, no necesitamos toda esta mierda.

Intentaron escapar de la institución con un plan mal elaborado, con ayuda de Ernesto. Se las ingeniaron para convencerlo de que les ayudara, pero fueron descubiertos y Ernesto fue despedido.

Mateo y Andrea, por su parte, fueron llamados a la oficina del director del lugar, se les cuestionó por sus acciones, y aunque intentaron defender a Ernesto, ya era demasiado tarde. El director no cambió de opinión, lo había despedido y no había marcha atrás. Fue un enfermero poco profesional que violó las reglas.
Pero el director se dedicó a escucharlos, se dio la oportunidad de analizar sus razones, sin prejuicios. Y logró entenderlas. Había visto también un gran avance en ellos, sonaban como dos personas adultas totalmente cuerdas y conscientes. Así que decidió llegar a un acuerdo con ellos: los dejaría ir, siempre y cuando estuviesen de acuerdo con ciertas reglas.

Primero, sus familiares deberían enviar reportes semanales de su comportamiento y rendimiento escolar para él cerciorarse de que todo marchara bien y nada estuviese fuera de lugar. Al mínimo comportamiento errático, Mateo o Andrea regresarían a ese lugar para concluir el tiempo establecido inicialmente.

En segundo lugar, quedaría prohibido para ellos el uso de teléfonos celulares, computadoras, reproductores de música, consolas de videojuegos y cualquier otro gadget que les pudiera distraer del mundo real hasta nuevo aviso.

Andrea y Mateo aceptaron esos términos con tal de que los dieran de alta. Fueron enviados a su habitación mientras el director hacía el papeleo y las llamadas correspondientes. Se les avisaría cuando todo estuviera listo para que pudieran marcharse. Sus cosas ya estaban listas, resguardadas en la oficina del director.

Al día siguiente, muy temprano, entró Sofía de golpe, despertando a ambos jóvenes.

—Andrea. Te llama el director a su oficina, ven conmigo. -dijo Sofía muy seria-

Andrea se levantó con lentitud, todavía con sueño, sorprendida. Mateo apenas si pudo voltear a ver lo que estaba pasando cuando escuchó la voz de Sofía.

—¡Vamos, apúrate! El director tiene otras cosas que hacer y no le gusta que lo hagan esperar. -dijo Sofía, impaciente, aproximándose a Andrea y tomándola del brazo, jalándola hacia la puerta-

Andrea tuvo que obedecer, no supo que decir, y bostezando, salió por la puerta con Sofía.

Mateo se levantó de golpe, abriendo los ojos lo más que pudo. —¡Oye, espera! ¿Qué sucede? -gritó Mateo, pero Sofía dio un portazo tras de sí, cerrando rápidamente sin contestar, y se llevó a Andrea-

En la oficina del director estaba el padre de Andrea, con una mirada muy seria. Apenas si cruzaron unas palabras el director y él, firmó unos documentos, tomó una mochila con las pertenencias de Andrea y le dijo a su hija que se marchaban en ese momento.

Andrea, aún desorientada por el levantamiento tan brusco, no podía creer que al fin iba a salir de ese lugar, después de dos meses que le parecieron siglos. Su padre la tomó de la mano y se apresuró hacia la puerta, Andrea expresó que antes de irse tenía que despedirse de Mateo, pero él se negó.

—Tú no vas a despedirte de nadie, estabas ansiosa por salir de aquí, ¿no? Pues nos vamos ahora mismo.

Ambos siguieron caminando de prisa, Andrea no sabía cómo sentirse en ese momento, todo fue muy repentino.

Su padre estaba muy molesto, pues era un hombre de negocios, de mucho trabajo, y había tenido que cancelar citas y juntas importantes para poder hacer esa diligencia, cuando el día anterior le habían avisado por teléfono de todo lo que pasó, y que tenía que ir por su hija.

A mitad del camino, casi por llegar a la camioneta, Andrea se detuvo y empezó a forcejear con él.

—¡Papá, suéltame! ¡tengo que regresar a decirle a Mateo que ya me voy! Él y yo…

—¡Escúchame bien, niña idiota! -dijo su papá, deteniéndose- Ya estoy harto de tus berrinches y de tus locuras, ¿sabes que por tu culpa tuve que cancelar cosas importantes de trabajo? Tu madre está de viaje, fue a visitar a tus abuelos. Y me llaman para decirme que la loca de mi hija quiso escaparse como una delincuente con un desconocido. ¡Y yo tengo que hacerme cargo! ¡¿Tienes idea de los problemas que me estás causando?! Mejor no me hagas enojar más y para ya de hacer tus escenitas. Nos vamos a casa ahora mismo.

Andrea empezó a llorar pero obedeció a su furioso padre en silencio, caminando lentamente junto a él, se subió al vehículo y se fueron a su casa.

Más tarde, llegó la mamá de Mateo con su hermano, quien ya estaba más recuperado, aunque aún con manchas notorias en la piel.

Mateo, durante el trayecto, fue explicándole a su madre lo que había pasado. Ella comprendió y le dijo que estaba contenta porque también tenía ganas de verlo y de que ya saliera de ese lugar. Él le contó sobre Andrea y le dijo que estaba triste porque no pudo ni siquiera conseguir su número para llamarla en cuanto se les permitiera usar el teléfono.

Entre más pasaban los días, más pensaban el uno en el otro. Los dos vivían en Brasil, pero eran de diferentes ciudades, las cuales nunca mencionaron durante su estancia en aquella habitación blanca, estaban más ansiosos por salir de ahí que cualquier otra cosa.

Andrea le pidió de favor a su madre que llamara a esa institución para pedir informes sobre Mateo, para poder contactarse con él después, lo cual ella hizo, pero no le dieron ningún dato, le dijeron que esa era información confidencial del paciente y no podían compartirla. Lo mismo le pasó a Mateo.

Ambos retomaron sus actividades escolares, cada quién por su lado. Andrea se cambió de escuela.

Eran los bichos raros de su escuela, los únicos que no tenían un smartphone o una tablet en la mano.

Los amigos de Mateo, aquellos que antes lo veían raro por estar todo el tiempo pegado al teléfono jugando juegos en la escuela, que se quejaban por que siempre estaba aislado en su propio mundo y que había dejado de hablar con ellos al juntarse en los descansos, eran los mismos que ahora lo aislaban, que lo veían raro por no tener celular, ni poder comunicarse con ellos por Messenger, WhatsApp o Instagram. Era rarísimo ya no ver actividad nueva de él en Facebook, no poder juntarse en su casa a jugar videojuegos o ver una película, y que él tampoco pudiera ir a casa de ellos a hacer esas actividades.

En el caso de Andrea, era exactamente lo mismo. La única forma
que conocía de hacer nuevas amigas era por redes sociales, y ahora
que estaba en una nueva escuela, no sabía como acercarse a las
personas, se pasaba los descansos, las entradas y salidas,
caminando por ahí sola, mirando a la nada, pensando qué estaría
haciendo Mateo.

LA ERA DE LO ABSURDO

El constante miedo engendrado por los abusos de aquellos que tenían el poder, las malas formas de los que no respetan, el inframundo desatado por parte de delincuentes de todo tipo y los daños emocionales y psicológicos que todos estos males traen siempre bajo el brazo llevaron a una sociedad anglosajona a construir paso a paso un futuro de cero tolerancia hacia el robo, la falta de privacidad, la violencia, la manipulación y todos los comportamientos que se gestan en el ser humano promedio y que pueden ser la semilla de un peligro potencial.

Dentro de este futuro vivían los residentes de un amigable vecindario de clase media alta, donde cada una de las casas tenía su propia identidad, al igual que sus habitantes, todos con personalidad propia, con gustos diversos. Entre este cúmulo de complejidades humanas, había, sin embargo, algo en común, y es que todos ellos eran en extremo amables los unos con los otros, se hacían favores, se visitaban, querían siempre conocer a todas las familias alrededor, involucrarse y ser amigos, y saber en qué podían ayudar, sentirse parte de algo más grande que su propio entorno familiar, como si su comunidad vecinal fuese una especie de familia extendida. No obstante, esta comunidad de tintes tan positivos tenía un defecto: reinaba la desconfianza.

A pesar de tener cada quién en su casa un robot asistente que realizaba las tareas del hogar (incluidas avisar cuando alguien llegaba y no dejar entrar a cualquiera), avanzados sistemas de alarma y cámaras de vigilancia en cada rincón, conectadas todo el tiempo a internet, y a las cuales podían acceder desde prácticamente cualquier lugar a través de sus dispositivos móviles, siempre había cierta tendencia a inspeccionar cada uno de los movimientos de una persona cuando llegaba a visitar la casa de alguien. Jamás se dejaba solo a alguien externo en una habitación, por muy amistosa que fuera la relación con esa persona. Hasta cuando alguien quería ir al baño, el dueño o dueña de la casa acompañaba al visitante hasta la puerta de este, y lo esperaba con paciencia afuera. Era algo que todos sentían, pero nadie hablaba de eso. Trataban inútilmente de disimular su recelo hacia otros disfrazándolo de amabilidad y falsa cortesía. Y el o los visitantes fingían igualmente que creían todo ese cuento. Pero incluso entre familiares dentro de la casa, también había una perpetua desconfianza que era el pan de cada día: Rita era una señora de 56 años que llevaba 30 casada con su esposo, tenían tres hijos, y aún así, ella guardaba celosamente una pequeña caja fuerte con todos sus ahorros dentro de un tocador. Su esposo sabía que la tenía, se lo mencionó alguna vez, pero nunca le dijo la combinación ni dónde la tenía guardada, ni siquiera por si surgía una emergencia y tuvieran que disponer de ese dinero. Para él, era un pequeño detalle que había quedado atrás en el tiempo, casi en el olvido. Pero ella, todas las noches, antes de que su marido llegara, cerraba la puerta de la recámara con llave, cerraba las cortinas y echaba un vistazo a su alrededor en busca de cualquier ente que pudiera, por mínima que fuese la posibilidad, estarla observando. Echaba un billete grande, o a veces una moneda de oro o de plata, incluso también joyas antiguas muy valiosas.

Y volvía a cerrar rápidamente la caja, con mucho cuidado de volver a esconderla bien. Había quienes contaban con unos lentes especiales con los que podían ver los mensajes y todo tipo de información en su teléfono, mientras que para los demás era sólo una pantalla negra. Así, cuando sonaba en alguna reunión, el dueño del teléfono se ponía los lentes y contestaba el mensaje. Casi nadie hablaba ya por teléfono. Toda la comunicación era por mensajes.

Vanessa, una alegre y joven madre soltera, estaba entusiasmada por asistir a un picnic que organizarían todos los vecinos, en un bonito y cuidado bosque a las afueras de la ciudad, por lo cual estaba preparando todos los detalles. Todo tenía que ser perfecto, porque además quería quedar bien con un pretendiente que la acompañaría a ella y a su hijo Alfonso, de seis años.

Lucía flamante en su vestido azul de pequeños lunares blancos con cuello blanco al estilo de los años cincuenta, al igual que su cabello corto rubio a lo Marilyn Monroe.

–¡Alfonso! -le gritó a su hijo al entrar a la sala y ver que estaba a punto de meterse a la boca una paleta de caramelo que acababa de caerse al suelo y recogió- ¡Deja eso! Está lleno de gérmenes, ¡te vas a enfermar!

Vanessa sacó de un cajón en un mueble unos guantes desechables de látex y se los puso. Luego, con un pañuelo, envolvió la paleta usando las dos manos y con mucho cuidado, como si se tratara de una bomba, la llevó hasta el elegante bote de basura de aluminio, el cual abrió presionando un pedal con el pie derecho, y la depositó ahí. Alfonso no dijo nada, desvió la mirada de su madre y manoteó con ambas manos sobre la mesa de centro, resignado, inexpresivo. Luego se llevó las manos a los bolsillos. Ya estaba acostumbrado a esos arranques obsesivos de su madre.

–Ahora… -dijo Vanessa después de quitarse los guantes y tirarlos también a la basura- quiero que te portes como un caballerito. Vamos a ir a un día de campo con todos los vecinos y recuerda que debemos dar una buena impresión. ¡Será divertido!

Vanessa sonreía alegre. Pasaba las manos por el cabello del niño, arreglándolo, cuidando que no se despeinara. Luego le dio un beso.

El pequeño Alfonso vestía de una forma elegante pero a la vez dulce, con un pantalón azul marino a rayas verticales y horizontales color marrón claro y camisa azul pastel, con tirantes color marrón en lugar de cinturón.

Kevin, el novio de Vanessa, llegó y tocó el timbre. Vanessa recibió una notificación en su tablet, deslizó para ver, y se abrió una ventana que mostraba, en el centro, un recuadro grande con la vista de la cámara de seguridad de la puerta de entrada, donde se veía a Kevin parado frente a ella, con las manos en la cintura sobre sus jeans, viendo hacia abajo, esperando.
Alrededor, otros recuadros pequeños que mostraban otros rincones de la casa. Vanessa puso el dedo sobre el recuadro grande, el cual llenó toda la pantalla y desplegó un menú en la parte derecha de la misma, del cual ella seleccionó el icono de un micrófono, y dijo "¡enseguida vamos!" a lo que su pretendiente contestó "¡OK, los espero!".

Vanessa abrió en la misma tablet otra aplicación para activar todos los sistemas de seguridad y apagar todas las luces de la casa. La metió en su bolsa, la cual se colgó del brazo después de sacar sus lentes de sol y ponérselos, tomó al niño de la mano, y con la otra mano tomó una canasta con cosas y salió.

En la puerta, Kevin y Vanessa se saludaron alegremente.

–¡Saluda a Kevin, mi amor! -le dijo Vanessa a Alfonso-
–Hola, Kevin. -dijo el niño-

Llegaron al lugar del día de campo, saludaron a los vecinos, los cuales seguían llegando cada vez más de ellos, todos sonreían, se halagaban, platicaban y compartían cosas, así como se ayudaban a sacar cosas de los autos para instalarse. Hieleras, colchones inflables, juguetes robots para los niños, telescopios para ver las estrellas en la noche, etcétera.
Algunos llevaban juegos de mesa como el ajedrez y el backgammon, especialmente los hombres. También pelotas y otros instrumentos deportivos.

El día era hermoso. Los pájaros cantaban y el aroma de los enormes árboles verdes en conjunto con el sonido de sus hojas al moverse con el viento era realmente agradable. Mariposas de todos colores, formas y tamaños revoloteaban por encima del pasto y en las flores, algunas abejas robot se acercaban también a las flores para polinizarlas. Además, éstas últimas cumplían con otra función: contaban con pequeñas cámaras instaladas en su cuerpo que fungían como una medida de seguridad por si había alguien cerca y tenía alguna emergencia. De ser así, ellas lo detectaban y mandaban una señal directa al guardabosques para que hiciera llegar la ayuda.

Después de unas dos horas aproximadamente, empezaron a formar grupos de forma espontánea, cada grupo buscó el lugar donde se sentía más cómodo y se sentaron ahí a comer, charlar y disfrutar del sol y del aire puro. Las abejas ya habían cumplido con su labor y se habían ido, también las mariposas se habían marchado a otro lugar, pero empezaron a llegar otros animales, entre ellos ardillas, mapaches y gatos, los cuales eran perseguidos por los perros de algunos vecinos y por los niños, cosa que les causaba risa a los adultos.

Vanessa, Kevin y el pequeño Alfonso se sentaron sobre el pasto en un lugar alto, un poco más apartado de los demás, solamente tenían a dos grupos a unos cuantos metros cerca de ellos: a la derecha, cinco amigos jóvenes que se divertían tomando turnos para controlar un dron desde un smartphone, y a la izquierda, una familia con dos hijos, una niña de más o menos once años y un niño de aproximadamente tres.
Platicaban alegremente mientras Alfonso veía hacia el cielo y hacia sus alrededores, sin entender nada de lo que ellos hablaban, y en su interior se preguntaba porqué ese joven señor era tan importante para su mamá y porqué todo el tiempo estaba viéndolo sólo a él y no paraba de sonreír. De pronto pasó una mujer caminando frente a ellos que sacó su teléfono y empezó a realizar algunas operaciones con un rostro serio. Vanessa la vio y cambió su semblante alegre por uno de preocupación.

–¡Ay, no! ¡qué tonta soy! Se me olvidó por completo.

–¿Qué cosa? ¿Qué sucede?

–¡No he revisado las cámaras de seguridad de mi casa!

Vanessa alcanzó su bolsa que estaba junto a la canasta y sacó su tablet para abrir con desesperación la app de control remoto de su casa, revisando rápidamente todos los controles y vistas.

–¡Dios! -dijo Kevin con una pequeña risa de despreocupación- Vanessa, relájate. ¿No crees que si alguien hubiera entrado a tu casa ya te habría llegado una notificación?
–No puedo confiarme, Kevin. Además, no es sólo que se metan a mi casa lo que me preocupa, ¿qué tal si algo se está quemando y los censores de humo tardan en reaccionar y la notificación no me llega…? Afortunadamente todo parece estar bien.

Vanessa había revisado todo en un santiamén, sus dedos eran ágiles porque ya estaba acostumbrada a navegar por la interfaz abriendo ventanas, haciendo zoom, verificando que los sistemas de seguridad estuvieran todos activados y todo bajo control en su domicilio.

–Abre el tuyo, revisa que el auto esté donde lo dejaste y que no haya vidrios rotos. Las alarmas muchas veces pueden fallar, ¡o los mismos ladrones encuentran formas de desactivarlas!

–Vanessa…

–¡Kevin, nada más ábrelo! Revisa. Sólo quiero asegurarme de que todo esté bien.

–Mierda. Está bien.

Kevin sacó del bolsillo de atrás de sus jeans su smartphone, abrió el centro de seguridad y revisó que todo estuviera en orden, sin mucho afán.

–¿Lo ves? Todo perfecto. El auto está donde lo dejamos, no hay ladrones, ni espías, ni extraterrestres. La carga solar está al máximo. ¿Feliz? -le dijo a Vanessa mientras le mostraba la pantalla de su teléfono.

–Mucho mejor, qué alivio.

–Estás muy tensa todo el tiempo, pero tan bonita como siempre.

Vanessa se sonrojó y sonrió con timidez, agachando la mirada, mientras Kevin tenía la suya clavada en su rostro.

–Necesitas relajarte.

La tomó por la barbilla con su mano derecha y le plantó un beso suave, luego se puso detrás de ella y le dio un masaje en los hombros y el cuello.

Vanessa no sabía qué decir, era presa de sus deseos.
Kevin se acercó más a ella, hasta que la sentó sobre sus piernas y la presionó junto a su cuerpo. Sus brazos delicados y la textura suave de su piel volvían loco a Kevin.

Vanessa se sentía en las nubes, hasta que de pronto sintió un bulto creciendo en el pantalón de Kevin, se alejó un poco y cayó de nuevo en la realidad. Volteó a ver a su hijo. El niño los veía fijamente, con una seriedad que daba miedo.

Vanessa desvió la mirada para observar qué había detrás del niño, a quiénes tenían cerca, o que hacían los demás grupos de personas cercanos a ellos.

De pronto vio pasar al niño de tres años de la familia que estaba a unos cuantos metros de ellos. Traía bajo el brazo una pelota verde de hule que sus papás le habían dado para que jugara, en la otra mano iba con su teléfono grabando lo que pasaba a su alrededor, especialmente a los pequeños insectos que revoloteaban en el alto pasto.

–Alfonso, cielito. Ve a jugar con aquel niño de allá, pero no te vayas muy lejos.

Alfonso se levantó y caminó hacia al niño para preguntarle qué estaba haciendo, y así comenzaron a jugar y a recorrer el lugar.

–¿Quieres un sándwich? -dijo Vanessa liberándose del abrazo de Kevin y alcanzando la canasta, la cual destapó un poco, haciendo a un lado las partes de la tela que cubrían la superficie- Traje suficientes hasta para compartir con los vecinos…

–¡No! -dijo Kevin alcanzándola y jalándola del brazo hacia atrás, hacia él, para abrazarla de nuevo y acariciar su rostro y cabello- ¡Te quiero a ti! Quiero comerte a besos.

–¡Kevin!

Se besaron apasionadamente y estuvieron varios minutos así, entre apapachos, miradas, palabras de amor y otras subidas de tono al igual que sus caricias.

Vanessa era quien le recordaba a Kevin que debían de ser recatados y comportarse a la altura, que se encontraban en un lugar público donde además estaban todos sus vecinos.

Pasaron así un poco más de media hora, hasta que en serio tuvieron hambre y decidieron que era hora de probar esos deliciosos sándwiches que había preparado Vanessa, así que entre ambos sacaron algunos junto con el colorido mantel que pusieron sobre el pasto y algunos cubiertos.

–¡Mi amor, ven con mami! ¡Es hora de comer! -llamó Vanessa a su hijo mientras también sacaba de la canasta unos frascos de jugos de diferentes frutas.

El pequeño Alfonso le dijo al niño con quien estaba jugando que tenía que irse, y se dirigió hacia donde su madre y su futuro padrastro.

Cuando hubieron los tres terminado de alimentarse, después de alegres pláticas y coqueteo entre la feliz pareja y silenciosas sonrisas del infante, Vanessa acercó de nuevo la canasta hacia ella, y dijo que había llevado manzanas rojas para los tres.

Sacó una para Kevin y se la entrego, luego sacó otra para ella, y finalmente… se dio cuenta de que la manzana que le tocaba a Alfonso no estaba.

Volteó a ver a Kevin esbozando una sonrisa penosa, luego volteó a ver a Alfonso.

Busco con las dos manos en el interior de la canasta, en el fondo, estando casi segura de que ahí estaría la tercera manzana. No fue así.

Vanessa se encontró indignada.

–¡Nos han robado! -dijo con una cara pálida.

–¡Esto es inaudito! Es completamente absurdo, jamás había pasado algo así. No ha pasado nunca nada parecido en años, ¡y menos en mi comunidad!

Vanessa se paró en su lugar y giró su cabeza y su cuerpo en todas direcciones gritando "¡nos han robado, nos han robado!"

Todos los vecinos dejaron todo lo que estaban haciendo y voltearon su mirada hacia el punto que llamaba la atención por los gritos de Vanessa. Hacían expresiones de asombro, de sorpresa. Comentaban entre ellos, no daban crédito a lo que sus oídos escuchaban.

Kevin permanecía sentado en el suelo, se había puesto sus lentes de sol tipo aviador color dorado y seguía mordiendo su manzana con una frivolidad envidiable, la cual sostenía con la mano izquierda, mientras que con la derecha se apoyaba en el suelo y miraba hacia arriba a su novia, observando con curiosidad qué más hacía o decía.

La tensión crecía, el ambiente se sentía pesado, Vanessa se puso como loca y empezó a gritar a los cuatro vientos que le habían echado a perder un día tan maravilloso con un acto tan cruel, bajo y sucio como lo es un robo.

–¡Hay un ladrón o ladrona en nuestra comunidad! Jamás volveré a estar segura. Ninguno de nosotros, en realidad. Porque hay un ladrón hipócrita y sucio entre nosotros.

Una de las vecinas comentó que ella tenía una idea de quién pudo haber sido. Hubo un repentino silencio y toda la atención de los presentes se centró en ella. Para esto, la mayoría de los asistentes al picnic estaba de pie y relativamente cerca de Vanessa y sus acompañantes.

–Bueno… todos sabemos de los problemas que tuvo Erika en el pasado con eso de la cleptomanía y, bueno…

–¡Óyeme! ¿Qué te pasa? Eso fue hace más de diez años -contestó Erika molesta- y ni siquiera vivía en el vecindario. ¡No te atrevas a acusarme ni hables de lo que no sabes!

–Sí, deja de apuntar con el dedo a los demás y mejor ocúpate de tu familia -gritó otra mujer dentro de la multitud- ¡mi prima no hizo nada! Yo he estado todo el tiempo platicando con ella.

–¡Ja! Como si los cleptómanos no se dieran habilidad para…

Los vecinos empezaron a alegar entre sí y algunos le gritaban que ya se callara.
Su esposo la jaló del brazo y se le acercó para decirle que no fuera imprudente y que ya guardara silencio.

Alfonso no quitaba los ojos de su madre, que estaba fuera de sí, furiosa. Sus pequeñas manos sólo masajeaban el pasto, tratando de calmar su ansiedad.

–¡Cállense todos! -gritó Vanessa- quiero saber quién fue.

Hubo un silencio absoluto.

–No van a verme la cara de estúpida, alguien de aquí tuvo que haber sido. Si ese alguien confiesa ahora, y es capaz de decirme aquí, enfrente de todos, cuál es su maldito problema conmigo, simplemente tomaré distancia con esa persona y tendré que tomar más precauciones de ahora en adelante. Pero si no tienes el valor civil de afrontar las consecuencias de tus actos, te aseguro que no tendré piedad, esto se hará mucho más grande y cuando descubra quién eres, vas a lamentar haber nacido. Haré que todo el peso de la ley y la vergüenza pública caigan sobre ti, me encargaré de que no encuentres trabajo, y tu vida será un infierno.

Vanessa decía esas palabras mientras volteaba a ver a todos sus vecinos, trataba de ver la cara de cada uno de ellos, aunque fuera por un instante, tratando de descifrar algún gesto sospechoso, de culpabilidad o falsedad. Pero sólo conseguía ver rostros serios, estupefactos y algunos de empatía.

—Mi amor, tranquila. -dijo Kevin mientras se incorporaba, tragando el último pedazo de su manzana- Si quieres yo te compro otra manzana para el niño, y ya está. Vámonos de aquí y olvidemos todo esto.

—Es que no es la manzana, Kevin. -replicó Vanessa tratando de calmarse un poco y volteando a ver su novio- Es la acción. Me parece inaudito. Es una falta de respeto y un acto vil y cruel, completamente inaceptable.

Vanessa comenzó a sollozar.

Entre la multitud, una niña rubia de once años, de cabello largo, habló para decir que estaba de acuerdo con Vanessa.

—El objeto no importa, es la acción. Bien pudo haber sido un plátano, una pelota, o pudieron haber sido dos o tres manzanas, no importa. Desde que tomas algo que no te pertenece, te conviertes en ladrón. Tienes toda la razón en estar enojada, Vanessa. Qué triste que haya un ladrón entre nosotros, si esto pasa ahora, ¿qué nos espera en el futuro? ¿en qué clase de sociedad estamos viviendo? ¿qué hicimos mal?

Rebeca, la vecina de la casa del lado izquierdo de la de Vanessa, una mujer guapa y un poco más joven que ella, se acercó un poco tratando de tranquilizarla.

–Vanessa, ¿y no te habrás confundido? Quizás ni siquiera tenías esa manzana en tu canasta. O se te cayó en alguna otra parte.

–¿Acaso crees que soy tonta? ¡Revisé una y mil veces antes de salir de mi casa! Es más, a mí se me hace que fuiste tú quién se la robó, ¡claro! Siempre me has tenido envidia, y sé muy bien que me quieres bajar a mi novio, me doy cuenta de que te gusta, ¿pero sabes qué? No te lo voy a permitir, eres una hipócrita y una zorra. ¿Querías una manzana? ¡Cómprate una en el supermercado, desgraciada! Cuestan menos de seis dólares el kilo.

–A ver, estúpida. ¡¡¡A mí no me hables así!!!

Rebeca se abalanzó sobre Vanessa, jalándola del cabello y Vanessa se defendió, cuando pudo soltarse de ella le dio una cachetada, Rebeca respondió jalándola otra vez del cabello y arañándole los brazos.
Se peleaban con más intensidad y los vecinos se alborotaron, unos tratando de tranquilizarlas y los otros, la gran mayoría, discutiendo sobre quién tenía la razón, quién ganaría y porqué. También discutían por ver quién era el ladrón, y se acusaban entre sí, usando argumentos estrafalarios. Incluso se dieron algunas otras mini peleas entre ellos. Gritos, amenazas y jalones, aún entre familias.

La escena era patética. Alfonso se incorporó en su lugar y observó todo, inmóvil. Después de eso, no pudo volver a hablar. Jamás había visto a su mamá así. Y a Vanessa parecía habérsele olvidado que su hijo estaba presente. Kevin no sabía qué hacer. Prefería no meterse.

Alguien llamó a la policía, que pronto llegó a poner orden, también llegó el guardabosques que había advertido que algo no andaba bien, luego llegaron los medios de comunicación y un sacerdote.

La policía investigó e interrogó a todos los presentes, informaron que nadie se iría de ahí hasta que apareciera el ladrón, o que decidiera confesar.

–¿Cuál es su nombre? -preguntó el oficial-
–Vanessa Aguilera.
–¿A qué hora aproximadamente ocurrieron los hechos?
–Entre la una y las dos de la tarde aproximadamente…

Mientras tanto, la prensa entrevistaba al sacerdote, quién ya había bendecido el lugar con rezos y agua bendita, también a los asistentes de aquel evento.

–Es aberrante que algo así pase en nuestra comunidad. Lastimosamente el demonio se apoderó de este lugar en alguna oportunidad que tuvo, jamás me habría imaginado algo de esta magnitud. ¡Un robo! Dios mío, ¡un robo! Si robar es uno de los pecados mortales, ¿en qué estaba pensando esa persona…? ¿Porqué…? Sería muy triste que se condenara al infierno, un alma más para la colección del maligno. Espero que el culpable confiese lo antes posible y se arrepienta de corazón, y que repare el daño.

–¿Va a hablar usted con ellos, les dirá algo para que reflexionen sobre sus actos? -preguntó la reportera-

–Sí, en la noche, cuando se calmen los ánimos, les daré una plática sobre la moral y las buenas costumbres, es mi obligación recordarles a estos hermanos nuestros el mandato divino, hacerles ver que están mal y ayudarlos a retomar el camino. Me preocupa sobremanera que todos se señalen, se acusen. Eso no debe ser. El que esté libre de pecado, que arroje la primera piedra.

Horas más tarde, ya bien entrada la noche y después del sermón del sacerdote, el guardabosques les llevó algunas mantas a aquellos que les hacía falta. Tenían frío, pero todos estaban enojados con todos, nadie quería pedirle nada a alguien de otro grupo o de otra familia. Los grupos estaban muy separados y no se hablaban.

A partir de ahí, pudieron dormir sólo unas cuantas horas, con mucha dificultad.

Vanessa se abrazó de Kevin y se acurrucaron, después de ponerse ella un poco de alcohol que le había llevado el guardabosques en las heridas de los arañazos que le hizo Rebeca en la cara, cuello y brazos.

Al día siguiente, la policía les informó que podían irse a su casa, pero que seguirían investigando hasta llegar al fondo de todo y dar con el culpable, puesto que no iban a permitir bajo ninguna circunstancia un robo más. Se les recordó a todos los vecinos que había cero tolerancia contra esos delitos, y que cuando se diera con el culpable, pagaría no sólo por robar, sino también por no haber confesado cuando se le dio la oportunidad. La sentencia podría ir desde 50 días de trabajo forzado hasta el destierro total de la comunidad, dependiendo de las circunstancias del robo.

Pasaron varios días y nadie salía de su casa, el vecindario, aunque muy bonito, parecía una ciudad fantasma. Ya nadie visitaba a nadie, sólo recibían visitas de la policía para más interrogatorios, pruebas con detectores de mentiras y observación por parte de psicólogos que buscaban patrones de comportamiento.

No encontraban nada.

Nada fuera de lo normal, nada extraordinario. Ningún culpable hasta entonces.

Las personas se encerraban en su casa bajo varias llaves y cerraduras, no abrían las cortinas y establecían contraseñas para abrirles a personas de servicio como el técnico del cable, el lechero, el repartidor de pizzas.
Algunos vecinos inclusive instalaron varias cámaras de seguridad nuevas, y tenían drones que sobrevolaban los alrededores de su hogar para asegurarse de que no hubiese nadie sospechoso.

Uno de esos días, Vanessa y Rebeca coincidieron en la llegada a su casa. Vanessa iba a abrir cuando vio a su vecina, con quien en otro tiempo se había llevado tan bien.

Venciendo su orgullo, decidió entablar una conversación con Rebeca para disculparse por lo que había pasado, Rebeca también se disculpó porque fue ella quien la agredió físicamente primero.

Se dieron la mano y sonrieron.

—Yo sólo quiero que atrapen al culpable y todo esto termine -dijo Vanessa-.

—Esperemos que así sea. -contestó Rebeca- Ya no soporto más todo este acoso de la policía y la prensa. Somos la comidilla de todo el país.

—Yo tampoco.

Kevin bajó algunas bolsas del auto y se aproximó con Alfonso.

—Veo que ya hicieron las pases, me da gusto.

—Sí, -dijo Rebeca- no podíamos estar toda la vida enojadas. Creo que Vanessa ya comprendió que no le tengo envidia y que yo no le robé nada. Tampoco estoy interesada en ti, Kevin. Sólo me caes bien.

Hubo un silencio incómodo.

—Y… ¿de dónde vienen? Si puedo saber.

—Oh, fuimos a una de las terapias de Alfonso para que recupere el habla. Y aprovechamos para comprar algunas cosas que nos hacían falta. -contestó Vanessa-

—¿Y… cómo van con eso?

–Muy bien, va progresando. Al parecer irá recuperando la voz progresivamente, hasta que haya superado por completo el trauma.

–Bueno, yo las dejo para que platiquen, -dijo Kevin- voy a dejar estas cosas y a jugar videojuegos un rato con Alfonso.

En otra de las herméticas casas, a algunas calles de ahí, una familia conversaba tranquilamente, tratando de relajarse y dejar a un lado todo lo que estaba pasando desde el día del picnic.

El niño de tres años con el que había estado jugando Alfonso aquel día, pertenecía a esa familia y estaba insistiéndole a su papá en que viera los videos y las fotos que había grabado en esa ocasión con su teléfono.

Finalmente, el papá le hizo caso y se puso a ver el contenido. Uno de los videos llamó particularmente su atención: se trataba de uno donde su hijo correteaba jugando con su pelota, y grababa todo lo que había a su alrededor. Los insectos, el pasto, el cielo y las otras familias que estaban a su alrededor disfrutando del sol y el paisaje. De pronto se ve donde Alfonso deja la pelota que le había prestado el niño y se va corriendo, persiguiendo una ardilla, el niño vio un mapache y lo persiguió también, grabándolo. El mapache se metió a una canasta (la de Vanessa) y ayudándose con sus manos y boca, sacó una manzana y salió rápido, huyendo, corriendo con la manzana en la boca y se perdió entre la hierba a lo lejos.

El misterio estaba resuelto. No había ladrón, sólo un animal hambriento que se escabulló entre las pertenencias de Vanessa sin que nadie se diera cuenta. La prueba había estado todo el tiempo ahí, en el video que inocentemente había grabado ese niño que no entendía nada de lo que pasaba el día del picnic o porqué había empezado el alboroto, o todo lo que pasó después. Un niño que sólo se preocupó por jugar y disfrutar aquel día.

El vecino en cuestión hizo una copia del video y se lo mostró a las autoridades, expandió la noticia por el vecindario y todo volvió a la normalidad. Todos volvieron a ser los de antes, hipócritas o no, neuróticos o no. Pero ya no estaban encerrados en su casa como si hubiese un apocalipsis zombi allá afuera, como si todos los demás vecinos fueran criminales peligrosos. Como si hubiese una plaga.

La noticia apareció en todos los medios, principalmente en la sección de noticias insólitas en los diarios más importantes. También hubo muchas menciones en la televisión, entrevistas con los involucrados, etcétera.

Fueron, de cierta forma, aquellos ciudadanos, la burla internacional por algún tiempo. El chiste del momento.

Pero entre ellos ya se veían, ya se hablaban. Se pidieron perdón por todas las tonterías y los malentendidos. Alfonso ya salía al parque y jugaba con otros niños, aprendió a socializar y recuperó el habla por completo. Kevin ya convivía más con él y lo trataba como si fuera su hijo.

Una alegre mañana, después de hacer las compras de la despensa, la señora Rita, estando sola en su casa, se percató de que su perro había entrado a la cocina.

–Hola, precioso. Ahorita te doy tu comida, déjame poner las otras cosas en su lugar.

El perro pareció entender y se sentó a esperar, en medio de la cocina. Pero algo perturbó a Rita, y es que su perro la miraba fijamente, y movía la cabeza con curiosidad, como si quisiera observar exactamente en donde dejaba las cosas. Rita miró con recelo al can, y después de pensarlo por algunos segundos, tomó de prisa todas las bolsas y las llevó a la sala, escondiéndolas detrás de los muebles y cuidando que su mascota no la hubiese seguido. Sacó únicamente la bolsa de alimento para perro y se dirigió a la cocina.

Algunas parejas se encuentran en una zona gris de su relación, en la cuerda floja, justo en esa delgada línea que divide una relación sana de una relación tóxica.

Ese era el caso de Víctor, un joven de 22 años y su novia Sonia, de 19.

Al principio, su noviazgo era algo lindo, romántico. Se demostraban su amor a cada momento.

Sonia decidió tomarse un tiempo antes de decidir si ingresar o no a la universidad, había concluido sus estudios de bachillerato satisfactoriamente. Lo que hacía ahora era ayudar a su mamá en el negocio familiar de confección y bisutería. Ella se encargaba de diseñar las pulseras más divertidas y novedosas, cuyas ventas iban en incremento y eso le inspiraba a seguir creando. A veces iba de visita a otras ciudades cercanas para buscar piedritas o accesorios diferentes, algo que brillara y llamara la atención del público. También hacía collares y aretes de muchos colores y formas.

Los fines de semana enteros se los dedicaba al amor de su vida, Víctor. Un joven que tenía su propio taller donde reparaba y modificaba motocicletas.

Los dos eran muy apasionados en lo que hacían. A Víctor le gustaba además ir al gimnasio para estar en forma.

Martha era una amiga de Sonia a la que siempre le había gustado Víctor. Como él nunca le hizo caso y prefirió a Sonia, siempre buscaba formas de hacer que Sonia desconfiara de él. Le decía que lo había visto con otra chica, y ella al principio le creyó y le reclamó a Víctor.

Sin embargo, Sonia no era nada tonta y con el tiempo se dio cuenta de que aquella que se hacía pasar por su amiga era en realidad su rival, y que sólo estaba tratando de envenenarla en contra de su novio para que terminaran.

Víctor, por su parte, estaba feliz con Sonia.
Juntos se reían de las cosas que Martha inventaba y de lo celosa que se ponía cuando los veía juntos, ya no podía disimularlo. Pero ambos fingían no darse cuenta.

Víctor asistía con frecuencia al gimnasio, mientras Sonia seguía en su labor de bisutería.
Quería ganar musculatura, pero se desesperaba porque no veía resultados notables, y empezó a tomar anabólicos. No le comentó nada a Sonia.

Todo el fin de semana estaban juntos. Desde el viernes en la noche iban a un lugar abierto donde pudieran contemplar las estrellas, mientras comían hamburguesas y helado, o veían una película en casa de alguno de ellos.

Pero era diferente: en casa de Sonia, se tenían que comportar porque ella aún vivía con sus padres, en cambio cuando se quedaban en casa de Víctor, quien ya vivía solo, hacían el amor durante toda la noche.

No obstante, Sonia empezó a notar cambios en Víctor, no sólo en su cuerpo, sino también en su comportamiento. Detalles que antes no le preocupaban y no les daba importancia, ahora parecían afectarle.

Una vez, por ejemplo, iban caminando por el parque en una tarde de verano. Sonia llevaba un vestido floreado corto que resaltaba su figura. También llevaba puestos unos aretes y unas pulseras que ella misma se había hecho. Se veía muy linda.

Iban caminando entre la gente, observando, charlando. De pronto, Víctor se detuvo.

–¿Viste cómo te ha mirado ese tipo?
–¿Cuál?
–¿Cómo cuál? Ese que acaba de pasar frente a nosotros.
–¿De qué hablas, amor? No me digas que estás celoso.
–Pues es que te ha mirado como si quisiera desnudarte.

Sonia rio.

–No lo puedo creer. ¿De cuándo acá con esas cosas? Siempre te ha gustado presumirme, que los demás nos vean juntos, ¿cuál es el problema ahora?
–Bueno eso sí, eres hermosa, pero…

–Mira: Uno, yo sólo tengo ojos para ti y lo sabes. Dos, no creo que ese tipo del que hablas me haya visto muy diferente a cualquier otro porque ni siquiera me di cuenta. Y tres, el tono en el que me hablas hace parecer como si me estuvieras reclamando a mí, como si me lo estuvieses echando en cara… ¿yo que culpa tengo, en todo caso, de que volteen a verme?

Víctor no dijo nada, se quedó pensando y siguió caminando.

Luego se quitó su cárdigan gris y quiso ponérselo encima a Sonia con la intención de cubrir su escote.

–Hace frío ya, ¿no? ¿Porqué no te cubres un poco?

Sonia rio y se lo quitó de encima.

–¡No! ¿Qué te pasa, Víctor? Ni hace frío, no seas ridículo.

En la intimidad era cada vez más brusco, y también pasaba cada vez más horas en el gimnasio.

Martha, que parecía ya haberse resignado, seguía hablándole de vez en cuando a Sonia para que salieran o sólo para platicar (aunque Sonia ya sabía muy bien que era una hipócrita). Se había conseguido un novio y aparentemente estaba feliz con él.
Pero en realidad seguía con su mismo plan de separarlos. Esta vez sólo por capricho, pues Víctor ya no le interesaba, lo consideraba un patán engreído y estaba resentida porque jamás logró llamar su atención.

Esta vez, su estrategia era distinta: le enviaba galanes solteros a Sonia para que la conquistaran, eran amigos de ella y otros ni tan amigos, pero siempre les insistía en presentarles a su amiga, cuando alguno se enteraba de que ya tenía novio, ella les decía que sí pero que no tenía importancia, porque era un gañán que la trataba como basura.

Aunque lo que decía Martha de Víctor distaba mucho de la realidad, había una pizca de verdad en sus palabras.

Víctor antes era cariñoso y detallista, a veces pasaba por la tienda de la familia de Sonia sólo para llevarle flores, chocolates o peluches. O para saludarla.
Eso cambió. Ahora se mostraba serio y posesivo cada vez que salían, no le gustaba que nadie volteara a verla.

Sonia seguía con él como si nada pasara porque lo amaba y trataba de justificar su nuevo comportamiento, pensando que tal vez simplemente la relación estaba madurando, se estaba volviendo algo más serio y él estaba en su derecho de sentir celos y querer estar todo el tiempo posible con ella.

Uno de esos días, pasó Víctor por la tienda y se bajó de su moto para saludar a Sonia, sólo para encontrarse con otra moto estacionada, mucho más moderna y con rines cromados. El dueño era un joven un poco más alto que él, quien estaba adentro, sonriéndole a Sonia y tratando inútilmente de sacarle plática más allá de la que tendría cualquier cliente con la empleada de una tienda.

Víctor se fue de ahí furioso, no fue capaz de notar la indiferencia con la que Sonia trató al tipo de la motocicleta llamativa, que trataba de conquistarla sin disimulo alguno, y que además era uno de esos galanes presumidos que le mandaba Martha.

Por la noche regresó, pero no en su moto, si no en la de un cliente. Sonia estaba justo ahí afuera, cerrando la tienda. Se sorprendió de verlo ahí a esa hora y entre semana, pero le saludó y sonrío.

–Víctor, mi amor, ¿qué haces aquí?
–¿quieres ir a dar un paseo? -dijo Víctor serio.
–Pero… ¿ahorita…? ¿Y esa moto?
–¿Tienes otros planes? -preguntó Víctor con un dejo de sarcasmo.
–N… no… -titubeó Sonia, confundida- pero… déjame entrar y decirles a mis papás, ¿sí?
–Ahorita les mandas un mensaje, ¡súbete!
–Bueno… está bien… ¿y esta moto?
–En el camino te cuento.

Sonia se apresuró a subirse y se abrazó fuerte a Víctor, pudo notar como sus músculos habían crecido y que estaban duros como roca, no sabía que decir, estaba sorprendida, emocionada y enamorada, todo a la vez.

Víctor no decía nada, mantenía la vista fija hacia al frente mientras aceleraba lentamente, cada vez un poco más.

Al principio era divertido, Sonia gritaba de emoción y su cabello suelto volaba con el aire. Se sentía segura junto a su hombre, y no quería hablar tampoco, sólo disfrutar del momento. Pensó también que era inútil decir algo porque con el viento y el ruido de los otros vehículos, con dificultad iban a poder entenderse.

Pero pronto esa emoción empezó a transformarse en angustia, en ansiedad, y luego en pánico.
Sabía que algo andaba mal, que Víctor estaba enojado por algo.

Ninguno de los dos llevaba casco, y Víctor aceleraba cada vez más, y lo que más miedo provocó en Sonia fue el ver como se alejaban cada vez más de la ciudad, de todo lo que ella conocía, el camino se hacía cada vez más solitario y oscuro. Llegaron a una carretera casi vacía, y Víctor presionaba el acelerador hasta el fondo y no desviaba la mirada del frente, casi ni parpadeaba. Seguía en línea recta.

–¡Víctor, basta! -comenzó Sonia a gritar-
–¡Basta, ya, detente! ¿Qué estás haciendo?
–¡Esto no es divertido, es muy peligroso!

Víctor rompió el gélido silencio únicamente para lanzar un reclamo a su enamorada:

–¿¡Esto es lo que te gusta, no!? ¡¡Era lo que querías!! Yo pensé que te daba miedo… dime, quién maneja mejor, ¿tu galancete hijo de papi… ¿¡O YO!?

–¿Qué? ¡Estás loco! No sé de qué hablas.

–Ah, ¿no?

–¿¡Estás borracho o qué te pasa!? Ya detén esto, ¿a dónde vamos? ¡Nos vas a matar!

Víctor gozaba con el miedo de Sonia.

–¡que te detengas! ¡que te detengas! ¡que te detengas! -gritaba
Sonia, quien había tomado valor para soltarse por completo de
Víctor y ahora lo golpeaba en la espalda con ambos puños, usando
todas sus fuerzas.

–¡DETENTE! ¡DETENTE! ¡DETENTE! ¡DETENTE!
¡DETENTE! ¡DETENTE! ¡DETENTE! ¡DETENTE!

Sonia no dejaba de gritar al tiempo que seguía golpeando a su
novio. Víctor, molesto, empezó a orillarse hacia un lado de la
carretera, disminuyendo gradualmente la velocidad hasta parar la
motocicleta por completo en el monte.

–¿¡Qué demonios te ocurre!? -fue Sonia la primera en soltar un
reclamo- ¿Sabes a lo que nos expones?
Lo mínimo que nos puede pasar es que nos arresten a los dos por
no llevar casco en plena carretera, y lo peor es que choquemos y
nos matemos, ¿sí eres consciente de eso?

–¿Y porqué? ¿Crees que yo no puedo manejar una de estas?

–¿De dónde la sacaste?

Víctor no contestó.

–Es de un cliente, ¿verdad…? Víctor, ¿qué te está pasando? ¿qué
nos está pasando?

–Tienes razón… perdóname… es sólo que… yo ya no me imagino
la vida sin ti, no después de todo este tiempo… no después de todo
lo que nos hemos amado, de lo que hemos vivido juntos.

Víctor hablaba ahora en voz baja, se acercó a Sonia y trató de
besarla, pero ella lo rechazó.

–¿Tienes idea de lo que puede pasarte si llegas a dañar esa moto
que no es tuya?

–Pero ya viste que no le pasó nada… ya viste que soy responsable. A mí manera, pero lo soy. Además, ¿de qué es lo que tienes tanto miedo?

–¡Que no sabes la clase de barbajanes con quien te puedes estar metiendo!

–Ah, ¿de eso se trata entonces? -los ánimos se agitaban de nuevo- ¿tú piensas que todos mis clientes y mis amigos son una bola de barbajanes y delincuentes? ¿y qué hay de tu galán de esta tarde? Recuerda que las apariencias engañan, ¿crees que él sí se merece tu confianza sólo porque viste bien y maneja una moto nueva? ¿tú qué sabes de él y su familia? ¿estás segura de que todo el dinero que tienen se lo ganan trabajando honestamente?

–Ay, Dios mío, por favor. ¿Cuál galán? ¿Es que ahora me espías también? Es verdad que hoy atendí a un baboso que me estuvo coqueteando, pero lo rechacé. ¿No viste también eso? Lo rechacé, lo bateé, porque yo a quien quiero es a ti.

Hubo un silencio. Sonia continuó.

–Mírame a los ojos y dime si te estoy mintiendo.

–Yo ya no estoy seguro de nada, casi ni nos vemos ya. ¿Cómo sé que no soy uno más? A ver, dime.
¿Tienes un tipo? ¿Te gustan los motociclistas?

–¿Es en serio? No nos vemos tan seguido como antes porque los dos hemos tenido mucho trabajo, y lo sabes, y porque el tiempo libre que a ti te queda, en lugar de venir a buscarme como antes, te la pasas en el gimnasio. Pero yo pensé que nuestro amor era más fuerte que esas barreras. Y esos tipos que me persiguen, yo ni les hago caso, y tampoco sé de donde salen, pero ahora que lo pienso, júralo que me los está enviando Martha.

–¡Por favor! ¿Martha? ¿Martha que tiene que ver en esto?

—Tú bien sabes que andaba tras de ti, y que es una serpiente que quiere separarnos.

—Eso fue antes, Martha está feliz con su novio, ¡ya superó esa etapa! Además, creí que era tu amiga.

—Ay, por favor, como si no la conocieras. Se hace pasar por mi amiga, pero es una chismosa, y yo le doy por su lado para que crea que tiene el control. ¿Pero sabes qué? Honestamente, yo te creía más inteligente.

Víctor respiró profundo y trató de calmarse.

—OK, OK… está bien, supongamos que es así. Martha quiere separarnos, y quizás otras personas también. ¿Vamos a dejar que eso suceda?

—¿A dónde quieres llegar, Víctor? -preguntó Sonia, sofocada, con un gesto de hartazgo.

—¡Vámonos de la ciudad!

—Estás delirando. Escucha qué locuras dices.

—Podemos empezar de cero, tú y yo. Sin que nadie nos moleste.

—Ajá, ¿con una moto robada y 50 pesos en el bolsillo? ¿Dejando atrás nuestras responsabilidades?

—¡¡¡SÍ!!! ¿ACASO NO ES EL AMOR UNA LOCURA?

—¡NO! ¿Qué pasa contigo? ¿Porqué haces todo esto?

—¡PORQUE TE QUIERO SÓLO PARA MÍ!

En ese momento pasó una camioneta pick-up en el carril contrario a donde estaban ellos, Víctor sintió un repentino y fuerte dolor en la cabeza después de gritar y se quejó haciendo un gesto de malestar, con los ojos entrecerrados y tocándose las sienes, tratando de aliviar esa filosa punzada.

–Víctor, ¿qué te pasa? -dijo Sonia cambiando su tono malhumorado a uno de genuina preocupación-

Pero en ese momento, algo llamó la atención de los dos: la pick-up que iba pasando, al tiempo que iba a dar vuelta en una curva, perdió el control y se volcó sobre la carretera, dando varias vueltas hasta finalmente caer por un barranco.

El dolor de Víctor había pasado, y se apresuró a llamar a emergencias desde su teléfono.

La ayuda llegó unos minutos después, y ambos jóvenes explicaron a los paramédicos y a las autoridades lo que había pasado. Dieron testimonio de cada uno de los detalles que ellos vieron, nadie pudo explicarse qué pasó exactamente, así que la versión oficial, por ser la más lógica, fue que los frenos de la camioneta habían fallado.

El conductor, de 45 años, murió. Iba solo.

A la mañana siguiente, cuando todo pasó, Sonia les contó a sus padres la verdad a medias de lo ocurrido la noche anterior. Les dijo que sólo habían ido a dar un paseo tranquilo por la carretera y se regresarían antes de media noche, hasta que vieron el accidente y llamaron a emergencias, y todo eso los entretuvo.

Ellos le creyeron, pero aún así le prohibieron seguir viendo a Víctor, usando la vieja premisa de que "ese muchacho es una mala influencia para ti, no te conviene".

Víctor y Sonia siguieron viéndose a escondidas, después de presenciar aquel accidente, los dos entendieron que la vida es demasiado frágil como para desperdiciarla con discusiones absurdas. Debían vivir su amor al máximo y por sobre todas las cosas, aunque ahora fuese prohibido. Víctor, especialmente, parecía haber entendido que incluso cuando no se toman riesgos estúpidos, todo puede terminar en un instante, siempre estamos expuestos.

Pero Sonia, aunque nunca lo mencionaba, no podía dejar de pensar en lo extraño que fue aquel accidente, pues el señor parecía ir manejando bien, a una velocidad considerable, y en los exámenes de sangre que hicieron los paramédicos al cadáver, no se encontró alcohol.

Lo más extraño fue que ocurrió justo en el momento en el que Víctor se quejó de aquel punzante dolor en la cabeza. Sabía que era una coincidencia como cualquier otra, pero no dejaba de darle vueltas en su mente.

Habiendo llegado el momento oportuno, y ya con un dinero ahorrado, Sonia les comentó a sus padres que estaba decidida a ir a la universidad y que ya sabía qué carrera quería estudiar: Diseño Industrial.
Sus padres no podían estar más orgullosos. Dijeron que la apoyarían en todo, y que se graduaría con honores, pues tenía mucho talento.

—No nos adelantemos -dijo Sonia-, primero tenemos que buscar universidades, tengo que elegir una que esté dentro de la ciudad, porque no quiero irme tan lejos.

—¿quieres que te acompañemos, hija? -preguntó su madre.

—No, mamá, gracias. Yo me encargo sola, para que tú no descuides la tienda.

Pero Víctor sí que la acompañó. Se pusieron de acuerdo y el lunes siguiente fueron juntos a ver la primera universidad que ofrecía esa carrera y pedir informes. Lo que Sonia no se imaginaba, es que nuevamente Víctor le haría una escena de celos.

Resulta que en uno de los pasillos de la facultad que ofrecía la carrera, Sonia iba saliendo de la oficina del coordinador con un montón de flyers y carpetas con información sobre la universidad, el plan de estudios, el examen de admisión, etcétera. Víctor la esperaba afuera, sentado en un sillón del mismo pasillo, pues se había quedado contestando unos mensajes que tenía pendientes del trabajo.

A Sonia se le cayeron algunos de los documentos informativos que llevaba, y un chico guapo que iba pasando por ahí le ayudó a levantarlas.

–Gracias -dijo Sonia-
–Un placer -dijo el muchacho que no podía quitarle los ojos de encima-
–No te había visto por aquí, ¿eres nueva?
–No, bueno, sí… de hecho… solamente vine a solicitar información sobre las carreras y eso.
–Me da gusto, ojalá te decidas por esta universidad… eres muy bonita.

–¡Pero es mi novia! -dijo con tono firme Víctor, quien se había aparecido por atrás de él de repente, como un fantasma.

–Perdón, no sabía. -dijo el muchacho y se alejó lentamente, quería decir algo más pero no sabía qué, estaba muy avergonzado-

Víctor lo seguía con la mirada, como si pudiera hacer que se alejara más rápido, lo miraba como un halcón adulto mira a su presa cuando está a punto de engullirla.

–Víctor, no debiste tratarlo así. Él sólo trataba de ser amable.

–Y a ti te encanta que sean amables contigo, sobre todo si son guapos, ¿no?

–¿Sabes? Realmente pensé que estas escenitas habían quedado en el pasado.

–Mira, Sonia, no me quieras ver la cara. Me di cuenta como le coqueteabas.

–Ugh, estás insoportable.

Sonia comenzó a caminar adelante sola, sin voltear a ver a nada ni a nadie, en especial a Víctor.

–¡Espera! No vienes sola, vienes conmig… aaagggghh!!!

Sonia volteó al escuchar la expresión quejumbrosa de Víctor: se tocaba el estómago, doblándose de dolor, sin poder decir una palabra más.

–¿Ya ves? Eso te pasa por hacer corajes inútiles, se te va a derramar la bilis. En serio me das vergüenza.

Sonia iba a seguir su camino sin darle importancia a las quejas de su novio, para así castigarlo por su comportamiento errático… Sin embargo, algo inusual llamó su atención: sintió un vibrar bajo sus pies, lo cual hizo que se detuviera, asustada. Segundos después, todo a su alrededor estaba temblando, y sonó la alarma sísmica. Ella volteó a ver a Víctor, asombrada. La gente de administración e informes que estaba en sus cubículos se unían a las pocas personas que había en los pasillos, alumnos, principalmente, en una hola de individuos asustados que corrían hacia la salida más cercana para buscar un lugar seguro donde protegerse.

Algunas de las lámparas LED blancas del techo explotaron y cayeron hasta donde los cables a los que estaban unidas les permitían, causando un corto circuito. La alarma se apagó y algunas chispas todavía saltaban de las lámparas, las pocas que quedaron aún funcionando, emitían una luz tenue e intermitente.

Todos salieron, menos los novios. Eran los únicos que quedaban en aquel pequeño conjunto de oficinas.

Sonia estaba atónita, no podía quitarle la vista de encima a Víctor, que estaba parado justo en medio del pasillo y se iba recuperando del dolor al mismo tiempo que todo aquello pasaba.

Cuando por fin estuvo completamente de pie y aliviado, Sonia, aún boquiabierta, por fin pudo articular algunas palabras, y fue para hacerle una pregunta.

–Víctor… ¿tú… hiciste todo eso?

–No… no lo sé… yo…

–¿En qué estás metido?

Víctor no tenía una explicación en mente, o las palabras correctas. –¿Te… te metiste… en una secta o algo así? Dime qué es todo esto.

–No… es nada. Bueno, yo no sé… no sé cómo ocurre.

–Ya no sé quién eres… ya no sé que creer.

Sonia salió de ahí corriendo sola y muy asustada.

Los días siguientes, Sonia visitó otras universidades ella sola, sin decirle nada a Víctor. Pero él no dejaba de llamarla, de enviarle mensajes. Le decía que necesitaban hablar, que por favor quedaran de verse en algún lugar. Estaba ansioso por verla, pero no quería meterla en problemas con sus padres, por eso no iba más por la tienda.

Sonia también quería verlo, necesitaba otra vez escuchar su voz, sentirse protegida, pero también debía despejar todas sus dudas sobre él. Ya no quería más misterios, ni seguir fabricando conjeturas débiles en su mente.

Accedió finalmente a verlo en una cafetería el viernes por la tarde, pero con una condición: tendría que ser completamente sincero con ella, despejar sus dudas de una vez por todas, con la mano en el corazón.

El viernes por la tarde, apenas se encontraron, se abrazaron y se besaron apasionadamente.

–Te amo, Víctor. Pero necesito que me hables con la verdad.

–Y lo haré.

–Lo que pasó el lunes…

–Ni yo mismo puedo entenderlo.

–¿Pero lo has hecho antes? ¿Cuánto tiempo llevas así?

–Te juro que no. Y no tengo control sobre eso, tan sólo… pasa. No estoy metido en nada de esas cosas turbias que tú piensas… no sé qué es esto.

–¿Lo de la pick-up fue la primera vez?

–Sí.

–¿Pero después volvió a pasar y no me contaste?
Víctor titubeó un poco, desvió la mirada.

–Sí. Te lo oculté porque pensé que no me creerías, ibas a decir que estaba volviéndome loco.

–Está bien. Pero cuéntame, dime cómo fueron las otras veces. Te prometo que lo tomaré con calma.

–Después de lo de la pick-up, lo cual me pareció extraño, pero no le di importancia… yo… estaba… en el gimnasio. Estaba cargando mucho peso y ya no aguantaba más. Cuando estaba a punto de dejar la mancuerna en el suelo, una parte del espejo se estrelló.

Nadie se dio cuenta, y yo pensé que tal vez sin querer, había golpeado el cristal con algo, pero no. Todo estaba en orden.

Luego, otro día, iba caminando por la calle. Habían pasado varias horas desde que te envié el último mensaje, y no me contestabas.

Yo veía nuestra conversación con impaciencia, esperando tu respuesta. Me enfadé por que seguías sin contestarme. En eso pasó un ciclista frente a mí, y se cayó de la bicicleta.
–¡Dios mío! -exclamó Sonia-

–Lo ayudé rápido a levantarse para que no estuviera ahí, en medio de la calle y con el peligro de que lo atropellaran. Pero fue muy extraño.

–¿Y qué más?

–Bueno… anoche.

–¿Anoche qué?

–Estando solo en mi casa… (se rio) se que suena tonto, pero… intenté mover un salero con mi mente.

–¿Y?

–Y, después de varios intentos… se movió unos pocos centímetros.

Sonia lo miró a los ojos y le dijo que le creía. Lo besó y le prometió que lo apoyaría en cualquier situación.

Se reconciliaron y continuaron su relación como si nada hubiese pasado. Víctor la acompañaba casi a todas partes, volvían a ser la pareja dulcemente enamorada que eran tiempo atrás, y Víctor trataba de reprimir sus celos cada que otro hombre se le acercaba a su novia, le hervía la sangre cada que volteaban a verla con lujuria, cada vez que sonaba su teléfono y era el mensaje de algún amiguito que provocaba su risa nerviosa, ella siempre decía que eran cadenas de chistes o memes, pero él siempre estaba con la duda. Tenía que aguantarse todo lo que sentía, no quería arruinarlo todo ahora que ya estaban bien.

Su salida para apaciguar esos celos cada día más enfermizos y su inseguridad, fue hacer aún más ejercicio. Había llegado al punto de pasarse cuatro horas diarias en el gimnasio, reduciendo horas de trabajo. Y con lo poco que ganaba, se compraba más esteroides. Quería ser el único, el hombre que Sonia necesitaba, y no iba a permitir que ningún otro se la quitara. De tener el cuerpo perfecto, Sonia no se fijaría en nadie más.

El problema fue que después de cada exhaustivo entrenamiento, Víctor se encontraba fatigado, su musculatura ya era exagerada, pero él no se daba cuenta. Se veía al espejo y decía que estaba flacucho, que necesitaba más músculo.
Hacía 500 abdominales diarias, y aunque seguía teniendo esos dolores en el estómago y la cabeza, no les prestaba atención, se acostumbró a ellos como algo rutinario, como un ejercicio más y ya no le afectaban. Los soportaba sin quejarse como todo un macho.

Sus poderes también habían aumentado, a veces caminaba solo por callejones de mala muerte lanzando tambos de basura, cajas, colchones viejos y toda clase de porquerías que había por ahí, hacía explotar autos viejos y también hacía que las botellas de alcohol les explotaran en la mano a los borrachos que se quedaban tirados durmiendo en esas calles inmundas.

Lo que fuera con tal de descargar toda esa energía y poder contenerse cuando saliera con Sonia.

Pero Sonia ya estaba al tanto de todo lo que pasaba, y no iba a dejar a su novio hundirse más. Sin que él se diera cuenta, empezó a seguirlo hasta el gimnasio, lo veía de lejos, no podía creer la obsesión que tenía con su cuerpo y las horas exageradas que dedicaba al ejercicio, pero no dijo nada.

Uno de esos días entre semana, llegó Víctor a su casa, después de su largo ritual, pero se llevó la sorpresa de que Sonia estaba en la cocina con todos los esteroides anabólicos que consumía y que guardaba celosamente en varios escondites por toda la casa. Fue hasta ese preciso momento que recordó que Sonia tenía una copia de la llave de su casa que nunca había usado, copia que él mismo le dio.

–¿Qué haces aquí? -fue lo único que pudo decir.

–No, ¿qué haces tú con tu vida?

–Son suplementos alimenticios -contestó Víctor mientras se sostenía de una silla para no caerse. Luego se sentó.

–¿Suplementos alimenticios? Y yo nací ayer, Víctor.

Víctor se sintió mareado, entrecerraba los ojos y apoyaba los brazos sobre la mesa, con la mirada desorientada.

–¡Mírate como estás, Víctor! Te haces el fuerte, pero es obvio que estás fatigado, estás a punto de desmayarte.
¿Crees que todo esto te hace bien? Te estás matando, en realidad. ¡Mira todas estas porquerías! Es una exageración.

–Bueno, ya, ya, ¡ya! Sonia, no me sermonees.

Sonia se acercó a él y lo abrazó.

–No te estoy sermoneando, pero tampoco voy a permitir que te pierdas. Te dije que enfrentaríamos juntos cualquier situación que se nos presentara, y así va a ser. Déjame ayudarte, ¿sí? Tienes que reconocer que has llevado esta obsesión demasiado lejos, que tienes un problema. Necesitas ayuda. Este cuerpo que tienes ahora no es normal, te estás convirtiendo en una bestia. Y lo que es peor, te está costando la vida. Una vida que habías prometido compartir conmigo.

–¿Qué propones entonces?

–Primero, tirar todo esto por el inodoro. Luego, iremos a dar un paseo, tú y yo, tranquilos, para despejar la mente.

–Me parece un buen inicio.

Así lo hicieron, Sonia estaba dispuesta a sacar ella sola a Víctor de su obsesión, y que volviera a ser el joven del que ella se enamoró.

Estando en una tienda departamental, iban por los pasillos platicando de varias cosas, de pronto, Sonia vio unos lindos zapatos.

–Ah, mira. Estos son los que le gustaron a Martha la otra vez que vinimos. Creo que se los compraré un día de estos y le voy a dar la sorpresa. ¡Ni se lo va a esperar!

–¿Cómo? -dijo Víctor sorprendido- O sea, sigues hablando con Martha.

–Sí…

–Después de todo lo que hizo para separarnos.

–Ay, bueno, es que no es tan mala, sólo es una niña caprichosa que…

–No, Sonia, es que no lo puedo creer. -Víctor tomó aire tratando de relajarse y se puso las manos en la cara-
–Víctor, entiende. Martha es prácticamente mi única amiga, y…

–Martha es una víbora que quiere separarnos. Tú misma lo dijiste.

–Bueno sí, pero no es para tanto. No te pongas así. Yo sólo quiero demostrarle que no me afecta lo que diga o haga, y que olvide ese absurdo capricho que tenía contigo. Que sepa que no tiene oportunidad contigo.

Víctor tenía la mitad de su palma derecha cubriendo sus ojos, trataba de no perder los estribos.

De pronto, las lámparas de ese pasillo empezaron a parpadear, y algunas de ellas explotaron, y ahora colgaban y se tambaleaban sostenidas únicamente por los cables eléctricos internos, tal como en la universidad.

Esta vez no llamaron la atención ni asustaron a nadie, pues la tienda estaba casi vacía, en especial ese pasillo.

–¿Es en serio, Víctor?

–Sonia…

–¡No! Lo he intentado todo, de verdad, he puesto todo de mi parte, y no sé qué más necesitas, no lo entiendo. Pero otro berrinche de estos ya no lo tolero. Porque de verdad, te juro que ya no puedo. Es demasiado para mí.

Víctor esperó a que Sonia dijera algo más, sin presionarla.

–Creo que lo mejor será que nos demos un tiempo.

Los ojos de Víctor se tornaron llorosos.

–¿E… estás… terminando conmigo? -preguntó con un gesto de amarga tristeza-

–No, terminar no. Sólo te estoy pidiendo un tiempo de separación… tu sabes que yo te amo, pero así no puedo. De verdad, ¡no puedo…! Trata de comprenderme.
Los dos necesitamos un respiro por tiempo indefinido.

–Te he dicho que no siempre puedo controlar estos poderes -dijo entre sollozos Víctor-

–Pues tal vez deberías de empezar por controlar tu ira -respondió Sonia-, las cosas serían muy diferentes.

No me sigas.

Sonia caminó lentamente hacia el final del pasillo, sola.

–¡Sólo son unas estúpidas lámparas! -gritó Víctor mientras Sonia se alejaba y las luces seguían parpadeando- ¡no le hice daño a nadie!

Sonia se detuvo y volteó hacia él.

–¿Y el conductor de la pick-up? Porque eso sí fue tu culpa.

–Fue un accidente, tú lo sabes. Fue la primera vez.

–Cuando puedas mirarme a la cara y jurarme que no existe ningún riesgo de que algo así vuelva a ocurrir, entonces estaré tranquila. Sólo así podremos estar juntos.

Sonia continuó su camino y salió del almacén. Víctor se quedó ahí solo, en medio de las luces intermitentes y el ruido de las chispas eléctricas de aquellas lámparas que habían quedado colgando. Esperó a que se adelantara. Sollozando, resignado.

Pasaron así dos semanas, de las cuales, Víctor, al menos los primeros tres o cuatro días, trató de estar tranquilo, de no pensar, de controlar su agresividad. Salió a dar paseos por las mañanas, pero todo le recordaba a ella. Trataba de concentrarse en el trabajo, a veces también en leer un buen libro estando en su casa, incluso visitó hasta un viejo cine casi abandonado, en el que tan sólo había una sala de proyección y que estaba ubicado en medio de alguno de esos sucios callejones en los que anteriormente pateaba cosas y destruía algunas otras con sus poderes. Estaba tratando de dejar eso atrás.

En ese lugar proyectaban películas clásicas, era todo lo que había. Al principio ni siquiera le prestaba atención a la película, que además era en blanco y negro. Todo lo que hacía era pensar en Sonia.

Pero no pensaba en ella de una forma romántica, no se imaginaba sus ojos, su sonrisa o su cabello. Lo único que quería era que estuviera a su lado, poseerla. Quería sentirse su hombre y llamarla "mi novia" cada vez que tuviese oportunidad.

Al cabo de unos minutos, Víctor se percató de algo: él era la única persona en toda la sala y estaba sentado justo en medio. Eso lo hizo sentirse como un idiota, pero empezó a ponerle atención a la película, no había comprado nada para comer, cruzaba las piernas, luego se resbalaba por la butaca y quedaba casi acostado, después se incorporaba y ponía las manos sobre sus piernas, esta vez rectas y firmes sobre el suelo. Ese fue el único lugar donde se tranquilizó por un momento, al menos el tiempo que duró el resto de la película. De alguna forma el tiempo se había detenido al estar en aquel lugar oscuro, viejo y descuidado, observando algo de otra época.

Casi sin darse cuenta, el temerario joven había calmado su ansiedad y se había sentido bien estando solo por primera vez… pero eso no duró demasiado.

Una vez afuera del cine, empezó a imaginarse nuevamente como sería haber compartido aquel momento con quien le había pedido un tiempo.
Ni siquiera tenía el más mínimo interés por investigar qué pasaba con esos extraños poderes que tenía, de donde los había obtenido o cómo funcionaban. En lo único que pensaba era en lo maravilloso que hubiera sido ir al cine con su novia, y estar abrazados, felices. Tal como lo hacían antes, pero ahora en ese cine al que fue él, y que hubieran sido las únicas dos personas ahí.

Víctor se dio por vencido y dejó de intentar calmarse, o dejar atrás lo que había hecho hasta entonces. Volvió a su vieja rutina de pasar hasta cinco horas ejercitándose en el gimnasio, aunque ahora sin los esteroides. Era su válvula de escape, la forma de lidiar con su pena. También el trabajo. Buscó más clientes, trabajaba hasta la madrugada, pues era inútil tratar de dormir.

Una tarde se encontraba solo en su taller, sentado en el suelo arreglando una motocicleta clásica, cuando de pronto, alguien tocó muy despacio la puerta metálica.

–Pase, está abierto.

Siguió en lo que estaba haciendo y volteó sólo para ver como se abría la puerta lentamente, y detrás de ella estaba la persona que quería verlo: era Martha.

—¿Qué quieres, Martha? -dijo con indiferencia, y volteó de nuevo la mirada hacia las partes de la moto que estaba arreglando.

—Quiero… quiero hablar contigo -dijo Martha con inseguridades… sobre Sonia.

Lucía cabizbaja y triste.

—Ya estarás contenta. Me pidió que me alejara de ella y ya no me ha buscado. Y como me imagino que estás enterada, no entiendo qué haces aquí. Si vienes a hablarme mal de ella o decirme que ya tiene a alguien más, déjame decirte que no es necesario y además me da lo mismo. Así que ya puedes irte.

Él seguía con lo que estaba haciendo, sin voltear a verla.

Martha se acercó.

—No, al contrario. Estoy aquí porque quiero pedirte que hables con ella, por favor.

—No seas hipócrita. ¿Acaso es esta tu nueva estrategia para conquistarme o algo así? Déjate de juegos.

—Eso quedó en el pasado, Víctor. Estoy hablando totalmente en serio.

Víctor volteó y la miró a la cara, tratando de descifrar si de verdad estaba siendo sincera, pero su terquedad lo hizo voltear de nuevo hacia abajo y continuar con su actividad.

—No te creo.

–Víctor, por favor. -Martha se acercó más a él y empezó a llorar- Mira, yo de verdad estoy arrepentida por haber hecho tantas locuras para separarlos. Estaba encaprichada contigo, pero ahora es diferente…
Sonia me lo contó todo. Fui a su casa… hablamos.
Ella necesitaba desahogarse y yo la escuché.
Sé lo de tu obsesión por el ejercicio, tu agresividad y… esas cosas que puedes hacer con tu mente cuando te enojas.
–No debió contarte todo eso, tanta información en tus manos es algo peligroso.

–¡Deja de ser tan cruel conmigo!

Hubo un silencio. Víctor se calmó y empezó a escucharla activamente.

–Mi obsesión por ti quedó en el pasado, yo estoy feliz con mi novio, es encantador, me ha demostrado ser un buen tipo, me trata como a una reina, y no sé qué vaya a pasar en el futuro, pero sé que esto que tengo con él ahora es algo bueno, y nos hace bien, ¿y sabes qué? Eso es lo que yo quiero para ustedes. Yo sé que tú también puedes dejar tu obsesión a un lado, y entender que Sonia sólo te quiere a ti. ¡Ya deja esta actitud absurda! Tus inseguridades no tienen razón de ser.

Ella te quiere.
Ella está enamorada.

Si no fuera así, ¿porqué entonces nunca pude separarlos? ¿Porqué ella no le hizo caso a los otros galanes que intentaron conquistarla? Todos ellos eran más guapos y tenían mucho más dinero.
Y, para serte honesta, ninguno de ellos era un idiota como tú.

Martha había dejado de llorar y bajó la velocidad y el tono de su voz.

Abre los ojos.
Ella te adora, pero a veces te tiene miedo.

Yo sé que juntos, con amor, pueden superar cualquier cosa. Si la vieras ahora… estas dos semanas desde que ustedes pelearon… está triste, no sale, no duerme… todo el tiempo está llorando. Ya no podía más y por eso me ha contado todo, desesperada, entre lágrimas.

–Pero su orgullo no le permite venir a verme, ni siquiera hacerme una llamada.

–Más que orgullo, es la impotencia de no saber cómo ayudarte. Deja que te ayude, no te alteres, ella ha sido paciente contigo. Corresponde ahora a sus buenas intenciones. Demuéstrale que por ella puedes cambiar.

Hubo un silencio, Víctor lo estaba considerando.

Ella me ha pedido que no te dijera nada, que necesita pensar muchas cosas todavía…

Martha esbozó una pequeña sonrisa que precedía a un comentario irónico, para tratar de minimizar el ambiente tenso.

…pero, como soy una serpiente traicionera y chismosa, pues aquí estoy.

Ambos rieron de forma muy breve.

–De verdad, Víctor. -dijo cambiando de nuevo a un tono más serio- Ve con ella, hazle sentir que te importa, que eres ese chico romántico del que se enamoró. Yo estaba mal. Ahora me doy cuenta de que realmente quiero a Sonia, del valor de su amistad… sobre todo porque puedo perderla.

–¿A qué te refieres?

–Cuando platicamos, accidentalmente su papá escuchó toda nuestra conversación, sabe todo. Se lo contó a su señora, y los dos apoyan a su hija, porque saben lo enamorada que está de ti, y no soportan verla triste, pero…

—Pero ¿qué? -preguntó Víctor asustado-

—Hablé con ella por teléfono anoche, ayer en la mañana llegó su tía Eduviges de visita, la que vive en Estados Unidos. Y se estará quedando en su casa unos días. Ella le contó que quiere ingresar a la universidad y su tía le ofreció llevársela a vivir a su casa, para que estudie allá.
Y, bueno… después de todo lo que ha pasado, lo está considerando.

—¡¿Qué?!

—Sus padres están dispuestos a respetar lo que ella decida.

—¿Está loca? ¡No puede irse! ¡No puede abandonarme!

—Víctor, cálmate.

—Es que no lo puedo creer, ¿no pensaba decirme nada?

—No lo sé, sólo me dijo que tal vez era lo mejor, que quizás ella te hacía más mal que bien, y que sería mejor si cada uno siguiese por su lado. Que tal vez de esa forma dejarías esos arranques que tienes y te enfocarías en lo importante. Que estarías mejor sin ella, y avanzarías en tu vida.

—¿Cómo puede pesar eso?

Lo importante es ella.
Mi vida es ella.

—Todavía no se ha decidido. Por eso te digo que vayas a hablar con ella, pero tranquilo, sin alterarte.

—Voy ahora mismo.

Víctor se puso una chamarra de cuero y un casco, sacó su motocicleta y se montó en ella, ni siquiera cerró ni se despidió de Martha. Salió de ahí a toda velocidad.

Mientras tanto, en casa de Sonia, la familia estaba reunida, preparando la cena. Todos ayudaban, hasta ella misma. Aparentemente estaba más tranquila, había vuelto a sonreír gracias a la comprensión que mostraron sus padres y a la visita de su tía, que era una señora estrafalaria, gorda, que en esa ocasión traía puesto un conjunto de falda y saco de color amarillo fuerte, anticuado, zapatos plateados de tacón y un complicado sombrero grande color magenta con plumas y perlas de fantasía.

Pero en su mente, Sonia le daba vuelta una y otra vez a las mismas inquietudes y estaba llena de dudas. No sabía qué hacer.

Todos conversaban cuando de pronto sonó el timbre. El papá de Sonia contestó por el interfon.

–Hola, buenas tardes… Soy… soy Víctor. ¿Puedo… puedo hablar con Sonia?

–Emmh… espera, déjame ver.

El padre de Sonia estaba un poco sorprendido. Le informó a su hija sobre la visita de Víctor, ella se quedó callada un momento, sin saber cómo reaccionar. Pero le dijo que sí, que iría a verlo.

–En un momento baja.

–Gracias. -contestó Víctor, un poco nervioso.

La casa de ellos estaba en la segunda planta, encima de la tienda.

Sonia bajó lo más pronto que pudo, aunque a Víctor se le hacía eterna la espera.

Abrió la puerta y ahí estaba, esperándola junto a su moto.

–Hola, Víctor.

–Hola.

Hubo un silencio.

–¿De verdad piensas irte?

Sonia desvió la mirada. La pregunta la tomó por sorpresa.

–Martha me lo contó. No te enojes con ella, está arrepentida por su actitud de antes. Quiere ser una mejor amiga, y por eso me lo ha dicho… quiere… reunirnos.

–¿Y tú? -Sonia volvió la mirada hacia él, desafiante- ¿tú estás arrepentido por tu actitud?

–Sí, lo estoy. Porque eso me alejó de ti.

No me abandones, por favor. Tú no.

–Víctor, yo…

–Mira, sé que tu familia te está presionando. Quieren que te vayas con el pretexto de la universidad, alejarte de mí.

–¿Qué?

–Sí, ya sé lo que piensan. Que soy una mala influencia para ti, no me quieren. ¿Pero qué hay de nuestro amor? ¿Qué hay de lo que sentimos? ¡No dejes que te manipulen!

–¿Cómo te atreves? Tú no sabes nada de mi familia, no vas a ponerme en su contra.

–¿Lo ves? Ellos quieren separarnos para siempre, quieren hacer ver como que yo soy el malo.

–Ay, por favor. La única que tiene que decidir, la que tiene la última palabra, soy yo.

–Vámonos.

Víctor tenía lágrimas contenidas en sus ojos, y una expresión
suplicante. Trataba de convencer a Sonia, se acercó a ella
hablándole en voz baja y tomó sus dos manos con la intención de
llevarlas hacia su cara y besarlas, suavemente, sentir su ternura, su
delicadeza acariciando su rostro áspero y endurecido por los
esfuerzos del ejercicio extremo, pero Sonia se soltó con violencia,
sacudiendo las manos de él hacia abajo. Lo sentía brusco,
desesperado.

–Vámonos de aquí para que no puedan separarnos. Súbete ahora a
la moto y nos vamos enseguida.

–¡Estás loco! ¿A dónde iríamos?

–Fuera de la ciudad.

–¿Qué dices? -Sonia hizo un gesto de indignación e incredulidad-
¿En serio me estás proponiendo lo mismo que hace meses? Las
cosas no se hacen así.

–Pues tú tenías pensado irte sin decirme nada. ¿Ya no me quieres?

–¡SÍ! ¡Te amo! Pero quiero que entres en razón, que hagamos las
cosas bien.

–¿Y porqué no puedes quererme así como soy?

–¿Y porqué tú no intentas cambiar, por mí? Sólo las cosas malas,
tus impulsos salvajes. Yo te amo con toda mi alma, pero tus
locuras nos impiden estar juntos.

–Yo he intentado cambiar… lo estoy haciendo.

Te di tu espacio, Sonia. No te busqué hasta ahora. Ni siquiera te
llamé ni te mandé mensajes con nadie, te di el espacio que me
pediste.

Y de verdad… quiero cambiar por ti, lo estoy haciendo.

Víctor miraba hacia abajo, tratando de contenerse para no acercarse nuevamente a Sonia, era, quizás, su última oportunidad, y eso lo destrozaba por dentro, pero no quería asustarla.

–Realmente quiero creer eso.

Víctor seguía con la mirada en el suelo, exhalaba por la boca en silencio, sin decir nada más. Con los brazos a los costados. Ya había oscurecido por completo y tenía las manos frías.

–Pero… vienes aquí, te apareces, diciendo una sarta de tonterías, proponiéndome que nos vayamos sin nada, sin decirle nada a nadie, para llevarme a quien sabe donde, exactamente igual que aquella noche que… ¡que mataste a ese hombre!

–¡Fue un accidente! ¡Yo no sabía que…!

–¡Sí, fue un accidente! Pero el hecho es que una persona murió por causa tuya, por tu ira, por tu violencia.

Hubo un silencio. Esta vez los dos se veían a los ojos.

–No has cambiado nada, Víctor. Tal vez lo intentaste, pero después de todo sigues siendo el mismo. Tú no vas a cambiar.

Sonia se dio la media vuelta y caminó hacia la puerta de entrada de su casa.

–¡Sonia! No. Por favor, escúchame. Está bien, lo entiendo. No iremos a ningún lado. ¡Mi amor, espérate! ¡AAAAAAHH!

Víctor sintió un fuertísimo dolor en el estómago, empezó a toser con desesperación, ahogándose.

–¡Víctor! ¡Víctor, mi amor! ¿Qué te pasa? ¿Qué tienes? -gritaba Sonia con desesperación-

Víctor ya no pudo decir nada, una cantidad alarmante de saliva con sangre salía de su boca sin control mientras se tocaba el estómago, tratando inútilmente de apaciguar el horrible dolor que sentía.

Sonia trató de ayudarlo, sosteniéndole por el torso, pero Víctor, después de arrodillarse en el suelo, débil, cayó desmayado hacia adelante.

Sonia subió corriendo a buscar ayuda, su papá bajó y lo vio ahí tirado en el suelo, rodeado de algunas personas que sólo lo veían y no entendían lo que pasaba.
Sacó su teléfono y llamó a una ambulancia, la ayuda llegó pronto y lo llevaron a uno de los mejores hospitales de la ciudad. Los papás de Sonia cubrieron todos los gastos médicos. Estaban tan impactados con lo ocurrido, que tanto ellos como su tía la acompañaron al hospital, donde mientras intervenían a Víctor, ella le contaba todo lo ocurrido al médico.

Ya bien entrada la madrugada, la mamá y la tía se regresaron a casa porque estaban cansadas, sólo su padre se quedó ahí con ella toda la noche.

A Víctor, que seguía inconsciente, le hicieron todo tipo de pruebas, lo metieron en un aparto conectado a un montón de pantallas de todos tamaños que escaneaba todo su cuerpo. Le inyectaron sustancias para mantenerlo estable. Las pantallas mostraban gráficas, información y luces de varios colores que sólo los especialistas entendían. Era un sistema muy sofisticado, tecnología de punta. Tuvieron que operarlo del estómago, lo cual tomó varias horas.

El día siguiente, hacia las diez de la mañana, por fin salió el médico que dirigió la operación y todas las pruebas que se le hicieron a Víctor.

El papá de Sonia estaba de brazos cruzados y dormía en su asiento, con la cabeza de lado, casi apoyada en su propio hombro, ella estaba en una posición similar pero no durmió en toda la noche, y sólo se había tomado un café al amanecer.

En cuanto vio al doctor, Sonia se levantó de golpe, despertando a su papá, quien igual se puso de pie y se acercó al doctor para saber qué había pasado.

–¡Doctor! ¿Qué pasó, cómo está Víctor? -preguntó Sonia-

–Tuvimos que operarlo, pero todo salió bien. Ahora mismo él ya despertó y se va a ir recuperando progresivamente. Ya se le explicó todo lo que pasó y los cuidados que debe llevar de ahora en adelante.

–Pero, ¿qué era lo que tenía?

–Una úlcera.

Sonia y su papá voltearon a verse, confundidos.

–Así es. -dijo el doctor- Una profunda úlcera en el estómago causada por una mezcla excesiva y constante de sustancias sintéticas que sirven como auxiliares para aumentar la resistencia física y el rendimiento.

–Los esteroides. -comentó el papá de Sonia-

–Exactamente. Eso y el ejercicio desmedido, fuera de toda proporción. Esa fue la terrible combinación que le provocó esa dolorosa úlcera. El joven tiene suerte de no haber desarrollado una afección cardíaca. Lo más impactante de todo es que presentaba niveles exageradamente elevados de testosterona en su sangre, jamás había visto algo así.

Los arranques de ira y de ansiedad, los gritos, el mal carácter, fueron, en gran medida, provocados por la úlcera. Y a su vez, esas emociones causaban que la afección estomacal se acentuara.

–Pero, doctor, ¿y sus poderes? -preguntó Sonia-

–Es extraño, pero también se los daba la úlcera.

–¿Cómo es eso posible?

–Cuando sentimos un dolor de esa magnitud, se mandan señales al cerebro y este activa ciertos mecanismos de defensa. Pero en el caso de tu novio, los estudios arrojaron que además también se activaban otras áreas de su cerebro que no han sido estudiadas a profundidad. Es aún desconocido para la ciencia todo el potencial que estas tienen o pueden llegar a desarrollar. Pero se especula que tienen que ver con cómo percibimos e interactuamos con el entorno. Parece ser que, de alguna forma, esas áreas del cerebro que se activaban en Víctor le permitían canalizar su ira hacia afuera, en forma de energía, rebotando contra ciertos objetos, especialmente aquellos que funcionan con electricidad, magnetismo o algún tipo de combustible.

–¿Entonces quiere decir que ya no tiene poderes?

–No. Al menos por esa parte puedes estar tranquila. Ya no explotarán ni se moverán cosas a su alrededor. Ya no es peligroso. Pronto podrá irse a su casa.

–¿Puedo verlo ahora?

Sonia le pidió a su padre que se adelantara a su casa, que ella iría después, pero que primero tenía que ver a Víctor y hablar con él.

Acompañada del doctor, entró al cuarto donde estaba él. Después el doctor salió y cerró la puerta, dejándolos solos. Víctor estaba sentado a la orilla de la cama, con una gasa en el abdomen. Estaba serio, pensativo. Volteó a ver a Sonia. Ella no sabía por donde empezar.

–Hola, Víctor… me alegra que ya estés bien.

El doctor dice que te vas a recuperar pronto, y que debes seguir sus indicaciones.

¿Tienes idea… de todo lo que te ocasionaste?

Mira, estuve pensando… toda la noche. Mientras esperaba con ansias respuestas sobre tu salud…

He tomado una decisión.

Voy a irme con mi tía a Estados Unidos. Estudiaré la universidad allá.

Víctor la veía con tristeza, pero no dijo nada.

–Yo te quiero, de verdad te quiero. Es sólo que… alguien que no se cuida a sí mismo, ¿cómo puedo esperar que me cuide a mí?

¿O… a los hijos que tendré algún día?

Sonia estaba muy triste por esa despedida, se acercó a Víctor y le habló con toda la sinceridad del mundo.

–Te quiero. Te quiero pero no puede ser. Te quiero pero voy a superar este amor, con la distancia y el tiempo.

Puso su mano derecha sobre el hombro izquierdo de Víctor. Le dio un beso en la frente con ternura y se dirigió a la puerta. La abrió. Salió. Y antes de cerrarla, volteó a verlo por última vez.

–Adiós, Víctor.

Víctor, decepcionado, triste, con ojos rojos, jamás dijo nada, y en ese último momento volteó la mirada hacia su derecha, para no verla. Sonia cerró la puerta y se fue.
Horas más tarde, Víctor fue dado de alta. Les llamó a dos de sus amigos para que lo ayudaran a llegar a su casa. Con cuidado, lo ayudaron a caminar despacio hacia la calle para que no se lastimara, lo subieron al coche que manejaba uno de ellos y lo llevaron a casa.

Durante la siguiente semana, ellos estuvieron al cuidado de él, llevándole comida, haciéndole compañía y cuidando que tomara sus medicamentos. Después de eso, estuvo recuperado y listo para reanudar sus actividades. Además, su cuerpo ya era de nuevo normal, ahora se veía como cualquier joven que va regularmente al gimnasio.

En todos esos días, Sonia jamás fue a visitarlo.

Ella se fue con su tía el mismo día que Víctor se sintió completamente recuperado y ya no necesitó la ayuda de sus amigos… pero sí llamó a otro de ellos, un amigo que antes le ayudaba en el taller. Le pidió que volviera al taller sólo por unos días, que necesitaba que se quedara ahí e hiciera unas llamadas a clientes que aún tenían ahí su motocicleta. Que las entregara y les dijera que ya no se pudo hacer el trabajo que pidieron porque el taller iba a cerrar. Le dijo también que se quedara con todo lo que le sirviera de ahí, que casi todo eran herramientas que le podían ser útiles en el taller que él tenía. También le pidió que le dijera al dueño del local que lo había desocupado junto con la casa para que se los rentara a alguien más, ya que no iba a volver.

Cuando llegó le dio las llaves y se despidió, dejándolo a cargo del taller y le dijo que si quería podía quedarse también a dormir en la casa, mientras todos los clientes iban a recoger sus vehículos.

Tomó un dinero que tenía ahorrado, una pequeña maleta que contenía sólo las cosas más necesarias (entre ellas algunas herramientas), se puso su chamarra de cuero negra y su casco, se subió a su moto y salió de ahí, rumbo a la carretera. Todos los lugares por los que pasaba, los árboles, la atmósfera, todo le recordaba a Sonia. Pero ya no importaba, porque estaba alejándose, abandonando todo aquello. Y así siguió, en línea recta por la carretera, sin mirar atrás, y se fue de esa ciudad para siempre.

Jamás se consideró a sí misma especial. Era como cualquier otra chica de 15 que iba al colegio, reía con sus amigas, coqueteaba con los chicos, era flaca y alta. Tenía una hermana pequeña, de ocho. Sus papás eran una pareja feliz y estable, muy parlanchines los dos. A todo mundo le sacaban plática. Ella prefería pasar desapercibida antes que llamar la atención.

Vivían en Eau Claire, Wisconsin, Estados Unidos.

Una vida muy normal, una vida muy pacífica. Le hacía bromas a su hermanita, a veces crueles. Iban subiendo de nivel. Pero ella también se las regresaba. En eso se pasaban sus tardes, y en las tareas.

Tenían una vieja computadora de escritorio que ambas usaban para realizar tareas escolares, investigar sobre los temas que les interesaban y ver videos.

Pero su papá le prometió a la hermana más grande comprarle una computadora nueva y más moderna a finales de ese mismo año. Ella la necesitaría más porque las tareas del grado que ella estudiaba eran cada vez más complicadas, y la computadora vieja la seguiría usando su hermanita.

La hermana mayor estaba entusiasmada, siguió su vida normal hasta que ese día llegó. Y desde el día en que obtuvo su nueva computadora, nada la detenía de pasar horas y horas frente al monitor, chateando con sus amigas y sus pretendientes.

Tenía varios pretendientes que la cortejaban en la escuela y en barrio donde vivía, ella no le había dado el sí a ninguno, aunque había por lo menos tres que le gustaban, y a quienes veía como potenciales novios.

Pero no quería, para ella era mucho más divertido que varios chicos tuvieran atenciones y detalles románticos con ella, que le regalaran cosas. Elegir a uno solo desplazaría a los demás.

Sin embargo, un día, finalmente se hizo novia de uno de ellos. Lo llevó a su casa y le presentó a sus papás y a su hermanita. A todos les cayó muy bien, era educado y formal. O al menos trataba de serlo lo más posible frente a la familia de su nueva novia, para quedar bien.

De ninguna forma quería aparentar algo que no era, pero tampoco verse demasiado relajado o que pensaran que era como cualquier otro muchacho de su edad que sólo piensa a muy corto plazo, que espera con ansias el fin de semana para emborracharse con sus amigos y salir de fiesta.

Él era jugador del equipo de futbol de la escuela, no era el capitán, ni tampoco el mejor jugador, pero era guapo y formal, se divertía pero no se metía en problemas ni hacía demasiado relajo. Sus calificaciones, al igual que las de su novia, eran buenas, mas no excelentes. Le gustaba mantener un bajo perfil.

Y en parte eso era lo que le gustaba a ella, por eso lo eligió. No era el tipo de chico con el que todas querían, era sólo uno más. Así no despertaría envidias ni antipatía.

Se preguntaba si ese era el verdadero amor, sabía que él le gustaba mucho, pero no sabía si realmente estaba enamorada. Quizás el resto dependería de él, y le emocionaba mucho la idea de dejarse llevar, la idea de ir descubriendo poco a poco que tan importante era aquella relación y hacia donde la llevaría.

Llegó el día en que ella conoció a los padres de él.
La había invitado a cenar y ella estaba fascinada con todo lo que veía, era una familia tradicional pero con hábitos relajados, ellos también estaban entusiasmados con ella, tal vez un poco más de lo normal. Le hacían preguntas, le contaban algunas anéctodas y no dejaban de sonreír. Esto incomodó un poco a su hijo, pero no mencionó nada.

Él era el de en medio contando otros dos hermanos, ninguno de ellos se encontraba en casa aquella noche. El mayor vivía en otra ciudad y estaba estudiando en una universidad privada. El más pequeño estaba quedándose unos días en casa de sus abuelos, quienes tenían una casa en el campo donde había muchos animales y naturaleza, cosa que a él le encantaba.

Gozaban de un nivel de vida más elevado que el de ella, mas no eran ricos. El padre tenía un importante y lucrativo puesto en el gobierno, pero seguían pagando la hipoteca de la grande y bonita casa que habitaban, en la cual, con el paso de los años, habían ido personalizando cada rincón tomando en cuenta también el gusto de sus hijos, dando como resultado un pastiche entre vintage y contemporáneo, entre colores brillantes y otros más sobrios. Pero habían logrado un estilo propio que se veía muy bien.

Los novios comenzaron a pasar más tiempo juntos, su amor crecía.

No obstante, no todo era miel sobre hojuelas. Los padres de ella empezaron a molestarla con que estaba descuidando sus estudios, que casi ya no la veían y que su relación estaba rodeada de misterio, a lo que ella respondía que era completamente normal porque era su primer novio y que tenían que aceptar que estaba creciendo y obviamente no iba a darles todos los pormenores de su noviazgo.

Para colmo, la hermanita era muy chismosa y en ocasiones, iba a su habitación mientras ella había salido al baño o a tirar la basura, y leía todo lo que podía de sus conversaciones con el novio, algunas cosas un tanto escandalosas, y ella nunca se dio cuenta. Iba y les contaba a sus papás y les pedía que no dijeran que había sido ella.

Esto hacía que quisieran tenerla más vigilada, y en ocasiones la interrogaban tanto a la hora de la cena, que ella hacía su berrinche y se levantaba sin terminar sus alimentos, y se iba a su habitación.

Pero sí había algo más oscuro que ocultaba: una vez descubrió a su novio fumando marihuana con sus amigos. Discutieron pero no por el hecho mismo, sino porque se lo ocultó. Desde ese entonces acordaron no mantener secrertos entre ellos, tendrían absoluta confianza para hablar de lo que fuere. Y empezaron también a compartir el uso de la hierba con fines recreativos.

Días después, ella empezó a sentir ascos, en dos ocasiones tuvo que salir de su salón como alma que lleva el diablo para ir a vomitar al baño.

Luego vinieron unos dolores de cabeza punzantes pero que pasaban rápido, seguidos de un chirrido en los oídos que nunca antes había experimentado.

Ignorante sobre el tema, se embarcó en una acalorada discusión con su novio, en la que lo acusaba de inducirla a un terrible vicio del que ahora no podría salir. Él le explicó que debía ser otra cosa, que la marihuana no provoca esos efectos.

Los extraños síntomas siguieron, empezó también a experimentar unas manchas rojas en la cara que se prolongaron a todo el cuerpo. Terminó con su novio.

Ya casi no se veían porque ella estaba triste todo el tiempo, aislada. Se encerraba en su habitación pero ya no usaba la computadora, se tendía en la cama de lado y no se movía. Permanecía así cada vez más tiempo. Los dolores de cabeza se hacían cada vez más frecuentes.

Sus padres estaban preocupados, su madre habló con ella porque pensó que, a juzgar por su actitud, le habría llegado su primer periodo. Y con este, cambios hormonales y de humor.

No era así.

Había dejado de hablar hasta con su hermanita y con sus amigas. Ya no hacía bromas, ya no reía.
Ni siquiera tenía ánimos para leer revistas o decorar sus libretas.

Las cosas escalaron a tal punto que, en una discusión, su papá estuvo a punto de darle una bofetada. Jamás le había levantado la mano a ninguna de sus hijas para disciplinarla, pero en aquella ocasión, la mayor estaba furiosa, fuera de control, cansada de tantos interrogatorios y le contestó mal. Había vomitado, esta vez ahí en su casa. La madre lo detuvo.

Los tres se calmaron. El padre nunca fue estricto ni de una moral victoriana, pero tampoco podía concebir, en aquel momento, que algo como lo que estaba imaginando pudiera alguna vez pasar en su familia.

Su hija se sintió humillada ante su exigencia de ir, a primera hora el día siguiente, con un médico a realizarle una prueba de embarazo.

Le había gritado en la cara que él ya lo sospechaba, que esas salidas tan frecuentes, tan prolongadas con el novio a quién sabe donde, y las conversaciones tan sexuales por internet, no podían desembocar en otra cosa más que en un embarazo irresponsable.

Casi podía asegurar que por eso había terminado con él, que por eso se aislaba y lucía tan preocupada, que se encerraba en su cuarto para pensar qué hacer o cómo se los iba a decir. La madre no lo creía, trataba de tranquilizarlo y decía que seguramente era algo más.

Aquella noche ella casi no durmió, estaba acostada de lado, sin moverse, le temblaban las manos y tenía la mirada fija en las parpadeantes luces indicadoras del módem que el técnico había instalado en su cuarto desde el día en que contrataron el servicio de internet. Era un lugar estratégico para que el rango de señal fuera suficiente para toda la casa sin tener que pagar más, según les explicó el mismo técnico.

Al día siguiente, faltó a la escuela para ir con el médico, sus padres habían ido a dejar primero a su hermana, a quien simplemente le habían dicho que estaba enferma.

Los tres estaban nerviosos por el resultado, les había confesado que solamente una vez tuvo relaciones sexuales con su novio pero que había utilizado protección, y que si terminaron fue porque ella se sentía muy mal y ya no le dedicaba tiempo.
No estaba embarazada. Las manchas en la piel, según dijo el médico, eran por estrés, y si no había tenido aún su primer período, era por lo mismo. Le recetó algunos medicamentos para las manchas y para los dolores de cabeza. Pero para el vómito era necesario acudir a una segunda cita para realizar otros estudios. Posiblemente se tratase de una infección.

La pobre chica temía que en esos estudios se descubriera que había fumado hierba, y se negó rotundamente a ir al médico una segunda vez, alegando que no quería perder un día más de escuela porque eso sólo le traería más estrés aún. Al fin y al cabo, lo que más les preocupaba ya estaba resuelto.

Al día siguiente, fue a la escuela como cualquier otro día, su ex novio trató de acercarse a ella en el receso, pero lo rechazó. No quería más problemas.

En la clase de Biología, llegó una maestra sustituta. Era sólo por ese día. Conectó su laptop al proyector del salón de forma inalámbrica y después recordó que tenía algunas imágenes de ejemplo para el tema que iba a exponer. Las tenía guardadas en la nube. Así que buscó la red wifi de la escuela y se conectó.

En el momento en que se realizó la conexión y hubo suficiente señal, la joven alumna que había faltado el día anterior, sintió un dolor tan fuerte en la cabeza que gritó como nunca en su vida, asustando a toda la clase, y salió corriendo de ahí.

Lo primero que se le ocurrió fue ir al baño y meter la cabeza bajo el chorro de agua del lavabo, abrió toda la llave y se mojó lo más que pudo, recogiendo su cabello, tratando de refrescar su cráneo para aliviar aquel intenso dolor que jamás había sentido.

No había nadie. Levantó la cabeza y se vio en el espejo: no se reconocía. Las manchas de la piel habían desaparecido en gran medida, pero estaba pálida y demacrada, tenía los labios resecos. Ya no quedaba nada de aquella niña risueña y libre que fue antes. Aquella que todo el tiempo estaba ávida de experimentar nuevas cosas, de vivir. Y estaba ahí, con el cabello mojado y la cara de asustada como una loca.

Algunos maestros y compañeros se acercaron a ella después de aquel episodio, estaban preocupados y trataban de averiguar qué le sucedía, pero ella no quería hablar con nadie, les decía que estaba bien.
Al día siguiente fue lo mismo, se sentía débil, cansada, sin ánimos de hacer mucho.

En el receso seguía aislándose, había perdido hasta el apetito, y veía a sus compañeros de lejos, conversando, la mayoría de ellos clavados en su teléfono intelgente, mostrándose fotos entre ellos, tomándose selfies, otros oyendo música. Y cada vez que volteaba a ver a alguien, era como si esas conversaciones a lo lejos se intensificaran, las oía de cerca todas, al igual que las risotadas y los murmullos. Era como si estuviera ahí cerca de ellos, aquellas voces cambiaban de velocidad en su cabeza, sonaban no sólo más fuertes pero también más rápidas, se volvía insoportable.

En ese momento los ya habituales dolores de cabeza no eran tan intensos, pero esa misma noche en su casa, cuando trataba de concentrarse para dormir, el dolor penetrante volvió, acompañado de un chirrido espantoso.

La pobre muchacha abrazaba su almohada, la apretaba con fuerza y metía la cabeza en ella para no gritar. Estaba sufriendo.

Cada día que pasaba, se hacía casi imposible seguir ocultándole sus malestares a su familia, había disimulado tan bien hasta entonces, que ellos pensaban que ya estaba bien.

Luego de unos minutos, los dolores cesaron, pero ahora tenía una fiebre intensa, que le estaba provocando algunas alucinaciones. Ella sabía lo que pasaba, así que trató de tranquilizarse, y una vez que todos estuvieron dormidos fue a donde guardaban los medicamentos y se tomó dos pastillas para la fiebre.

La fiebre se cesó un poco, pero no se le quitó por completo. Su cabeza era como una gigantesca piedra con varillas oxidadas insertadas en ella, y no podía dormir. Sólo veía las luces intermitentes del módem. Por alguna razón había desarrollado una fijación con aquel aparato durante la noche.

Desesperada, y llorando de rabia, se levantó y desconectó de un jalón el aparato de la toma eléctrica.

Después, pudo dormir al menos tres horas.

A la mañana siguiente, estaban desayunando y ella se levantó porque sintió naúseas de nuevo, después de varios días de no haberlas tenido. Todos se dieron cuenta y cuando salió del baño, sus padres la miraron con preocupación, y su hermanita hizo un comentario desagradable y antipático, insinuando que estaba embarazada.

Ella no dijo nada. Su hermanita fue hacia el final del pasillo donde estaba la vieja computadora que sólo ella usaba ahora, entró a internet a revisar algunas notificaciones de sus redes sociales, tonterías que sus amiguitas compartían con ella.

Mientras tanto, su hermana mayor se quedó paralizada, pálida. Sus padres le preguntaron si otra vez se sentía mal. Ya se había terminado el tratamiento contra las naúseas y las manchas. Se suponía que ya no necesitaría más dosis después de eso.

Únicamente dijo que ya no podía más y se desmayó.
La llevaron de emergencia al hospital, la revisaron varios médicos, le hicieron toda clase de estudios.

En una oportunidad que tuvo a solas con el médico que la atendió la ocasión anterior, le confesó sobre las veces que había fumado marihuana y le suplicó que no dijera nada a sus padres. Él le preguntó que si había seguido consumiendo y ella dijo que no, que solamente lo hizo durante el tiempo en el que estuvo de novia con un muchacho de su escuela. Estuvieron de acuerdo en no mencionarlo.

Estuvo casi una semana internada, durante la cual los médicos trataban de averiguar qué le pasaba, intentando no ser tan evidentes en su impotencia y manteniendo una actitud neutral para tranquilizar a la familia, que no dejaba de hacer preguntas. Ya habían descartado la posibilidad de un virus, de una infección grave, o en el último de los casos, un mal psicosomático.

La hermanita, al verla tan pálida y demacrada, en aquella fría y lúgubre habitación de hospital, se acercó a ella y le pidió disculpas por todas las ocasiones en que había sido cruel con ella. Le dijo que no se preocupara, que todo iba a salir bien y que se recuperaría pronto. Le regaló un pequeño oso de peluche que le había obsequiado un niño en la escuela, el cual era muy especial pues ese niño tenía un interés romántico en ella.

Le dijo que quería que ella lo tuviera.

Su hermana lo aceptó haciendo un enorme esfuerzo por sonreír en medio de su tormento. Le dijo que estaba muy chiquita para tener novio, que mejor no le diera el sí todavía, pues los niños se tomaban más en serio a alguien si se les hacía esperar un poquito.

El caso se volvió muy comentado dentro del gremio médico local, y fue así como llegó a oídos de un neurólogo alemán de 56 años que casualmente estaba de visita en esa ciudad para ofrecer un programa de conferencias sobre neurología moderna.

El hombre era muy inteligente, contaba además con varios doctorados y estaba acostumbrado, desde los vertiginosos inicios de su carrera, a romper paradigmas. Era una eminencia en su especialidad.

Inmediatamente fue a ver a la paciente de su interés, se acercó a ella con una seriedad tan estable, que era imposible para cualquiera que lo escuchase hablar, contradecirle o desconfiar de él.

Le hizo varias preguntas, analizó con detenimiento todos los estudios que ya se le habían practicado, y fue capaz de hacer un último experimento, en el cual la llevó a la cafetería y reunió a varios médicos de ese hospital, les pidió que hicieran un círculo alrededor de ella y se acercaran sosteniendo su teléfono mientras usaban alguna app basada en internet, estando todos conectados a la red wifi del hospital.

Los doctores volteaban a verse, pero por más extraña que les pareció su petición, lo obedecieron. Algunos de ellos habían leído varios de sus libros y su blog, era alguien a quien admiraban pero que nunca imaginaron llegar a conocer.

La paciente en cuestión empezó a sentir un mareo, confusión, y luego de treinta segundos, se tocó la cabeza y dio un grito pavoroso.

El médico alemán detuvo el experimento de inmediato, y, luego de unos segundos de reflexión, se quitó los lentes, levantó la mirada ante los semblantes de asombro de los médicos locales que lo rodeaban y dejó ver una sonrisita arrogante. Acto seguido, y sin hacer tanto alarde, pronunció la palabra "¡Eureka!".

Horas más tarde, estaba listo, y 100% seguro, para pronunciar ante los padres el inusual diagnóstico que ya había compartido previamente con sus compañeros médicos: su hija había desarrollado una alergia a las señales de wifi.

…

¿Pero cómo podía ser esto posible?
Las microondas que utiliza el wifi para brindar un servicio tan básico en nuestros días como lo es el internet de alta velocidad, no pueden siquiera tocar al ser humano, mucho menos dañarlo. Es una radiación no ionizante dentro del esepctro electromagnético, con mucho menos energía que la luz que se puede percibir a simple vista. Y por tanto, completamente inofensiva.

Al prinicipio ni siquiera le creyeron, pensaron que estaba loco, que era un payaso charlatán. Sin embargo, tomando en cuenta todo lo que su hija les contó, era la única explicación que encajaba en todo aquel lastimoso embrollo.

Pero por más brillante que fuera ese neurólogo, y por más esperanzador que resultara el hecho de que hubiese arrojado luz sobre una patología tan insólita, y el alivio de no caminar más bajo las sombras de la incertidumbre, lo cierto es que, al ser algo poco estudiado, no existía una llave mágica que abriera una caja fuerte en algún lugar del mundo que contuviera el elíxir definitivo que curaría a aquella joven.

En efecto, no existía al menos un tratamiento estructurado que le permitese disminuir su afección o llevar una vida medianamente normal, además de que no se sabía a ciencia cierta qué tan grave podía llegar a ser, si desaparecería con el tiempo o, por el contario, se incrementaría al grado de no poder salir ni a la calle.

Y la pregunta más importante de todas quedaba suspendida en el aire: ¿cómo sobrevivir en un mundo donde las personas a tu alrededor están las 24 horas del día enganchadas a una tecnología que tu cuerpo rechaza? Y además, ¿dónde está tu lugar en una sociedad gobernada por las grandes compañías que incentivan el uso de internet para llegar todo el mundo?

Al igual que en su momento lo fue la electricidad, el internet es una herramienta que llegó para quedarse, tan poderosa que nuestra civilización ya no se imagina la vida sin ella. Es algo que está ahí, que damos por hecho. Rara vez pensamos en cómo se distribuye hasta llegar a nosotros, sólo lo usamos y ya. Y confiamos mucho más en el Wireless Fidelity que en cualquier otro medio que nos haga llegar las múltiples maravillas de internet.

Los días siguientes, la joven enferma, después de trasladarse a su hogar, estuvo en reposo, rodeada de todo tipo de cuidados y precauciones. Sus padres dieron de baja el servicio de internet y estaban considerando buscar la alternativa de contratar internet satelital, aunque era tan poco común, que resultaba difícil encontrar una compañía provedora.

Sus amigas y su ex novio fueron a visitarla algunas veces, a pesar de que ella trató antes de alejarlos, seguían preocupados por su salud, ya que había faltado varios días a la escuela. Ella les contó sobre su diagnóstico. No lo podían creer. Trataban de animarla, pero luego se aburrieron y dejaron de ir a verla, siguieron adelante con su vida.

Después ella regresó a la escuela, y, siguiendo las indicaciones del neurólogo alemán que aún seguía en la ciudad investigando su caso, se alejaba lo más que podía de los módems, repetidores, y de cualquier aparato que pudiera utilizar wifi.

Había apagado y guardado su teléfono para nunca más usarlo, al igual que su computadora. Y además llevaba un casco de un material supuestamente aislante, pero todo fue en vano.

Sí, las manchas rojas y los vómitos habían desaparecido con dosis adecuadas de medicamento y reposo, también la ansiedad y las fiebres nocturnas, pero los dolores de cabeza la atacaban de nuevo.

Para colmo de males, habían llegado nuevos vecinos a su cuadra, que instalaron wifi y pasaban gran parte del día en internet checando cuentas, finanzas, comprando cosas.

Uno de esos días, representantes del gobierno estatal anunciaron que estaban financiando una nueva tecnología basada en drones que iban a sobrevolar cada ciudad, ofreciendo wifi gratis e ilimitado para toda la población.

Era demasiado para ella.
Una de esas mañanas escolares, observando su soledad, su malestar, en medio de todos pero sin poder acercarse a nadie, se quitó el casco y lo lanzó con furia al suelo, provocando la sorpresa de todos. Llorando de impotencia, salió corriendo de la cafetería y luego de la escuela.

Por cada pasillo que transitaba, por cada casa, por cada parque, había alguien usando algún dispositivo conectado a internet, los dolores eran cada vez más intensos e insoportables, era como si le dieran choques eléctricos, y ese chirrido similar al feedback que producen los micrófonos cuando se acercan a un altavoz encendido coronaba cada momento de tortura.

Se tapaba los oídos mientras corría, sabía que era inútil, pero al menos, pensaba, faltaba cada vez menos para llegar a su destino. Pronto todo acabaría.

Sus perturbados pensamientos transitaban de forma torpe y precipitada por un imaginario laberinto, tratando de encontrar soluciones alternativas que siempre resultaban en algo fallido.

Si se iba a vivir al campo, alejada de todo y de todos, ¿con quién viviría? ¿y de qué viviría?

Si dejaba de ir a la escuela, ¿qué futuro le esperaba en un mundo competitivo e industrial?

Y siendo totalmente realista, sus padres no tenían suficiente dinero como para contratar un profesor particular, que le diera clases privadas en su casa.

Siguió corriendo.

Llegó a un viejo puente oxidado, muy alto. Nadie transitaba por ahí, pero ella se subió al barandal del lado derecho, debajo pasaba un río casi muerto, había más piedras que agua, y se agarró a uno de los tubos que era parte de la estructura del puente, miró hacia abajo, los dolores habían disminuido porque esa parte de la ciudad estaba aislada. Veía a lo lejos transitar a los coches, a un avión y a las personas. Llorando recordó la primera vez que tuvo una computadora, luego, cuando sus papás contrataron por primera vez internet, en aquel tiempo ella tenía sólo cuatro años y le resultaba algo novedoso y genial.

Después pasaron por su mente los momentos más hermosos de su vida: su primer novio, sus amigos, su hermanita dándole el oso de peluche en el hospital. Todas las cosas que le gustaban y le hacían feliz.
Pero ya no se sentía parte de este mundo.

Anna saltó al vacío.

UN DÍA SIN INTERNET

Emilio vivía solo con su gato. Era feliz con su rutina diaria que empezaba con él despertando en su sencillo departamento. No había quien lo moviera de ahí cuando se proponía aventarse un maratón de películas y/o series mientras degustaba las palomitas cubiertas de caramelo que tanto le fascinaban.

Sin embargo, podía darse aquel lujito sólo cuando estaba de vacaciones. Y, lastimosamente, en aquella ocasión no era el caso.

Deseaba con ansias las siguientes vacaciones, pues además del maratón, tenía otros planes en mente. Quería hacer algunas mejoras en su vivienda, y para eso iba a darse el tiempo de escoger los mejores muebles y decoración adecuada.

Todos los días se levantaba a las cinco de la mañana con la primera alarma. Se bañaba, almorzaba y le daba de comer a su gato, luego lo sentaba en sus piernas y lo acariciaba mientras veía televisión, echaba un vistazo a su tablet de 11 pulgadas para enterarse de las noticias más relevantes en una app de periódico digital gratuito. Le daba un último sorbo a su café, cargaba a su gato y lo depositaba en la canasta de mimbre, se subía a su bicicleta y se iba al trabajo.

Laboraba como ilustrador web en una agencia de diseño y publicidad. Lo que hacía era diseñar cientos de plantillas digitales libres de derechos de autor para internautas con todo tipo de gustos, quienes pagaban una suscripción mensual o anual a la plataforma para tener acceso a miles de imágenes para uso personal o de su empresa.

Tarjetas de presentación, tarjetas de cumpleaños, invitaciones, diseños para carteles, temas para presentaciones, etcétera.

Algunos de sus colegas tenían otros puestos, hacían otras cosas, pues al ser aquella una compañía interdisciplinaria, ofrecía una variedad de trabajo muy amplia y flexible, abierta a la innovación y las ideas disruptivas de su equipo de profesionales. A ellos les encantaba la gente que piensa "fuera de la caja". Era una especie de negocio joven, moderno y experimental. Ese año estaban todos especialmente contentos, pues tres meses atrás, la compañía había sido portada de una revista de negocios y finanzas muy importante en Colombia. Entrevistaron a varios de ellos de forma aleatoria, sin importar su puesto o nivel en la jerarquía organizacional.

Las respuestas que dieron posicionaron a la empresa como una de las mejores en su rubro, y el artículo publicado resaltó su mérito de estar en #5 en el ranking de Great Place To Work en el país.

Emilio realmente disfrutaba de su trabajo, su creatividad infinita era el fruto de un carácter apacible y sereno cultivado desde su infancia, que lo mantenía en un estado de ensoñación glorificada por todos sus compañeros de trabajo.

Además, aquel lugar era el espacio perfecto para cualquier mente creativa con ganas de emprender cosas nuevas y mostrar su trabajo al mundo: unas oficinas que no parecían oficinas, sino más bien un espacio abierto de convivencia, de amistad. Un loft de paredes blancas con una textura que simulaba ladrillos de adobe al igual que sus columnas, excelente iluminación natural, pet friendly, computadoras de última generación siempre disponibles, hermosas y limpias, plantas naturales decorativas hasta en el último rincón, una vista espectacular hacia las afueras, donde mariposas verdes revoloteaban alrededor de las hojas de bambú y las enredaderas que adornaban el espacio exterior inmediato y que llegaban hasta el tercer piso del edificio, donde todos ellos estaban, y que podían ver a través de las ventanas que ostentaban de un diseño industrial, moderno, pero amigable con el entorno. También había bebidas gratis para todos los empleados, las cuales eran totalmente orgánicas y se servían en unos vasitos de vidrio reciclados.

Sin embargo, ese día, ese día en específico, todo sería diferente.

Emilio despertó como siempre con su alarma de las cinco de la mañana. Se le hizo raro no ver ninguna notificación en la pantalla de su teléfono, pero no le dio importancia y se metió a bañar.

Cuando salió de la ducha, y después de servirse el cereal y darle de desayunar a su gato, intentó actualizar su correo electrónico, pero al parecer no había correos nuevos. Luego quiso ver que había de nuevo en Facebook, pero todo estaba en blanco.
Lo mismo pasó con Instagram y cualquier otra aplicación. No había Wi-fi.

Intentó con su tablet, sólo por si acaso, lo mismo.
No funcionaba la app de periódico gratuito.

–¿Qué pasa aquí, pequeño Whiskas? Esto es muy raro.
-preguntó con cariño a su gato mientras lo cargaba y acariciaba su suave y abundante pelaje-

Revisó que hubiera electricidad, y sí, todo bien. Pero cuando fue a ver su módem, parecía no estar recibiendo señal. Lo desconectó y volvió a conectar, pero nada. Eso era muy raro, nunca había tenido problemas.

No le dio más importancia, y se dispuso a desayunar.
Encendió el pequeño televisor de la cocina.

De los 300 canales que tenía, se sorprendió de ver que únicamente
unos veintidós estaban funcionando, aproximadamente. Y la
mayoría de ellos eran canales de noticias, nacionales e
internacionales.

Siguió haciendo zapping mientras pensaba que, en la noche, al
regresar del trabajo, simplemente se pondría en contacto con la
compañía proveedora para informarle del problema y que le dieran
una solución o enviaran un técnico a su domicilio, no quiso
hacerlo en ese momento porque seguramente le harían un montón
de preguntas y se le iba a hacer tarde para el trabajo... Pero de
pronto se percató de algo. Y es que en casi todos los canales
empezaban a anunciar la misma noticia, algo sin precedentes:

*una anomalía en el Sol ha provocado esta madrugada la emisión
de un campo electromagnético de dimensiones gigantescas, el cual
está causando un apagón mundial de varios satélites y servidores
de internet, dejando a la humanidad sin este servicio tan valorado
en nuestros días, aún no se sabe qué consecuencias pueda tener
esto...*

*varios profetas y líderes religiosos alrededor del mundo han
salido a las calles a manifestarse en estas últimas horas de la
mañana, ellos aseguran que este cambio de comportamiento en
nuestro astro rey es un claro mensaje de que hemos tomado el
camino equivocado, y que es necesario...*

*tenemos un enlace con Miguel Armando Ballesteros, experto en
tecnología y servicios de internet. Armando, ¿qué puedes decirnos
sobre esto? ¿en cuánto tiempo podría reestablecerse internet en el
mundo? ¿es cuestión de horas, días, tal vez semanas enteras?
¿qué se requiere hacer, cuáles son las medidas a tomar para
corregir este problema?
Mira, en realidad, es algo incierto, durante las siguientes horas
vamos a estar...*

pero lo que está causando más alarma es el pánico colectivo que se genera...

Emilio apagó el televisor.

Todo aquello le parecía extraño sin duda alguna, pero también pensó que estaban exagerando. Seguramente habría algo que hacer y todo se resolvería pronto. Los expertos en informática alrededor del mundo debían tener algún plan de respaldo por si algo así pasaba y lo más probable es que ya estuviesen poniendo manos a la obra.

–La gente se alarma por todo, Whiskas, pero yo estoy en mi centro. Y también tú lo estás, somos tan zen.

Salió de casa tranquilamente como de costumbre, con Whiskas en la canasta. Aunque la calle por donde transitaba era tranquila, gradualmente iba acercándose a otras donde hay más movimiento y ruidos. Entonces, en una esquina, se bajó de su bicicleta, hizo una pausa para sacar su teléfono y sus auriculares inalámbricos, se los puso y buscó alguna lista de melodías relajantes para escuchar en Spotify. Siempre ponía el volumen a un nivel en el que podía escuchar tanto la música como los ruidos de la ciudad, para estar atento a cualquier peligro.

–¡Qué raro! No me digas que tampoco los datos móviles funcionan.

Decepcionado porque no había manera de escuchar música en línea, guardó sus aparatos y continuó en su bicicleta hasta las principales calles de la ciudad, las más concurridas. Se llevó una sorpresa al ver que todo alrededor era un total caos: había varios choques, gente se salía de su vehículo y gritaba improperios contra otros conductores, peatones corrían asustados por todas partes y algunas otras personas sostenían su teléfono marcando desesperadamente a alguien, esperando respuesta o hablando de forma precipitada y estridente con su interlocutor del otro lado de la línea. Algunos coches ya habían sido abandonados, y más adelante podía verse una avenida en la cual había un embotellamiento terrible, los autos llenaban todo el espacio, aquello no parecía tener principio o fin.

Emilio, quien ya había sacado a su gato de la canasta y lo acariciaba, tal vez para que no tuviera miedo o para calmar él su propio miedo, trataba de encontrar una respuesta a aquella caótica incógnita, y pronto la obtuvo, pues volteando a todos lados se percató de que los semáforos se habían vuelto completamente locos: la mayoría estaban apagados, otros parpadeaban como si fueran luces de navidad en velocidad alta, y algunos más, a lo lejos, parecían haberse quedado estáticos en rojo.

Una señora de avanzada edad hablaba con su hija por teléfono, le decía que estaba bien, pero que se encontraba algo preocupada debido a que esa misma mañana la había llamado su médico de cabecera para informarle que los resultados de la biopsia que se realizó días atrás para descartar la posibilidad de un cáncer de piel, se habían perdido. Y que cuando se reestableciera internet en el mundo, buscarían la forma de recuperarlos, pero lo más probable es que esto no fuese posible. Y peor aún, la señora tendría que asistir nuevamente a la clínica y realizarse todos los exámenes correspondientes para volver a registrar toda su información: estatura, peso, ADN, tipo de sangre, etcétera. Todos esos datos estaban en la nube, pero se perdieron con el apagón mundial de internet.

Emilio caminó unas calles más, con su gato en brazos, y en una esquina pasó por enfrente de un joven de aproximadamente 18 años, quien era del grupo de afortunados que habían logrado enlazar una llamada desde su teléfono celular, y hablaba con un compañero de su equipo de trabajo en la universidad.

—Te digo que no fue mi culpa, de verdad. Sólo me faltaba la última parte de la investigación, y quise hacerla en cuanto me levanté hoy, fue lo primero que hice. Pero de un momento a otro ya no había internet y no pude terminar el documento.

—Pues hubieras enviado lo que ya tenías -contestó su compañero del otro lado de la línea- ahora todo el equipo va a reprobar por tu culpa.
—Eso intenté, varias veces. Pero ya no había nada que hacer, el internet se fue en todas partes.

—¿Cómo que en todas partes? ¿de qué hablas?

—¡De que el internet se fue en todo el mundo! ¿no has visto las noticias? ¡enciende el maldito televisor!

—Esto es de locos, me cuesta creerte.

—Pues es verdad. Escucha este caos.

El joven sostuvo su teléfono con dirección hacia los ruidos de la gente peleando, las alarmas de los coches que colapsaron y las sirenas de ambulancias y de patrullas de la policía que empezaban a llegar para tratar de poner orden. Algunas de las personas que habían chocado seguían tratando de comunicarse con su seguro vehicular, sin éxito.

—No creo que nos reprueben, a como está la ciudad en estos momentos, veo muy difícil que a alguien más no le haya pasado lo mismo que a nosotros, hasta diría que ni siquiera los mismos profesores podrán llegar a la universidad. Yo creo que no habrá clases hoy.
Emilio siguió caminando, no daba crédito a lo que veía a su alrededor. Era como un extraño sueño.
Fue en ese momento cuando se percató de que no tenía su bicicleta, ¡la había dejado del otro lado de la calle y varias cuadras atrás! Caminó desesperado hacia atrás, su corazón palpitaba de forma acelerada y tenía la boca seca, su respiración era entrecortada. El gato estaba asustado, abría los ojos lo más que podía y no hacía ningún ruido, únicamente agachaba la cabeza y las orejas y se refugiaba en los brazos de su amo, aferrándose a su camisa con las cuatro patas.

Regresó lo suficiente para alcanzar a ver su bicicleta a lo lejos, la localizó con la mirada, pero justo en ese instante pudo observar cómo alguien se montó en ella y huyó lo más rápido que pudo, dejando caer la canasta de mimbre sobre el pavimento.

–¡No, no, no, no, no! ¡Por favor, no! -murmuraba Emilio ante la impotencia que sentía al ver aquella escena sin poder hacer nada en medio de la confusión- ¿Porqué nos hacen esto, Whiskas?

Se detuvo en seco. Era imposible reconocer al hombre que se llevó su bicicleta en medio de tanta gente caminando sin rumbo fijo, desesperada. Mucho menos iba a poder seguirlo.

Resignado a haber perdido su bicicleta, regresó por la dirección en la que iba antes. Todo aquello le había provocado un dolor de cabeza, algo rarísimo en él.
Caminó hacia un área más tranquila, donde encontró una tienda de conveniencia en la que entró para comprar una botella de agua purificada y una Aspirina.

Había tres personas en la fila de la caja, por lo que tuvo que esperar un momento.

Mientras esperaba, observó que en un monitor que estaba colocado en una esquina de la tienda, en lo alto, daban la noticia de un terrible accidente del otro lado del mundo: una planta nuclear en Japón explotó, causando un desastre radiactivo que cobró miles de vidas y causó graves quemaduras en las personas que lograron sobrevivir. Personas que se quedaron sin hogar y tendrían, además, que huir lejos de esa ciudad. La señal era mala, pero aún así se alcanzaba a observar perfectamente la naturaleza desgarradora de aquellas imágenes.

Cuando le tocó pagar, Emilio sacó su tarjeta de débito y se la dio a la cajera.

–Lo intentaré -dijo ella- pero no te aseguro que pase. El sistema está tardando mucho en procesar las tarjetas y la mayoría no pasan.

–Esperemos que sí. -dijo Emilio-

La muchacha insertó la tarjeta en la terminal y trató de hacer la transacción. La pantalla mostraba "Procesando…" y los puntos suspensivos parpadearon por varios segundos.

Ella notó la atención que ponía Emilio al monitor que mostraba la noticia del accidente nuclear en Japón y su cara de preocupación.

–Pobre gente, ¿verdad? -dijo ella- es horrible lo que está pasando.

–Sí… algo anda mal en el mundo.

–Pues dicen que es por lo del internet.

–¿en serio…? -preguntó Emilio sorprendido, volteando a ver a su interlocutora- ¿esto también? ¿lo del accidente?

–Sí, -contestó ella- hace rato estaban diciendo que el accidente fue causado porque esas plantas de energía nuclear son reguladas por medio de internet principalmente, y como el internet parece estar desapareciendo del mundo, esas plantas no pueden ser reguladas correctamente y eso causa que ocurran esos accidentes.

–¡Dios mío!

–Parece el fin del mundo. Aquí donde me ves, soy estudiante de Economía, y te diré que, si esto sigue así, la economía mundial puede colapsar. Justo ahora hay millones de dólares en el aire, volando por ahí, sin llegar a su destino, porque todas esas transacciones se hacen por medio de internet.

El internet de las cosas, la deep web donde están tus datos y los míos, y los de toda la gente, tu información bancaria, ¡todo está afectado! Hasta las grandes bolsas de valores como Wall Street podrían caerse de un momento a otro.
–No, no… creo. -dijo Emilio, asustado- alguien tiene que arreglar esto.

—Pues para muestra basta un botón. -dijo la cajera, volviendo la mirada hacia la pantalla de la terminal, que seguía intentando procesar el pago- Voy a tener que cancelar la transacción, lo siento. -dijo cuando vio que dos señores con un vaso de café en la mano se acercaban para formarse atrás de Emilio-.

—Es que… no traigo mucho efectivo. -dijo Emilio, sacando unas cuantas monedas de su cartera.

La cajera canceló la transacción y sacó la tarjeta, esperando a que Emilio viera si podía completar la cantidad total de su compra.

—¿Y tú si crees que pueda pasar todo eso? -preguntó Emilio mientras seguía contando el dinero-.

—Sí, es muy probable. Por lo que han dicho en las noticias, yo creo que sí, y por lo que me ha contado mi novio, que estudia una de esas carreras nuevas relacionadas con tecnología, redes neuronales, desarrollo web y todo eso.

Emilio apenas si completó el total de su compra. Traía justo lo de el agua y la Aspirina. Le entregó las monedas a la cajera.

—No es por alarmarte, -dijo ella- pero yo te recomendaría que retires todo tu dinero del banco… antes de que sea demasiado tarde. Podrías perderlo todo.

Emilio no supo que decir y se retiró con el rostro pálido, y saliendo de la tienda abrió, temblando, la botella de agua, y se tomó la pastilla.

Fue al cajero automático más cercano y retiró dinero, para no tener que entrar al banco y perder más tiempo. Retiró lo suficiente para los gastos de una semana, incluyendo el boleto del autobús que tomaría de regreso a su casa al salir del trabajo.

Pero como las calles eran un desastre en aquel momento, decidió seguir caminando hasta la oficina antes que usar el transporte público. Por donde quiera que pasaba veía cosas raras: gente

discutiendo, choques, pantallas panorámicas que no funcionaban, tiendas cerradas que antes funcionaban las 24 horas del día…
Al llegar al trabajo, apresurado, se encontró con su jefe inmediato en el pasillo, al salir del ascensor.

–¡Hola, buen día! ¡Disculpa por llegar tan tarde! Es que… allá afuera todos se volvieron locos y…

–Sí, lo sé. No te preocupes. -respondió su jefe, sonriendo- Aquí todos tuvimos los mismos problemas por causa del apagón de internet. Problemas de todas las dimensiones… y de todas las escalas -dijo para después darle una mordida a una manzana que tría en la mano-

–¿A qué te refieres?

–A que algunos la están pasando más mal que otros. Anwar, por ejemplo. Figúrate que su prometida llegaba hoy de su viaje, pero como se cancelaron todos los vuelos, acaba de llamar para decirle que no podrá venir. Y ya sabes como se pone cuando estas cosas pasan, ¡está furioso!

La pequeña conversación entre ellos dos terminó, Emilio llevó a Whiskas al área de mascotas y lo dejó sobre la arena, donde el encargado del área le dejó un traste con agua y le puso algunos juguetes limpios para que se entretuviera.

Emilio caminó hasta su escritorio y saludó a otro compañero de trabajo.

–Ni le hables a Anwar, está de un genio que ni él mismo se aguanta. Hace rato discutió con la novia.

–Sí, supe que no podrá venir porque se canceló su vuelo, ¿pero porqué está tan enojado? -preguntó Emilio en voz baja y con una expresión de asombro al voltear a ver a Anwar, que estaba lo suficientemente lejos de ellos para no escuchar su conversación, manoteando sobre el escritorio y aventando unas hojas de papel impresas que estaban ahí-

—Es que él cree que lo está engañando con otro y que lo del vuelo cancelado es sólo un pretexto para prolongar más su viaje.
Emilio seguía observando a Anwar, quien ahora tenía las dos manos sobre la cabeza y apoyaba sus codos en el escritorio, tratando de tranquilizarse.

—Dice que seguramente ya no quiere casarse con él porque está con el otro, y que en cualquier momento va a decírselo, pero le enoja que le diga mentiras.

—Pero a su novia yo la conocí en el evento de la vez pasada -dijo Emilio- y se ve que es una buena mujer, que de verdad lo quiere. No creo que esté engañándolo.

—¡Pues claro que no! Además, ¿ella que culpa va a tener de que todos los vuelos en el mundo se estén cancelando? ¡Hazme el favor! Anwar está paranoico. En todo caso, la culpa es del sol.

—¿Cómo? ¿Esto de los vuelos también es por el apagón mundial de internet?

—¡Sí! Todas las rutas de los aviones, su trayectoria, todo es coordinado por medio de internet. Al no haber internet y perder toda comunicación con los aviones, las aerolíneas no pueden arriesgarse a que choquen entre sí, por eso cancelan los vuelos. ¡Ah! Y además en la mañana que llegamos, estábamos en la cafetería y en uno de los pocos canales de televisión que quedan vivos, estaban diciendo que, si el internet no vuelve por varios meses, compañías basadas en internet se irían a la quiebra. Esto puso peor a Anwar, porque él tiene acciones de Google y Apple. Podría perder mucho dinero.

Todos sabían que el temperamento de su compañero Anwar era difícil, pero nadie se imaginó que aquel día perdería por completo el control.

Se levantó de su escritorio y salió al roof garden para despejarse. Pensó en fumarse un cigarrillo al pasar por una de las vendor machines y ver las cajetillas en medio de otros productos. Estuvo a punto de introducir una moneda y comprar una, pero se detuvo. Había prometido dejar ese maldito vicio para siempre y no podía recaer ahora, por más enojado que estuviese. Con todo y su frustración y desespero, se quedó un buen rato en el roof garden, no había nadie ahí más que él. Cerró los ojos y se llevó las manos a la nuca, haciendo respiraciones profundas. Luego fue hacia la cafetería.

Una de las múltiples amenidades con las que contaba aquella moderna compañía consistía en una serie de máquinas para preparar café ultra sofisticadas, que utilizaban tecnología de punta basada en la nube e inteligencia artificial para servir bebidas personalizadas a todos los empleados. Todo el tiempo estaban conectadas a internet y utilizaban un sistema de crédito en el que descontaban la cantidad del precio de la bebida solicitada de un bono mensual para consumo interno que se le otorgaba a cada trabajador en su cuenta. Todo se hacía de forma electrónica.

Cada cafetera tenía una pantalla táctil integrada, con una interfaz muy amigable y un lector de huella digital. Lo único que tenía que hacer el usuario que ya estuviese registrado y dado de alta en el sistema, era colocar su dedo índice en el lector, y en dos segundos, el sistema de identificación biométrica hacía su trabajo y reconocía al empleado en cuestión.

Anwar fue hacia una de esas cafeteras y puso su dedo en el lector de huellas digitales después de colocar un vaso debajo de la máquina para servir la bebida.

<<*WELCOME, ANWAR. PLEASE SELECT YOUR DRINK*>> mostró la pantalla táctil junto a otra información, como los créditos de cafetería disponibles para él, la hora, la fecha y la temperatura ambiental.

Se podían agregar hasta diez botones de acceso rápido para servir bebidas previamente personalizadas, pero Anwar sólo tenía uno en su cuenta, que correspondía a su bebida favorita y que compraba casi todos los días. <<*REY DE COPAS*>> fue el nombre que le puso a su bebida personalizada, preparada completamente a su gusto, la cual tenía características muy específicas: café espresso, preparado con café colombiano, con una cucharada de azúcar morena, 100 ml de leche de coco y un poco de espuma, a 60.2 ºC.

Anwar presionó el botón <<*REY DE COPAS*>> en la pantalla táctil, pero la máquina no funcionó con la inmediatez de antes.

La leyenda <<*PLEASE WAIT...*>> apareció en la pantalla junto a una animación de un reloj de arena dando vueltas. Después de eso, <<*SORRY, THERE IS NO CONNECTION. PLEASE CONTACT THE ADMIN*>> y una carita triste.

Anwar estuvo a punto de darle un golpe a la cafetera. Sin embargo, logró contenerse y se quedó ahí viendo la pantalla con frustración e impotencia, pensando otra vez en la llamada de su prometida y la discusión que tuvo con ella.

Había poca gente en la cafererría de la empresa, pero en ese momento pasó frente a Anwar una amable anciana con un carrito de comida vacío, el cual llevaba a la cocina para abastecerlo de pedidos de los otros empleados que estaban en la oficina trabajando y querían degustar un refrigerio en su escritorio, o una bebida orgánica.
La señora se encargaba de llevarles esos refriegerios y también de cocinar algunas de las comidas que se vendían ahí mismo al mediodía.

—Esas no funcionan, joven. -dijo la señora a Anwar- Como no hay internet, ninguna de esas funciona ahorita. Pero si quiere le llevo del otro café a su escritorio, del que es gratis.

—Pues sí, aunque sea eso. Si no hay más. -dijo Anwar con una expresión de poco entusiasmo- Estaré donde siempre.

—Claro que sí, joven. Ahorita se lo llevo. ¿Quiere que le ponga azúcar? -dijo la anciana con una sonrisa-

–Sí, por favor. Sólo una cucharada. Azúcar morena. Con crema. A 60.2 grados.

–Muy bien.

Minutos después, Anwar estaba en su escritorio trabajando en un cartel publicitario para un concierto de música pop, cuando llegó la señora empujando el carrito con los cafés, bebidas y sándwiches para quienes habían pedido.

Los cafés estaban servidos en pequeños vasos desechables blancos. Cuando la señora pasó por el escritorio de Anwar, le dio el suyo. Anwar apenas si contestó y le dio las gracias, seguía concentrado en su trabajo, con la mirada fija en el monitor de su computadora y la mano derecha sobre el mouse inalámbrico.

Sosteniendo el vaso de café con la mano izquierda, se lo llevó de forma instintiva a la boca y le dio un trago.
Estaba la bebida tan caliente y él tan acostumbrado a la temperatura previamente calculada de su café personalizado, bajado directamente de la nube y listo para beber, que se quemó la lengua y los labios.

Aparentemente, la señora de las comidas había olvidado la instrucción tan específica de Anwar sobre la temperatura de su café, y se lo sirvió igual que a los demás, con la misma temperatura a la que ya estaba la vieja cafetera eléctrica, y a la que muchos de los empleados ya estaban acostumbrados cuando pedían ese café, y esperaban unos minutos antes de darle un trago.

Anwar se puso furioso, su cara estaba roja como un tomate, se levanató de su silla y dio rienda suelta a esa furia.

Fue hacia donde la señora, se le puso enfrente y empezó a gritarle que era una vieja estúpida e inútil. Era imposible no escucharlo desde cualquier punto de aquella gran oficina, todos sus compañeros de trabajo voltearon a ver qué pasaba. Él abría tanto la boca que la pobre señora pensaba que se la iba a comer. Se quedó paralizada, tenía un nudo en la garganta, estaba fría y no sabía qué decir. Su cara de susto nunca hizo que Anwar se compadeciera, por el contrario, siguió insultándola y le daba coraje que no pudiera darle ninguna explicación, pero tampoco es que él le diera tiempo de contestar algo. Todo pasó en cuestión de segundos.

–¡¡¡Esto no fue lo que yo le pedí!!! ¿¡Acaso le parece que esto está a 60.2 grados centígrados, vieja hija de puta!? ¿SE ESTÁ BURLANDO DE MÍ?

Acto seguido, en un descontrolado impulso, lanzó el café caliente sobre la cara de la pobre anciana, que gritó y se quejó, porque además de la quemadura, también le entró líquido en los ojos. Se llevó las manos al rostro y salió de ahí llorando, corriendo por el pasillo para llegar a enfermería. Los empleados que estaban más cerca de ella, dos mujeres y un hombre, la acompañaron y la ayudaron a llegar donde el doctor en turno, a quien le contaron, entre tartamudeos y nerviosismo lo que había pasado.

Anwar se dio cuenta de lo que había hecho y de las miradas atónitas de sus compañeros, que lo veían como si fuera un loco. Aún con el vaso en la mano, se quedó paralizado en la misma posición, sin poder creer que fue ese, su propio brazo, que segundos antes había hecho algo tan horrible.

Estaba nervioso, confundido, fuera de sí.

Emilio lo veía desde lejos, desde su lugar, a la expectativa de lo que fuera a pasar, pero sin acercarse.

–¿Te das… cuenta… de lo que acabas de hacer, pedazo de imbécil? -le dijo envalentonado uno de sus compañeros que estaba cerca cuando hizo aquel acto tan cruel- ¿Te volviste loco…?

Anwar desviaba la mirada, veía hacia el suelo para no ver a sus compañeros y compañeras a la cara, los cuales habían empezado a murmurar entre sí cosas como "¡está loco!", "¿qué es lo que le pasa?", "¡es un neurótico, pobre Lolita!" "¿y cómo está Lolita? Ve a ver como está, pobre señora" y otros lo insultaban directamente. Había quienes temían lo que pudiera hacerles y no comentaban nada, se alejaban de él, entonces Anwar empezó a caminar en círculos, de un lado a otro como un chimpancé enjaulado, sin saber qué decir o hacer.

–¡Déjame en paz! -le dijo al compañero que lo enfrentó-

Los insultos hacia el comenzaron a subir de tono y de volumen. –¡¡¡Dejenme en paz!!! -gritaba mientras se llevaba las manos a su calva cabeza- ¡¡¡Cállense!!! -gritaba tratando de ahogar los gritos acusatorios de todos, esta vez mirándolos a la cara. Estaba, de nuevo, a la defensiva.

–¡Yo me largo de aquí! ¡Me voy! -dijo Anwar y dio unos cuantos pasos hacia adelante, pero en ese momento, otro colega, desde atrás, se armó de valor y lo cogió por los brazos para inmovilazarlo.

–¡Tú no vas a ningún lado! ¡Vas a enfrentar lo que hiciste! -le dijo mientras lo sostenía con fuerza.

A él se unieron el que lo había enfrentado primero y otro más, entre los tres lo derribaron al suelo.

El otro joven, quien había ido con sus compañeras a llevar a la señora Lolita a la enfermería, regresaba y de inmediato observó la escena desde la puerta. Anwar estaba como un toro, forcejeando, tratando de zafarse. El joven fue corriendo a decirle al doctor que Anwar estaba como loco, que no podían controlarlo.
El doctor, rápidamente preparó una jeringa con un tranquilizante. Llegó lo más pronto que pudo al área donde todo estaba ocurriendo. Anwar pataleaba y logró darles varios golpes a sus compañeros, pero ellos lograron volver a someterlo, y cuando pudieron inmovilizarlo, el doctor le inyectó el calmante.

Anwar se desmayó. Lo llevaron a la enfermería, donde estaba Lolita recostada con unas compresas de agua fría sobre la cara. Al verlo entrar, se asustó. Pero el doctor le dijo que todo estaría bien, que no permitirían que le hiciera daño de nuevo.

Le pusieron una camisa de fuerza a Anwar por si se despertaba. Y lo sentaron en una silla.

Emilio, en la oficina, no podía creer todo aquello. Era demasiado para él, era como estar viendo una película de terror. Nunca había presenciado algo así, sentía que algo estaba mal en el ambiente, como que las cosas no estaban en orden y algo salió mal en algún punto, hubo un desequilibrio. Y eso lo perturbaba.

Comentaba con sus compañeros que Anwar no era así, aunque tenía su carácter, jamás imaginó que pudiera llegar a ese punto.

Minutos después, llegó el doctor y les informó a todos que las quemaduras de doña Lolita no eran graves, y que para la irritación de los ojos le había dado unas gotas y la mandó a su casa a descansar. Estaría bien.

Todos se tranquilizaron y regresaron a sus labores.

Horas más tarde, ya hacia las doce del día, ninguna computadora o dispositivo podía acceder a internet, y en toda la oficina reinaba un aire extraño, aunque podían seguir trabajando con el software de diseño instalado en las computadoras, resultaba frustrante no poder hacer consultas en línea, buscar ideas e inspiración, usar otras herramientas web o comunicarse con potenciales clientes en tiempo real.

En la cafetería, a la hora de la comida, Emilio comentaba con algunos de sus compañeros lo que había pasado. Después llegó uno más de ellos, y les dijo que habían despedido a Anwar en cuanto pasó el efecto del tranquilizante. No le quedó más que aceptar la decisión de la empresa, pues le advirtieron que otro escándalo más y llamarían a las autoridades.

Todos comentaban que Anwar tuvo mucha suerte de que sólo lo despidieran y no haber terminado en la cárcel por su agresión. Había mostrado, hasta ese día, un buen comportamiento, y era amigo de varios de ellos. Sintieron pena por él, y no entendían en qué momento cambió su personalidad tan radicalmente, era como si el diablo hubiera tomado posesión de su cuerpo en aquel momento. Todos coincidieron en que simplemente tuvo un mal día, se dejó dominar por el estrés y no midió las cosecuencias. Pero no era una mala persona.

La conversación transcurría de forma normal, fluída, pero algo no estaba bien, algo no cuadraba. El ambiente era tenso, pesado, nadie estaba del todo bien como antes, como siempre, como todos los días, y Emilio era el único que se daba cuenta de eso.

Volteaba a observar a Greta cuando ella no estaba hablando, y se daba cuenta de que movía una pierna con desesperación mientras se mordía las uñas disimuladamente y volteando hacia donde no había nadie.

Jessica terminaba de decir algo y volvía otra vez la mirada hacia su teléfono, actualizando su página de inicio en Instagram con la ligerísima esperanza de ver algo nuevo. Su pulgar se aferraba a la pantalla, deslizándose con fuerza hacia abajo, como queriendo exprimir hasta el último megabyte que estuviera disponible, sin éxito. Y cada vez que veía el mismo contenido, hacía una ligera mueca de desagrado, como apretando los dientes por dentro, sin abrir la boca.

Enrique desbloqueaba su tablet y deslizaba el dedo por la pantalla de inicio para cambiar de página y ver los íconos de las apps, sin abrir ninguna. Luego la bloqueaba de nuevo. Después presionaba el botón de inicio sólo para activar la pantalla y ver la hora, sin desbloquearla. Y luego la volteaba y la ponía debajo de un cojín del sillón. Repetía este proceso cada cinco o seis minutos. Cuando no tenía la tablet en la mano, volteaba a ver a todos sus compañeros en la pequeña sala donde estaban sentados, y luego desviaba la mirada hacia otra parte. Le costaba horrores disimular su cara de aburrimiento.

Hugo, el que les había contado sobre el despido de Anwar, era uno de los que más hablaba, y no se daba cuenta de que le temblaba el ojo derecho.

Verónica, que fue quien terminó de comer primero, fue por más comida y siguió con unos dulces y luego una manzana. Eso no era habitual en ella. Pero ahora que habían todos terminado de comer y estaban conversando, ella daba algunas respuestas cortas propiciando que la conversación siguiera, pero al mismo tiempo se rascaba con desesperación las manos y luego el cuello, como si hubiera tenido urticaria, y su piel se puso roja en esas áreas.

El día continuó con las dificultades de no tener internet, hasta que se dieron las seis de la tarde y muchos de ellos salieron, entre ellos Emilio. Fue por Whiskas, se despidió de sus compañeros, tomó el ascensor y bajó. Ya en la calle, pasó por una tienda de esas antiguas que aún sobreviven en medio de la ciudad e hizo algunas pequeñas compras que pagó con efectivo. Pusieron sus artículos en una bolsa de papel, entre los cuales había sobrecitos de comida para el gato. Se subió a un bus, y ya comenzaba a oscurecer. El vehículo llevaba poca gente, se sentó del lado de la ventana en un asiento de la fila izquierda. Durante el trayecto iba observando todo, pensativo. Ya no había tanto escándalo en las calles, ni tantos problemas de tráfico como en la mañana, pero la gente, en general, lucía aburrida, cabizbaja, triste y amargada.

Su gato estaba muy tranquilo, y trataba de llamar su atención, quería jugar. Pero Emilio no le hacía caso, más bien sacó su teléfono del bolsillo y lo apagó.

Estaba cansado.

Cuando por fin llegó a su departamento, le dio de cenar a su gato, y se sentó a la mesa del comedor, para cenar algo ligero él también. Pensaba mucho en todo lo que había pasado durante el día. Estaba desanimado, nunca había vivido algo así. Y le decía a Whiskas que todos se habían vuelto locos, y que ya nada volvería a ser igual.

Cuando terminó de comer su coctel de frutas, se tomó un vaso de agua fría, y luego se levantó y tomó la tablet, que estaba sobre la misma mesa, iba a apagarla pero antes echó un vistazo a la hora: eran las 19:15.

Pero entonces, en la pantalla bloqueada, vio algo más: el indicador de señal de Wi-fi mostraba una señal activa y fuerte.

Se sorprendió mucho, no podía creerlo. Entonces abrió la app de Instagram y el contenido de la página de inicio se actualizó de inmediato.

Encendió el televisor y todos los canales estaban funcionando, y aquellos de noticias y actualidad anunciaban que científicos de varios puntos del planeta habían logrado neutralizar el campo electromagnético que causó la falla en las comunicaciones a nivel mundial, y que el internet se había reestablecido en un 95% desde las seis y media de la tarde aproximadamente.

Emilio no podía creerlo, se puso feliz. Abrazó a su gato y le dijo que todo estaría bien de nuevo, que el mundo se había arreglado.

Estaba tan contento que durmió abrazado a su gato, comprendió que él también había resentido la pesadez del día y que necesitaba de su cercanía y cuidados, así que lo dejó dormir en su cama.

Esa noche durmió mejor que nunca, la tranquilidad y la paz interior son aún mayores cuando son enfrentadas a una situación contrastante y adversa. Sencillamente adquieren un mayor valor. Al día siguiente, Emilio se levantó con muchos ánimos. No soñó nada. Se sentía lleno de energía y vitalidad.
Era una persona renovada, con grandes expectativas a corto plazo. La pesadilla del día anterior había quedado en el pasado, probablemente nada así sucedería otra vez sino hasta dentro de 500 años.
Revisó unas cuantas notificaciones y mensajes en su teléfono inteligente y luego lo dejó de nuevo sobre el buró. Whiskas se había levantado y se fue por ahí a hacer travesuras.

Se despejó, fue hacia el baño y se puso debajo de la regadera, abrió la llave del agua caliente pero no salió ni una gota…

Eso era inusual, quizás algo andaba mal con las tuberías o con el calentador de agua.

Abrió la llave de agua fría y… lo mismo. Ni una gota.

Emilio se enredó una toalla y fue hacia la cocina. Se dirigió hacia el fregadero y abrió una de las llaves, tenía la ligera esperanza de que el problema estuviera sólo en el baño. Pero comprobó lo contrario cuando tampoco de esa llave salió agua. Algo muy extraño estaba pasando...

SHORTSPACE

Después de dos años de haberse graduado de la universidad y contar con su propio negocio, en el cual los tres habían invertido, sabían que era momento de dar el siguiente paso: invertir en publicidad.

Aquello de "boca en boca" ya no estaba funcionando y se encontraban agobiados porque las ventas habían bajado mucho el mes anterior y tenían deseos de darle difusión suficiente al negocio para atraer a la mayor cantidad de potenciales clientes.

Devon fue quien vio el anuncio en la columna derecha de publicidad en Facebook, una noche en la que platicaba con sus amigas y socias, Tracy y Bianca, a quienes conoció precisamente en la universidad.

El anuncio decía: <<Shortspace: tu espacio publicitario en línea por menos de lo que cuesta una taza de café>>

Devon se sintió iluminado, hizo clic en el recuadro que lo llevó a otra página donde venía toda una explicación detallada de porqué la publicidad digital es lo de hoy y los beneficios que podría obtener para su compañía por sólo 1 dólar al mes.

¡Era justo lo que ellos necesitaban!

Se lo comentó a Tracy y a Bianca por mensaje, en ese mismo momento, haciéndoles saber lo entusiasmado que estaba, pues esa oportunidad les caía del cielo.

Shortspace ofecía hasta diez anuncios personalizados por la misma cantidad mensual, los cuales podían ser estáticos o animados, que contendrían imágenes de los productos que quisieran promocionar, con atractivos textos que garantizarían millones de clics a la semana.

Esos anuncios estarían en pequeños recuadros que aparecerían en columnas publicitarias al lado de artículos relacionados, noticias o videos. Se mostrarían en blogs, sitios web de noticias, redes sociales, plataformas de video y juegos en línea, esto por medio de un algoritmo que asimila los gustos e intereses de cada internauta con base en sus preferencias, búsquedas e historial de sitios visitados.

Tracy y Biana estuvieron de acuerdo, así es que Devon puso manos a la obra.

Llenó un sencillo formulario con sus datos y la información de su tarjeta para hacer el primer pago y que la suscripción mensual quedara completa.
De igual forma introdujo la información de sus socias y el giro del negocio, así como la ubicación del mismo.

Devon era diseñador industrial. Tenía 25 años y para él era un orgullo poder tener desde esa edad un negocio propio, sus amigas y socias tenían 27 años las dos. Tracy se tituló con una licenciatura en Administración de Empresas, mientras que Bianca lo hizo con una licenciatura en Economía y Finanzas.

En cuanto al negocio, se trataba de un gran almacén de todo tipo de muebles de apariencia fresca y vanguardista, diseñados todos por Devon.

Bianca, por su parte, era quien se encargaba de conseguir los recursos y de coordinar la manufactura y el transporte de los muebles. Y Tracy manejaba todas las cuestiones administrativas.

Luego de llenar el formulario y enviar la información solicitada, y una vez que se confirmó su pago, Devon recibió un correo electrónico que contenía un recibo y la confirmación de la suscripción. También había en él un link para descargar un software con el que podría diseñar los anuncios que usaría para promocionar su negocio.

Hizo clic en el link y el programa se descargó en cincuenta y tres segundos.

Al abrirlo, le pidió crear una cuenta usando la misma dirección de correo electrónico con la que se suscribió, y en donde había recibido el link. También tuvo que crear una contraseña para entrar al programa.

Se sorprendió de ver que era una herramienta bastante simple, y al seguir explorándola, pensó que era un tanto anticuada, los efectos y plantillas prediseñadas, así como las fuentes y los botones de comandos eran bastante cheesy. No le dio tanta importancia a esos detalles, puesto que tenía sentido. Es decir, no podía esperar una herramienta de software super sofisticada por una cantidad mensual tan ridículamente módica.

Además, era una ventaja que no fuera tan pesado y que ocupara tan poco espacio en su computadora, podía acceder fácilmente y trabajar de forma rápida, intuitiva y sin complicaciones. Pero no dejaba de pensar en que había sido diseñado de prisa, sin mucho esfuerzo, y quizás, hacía ya mucho tiempo, por un "ratón de biblioteca" desaliñado de 68 años trabajando en una oscura cueva llena de cosas viejas que quería conservar por mero capricho, en un escritorio desordenado.

Sonreía al imaginar esa escena, y sabía que, al final, lo que relamente importaba era que esos anuncios fueran visualmente atractivos y que pudiera verlos la mayor cantidad de gente. Lo único que necesitaba era que alguien interesado en muebles vanguardistas para su hogar hiciera clic en uno de sus anuncios para ser redirigido a la página de la mueblería. Una página muy bien cuidada, con información detallada de los materiales y medidas de cada mueble, así como de sus precios y la disponibilidad en la tienda.

La página contaba además con una calculadora de crédito para que el cliente pudiera saber cuánto tendría que pagar mensualmente en caso de querer comprar a plazos fijos, dependiendo del enganche y de la cantidad de meses, que podían ser hasta 36.

Había un formulario para enviar dudas, quejas, comentarios y sugerencias, un correo electrónico, la dirección exacta con enlace a la ubicación en Google Maps, dos teléfonos, tour virtual y enlaces a sus redes sociales.

Devon hizo todo solo en menos de una hora: seleccionó diez fotografías de alta resolución de sus muebles más atractivos y las importó al programa, el cual se encargaba de recortar el fondo de forma automática. Seleccionó plantillas prediseñadas de atractivos colores para colocar ahí los muebles, y decidió animar únicamente el texto y sólo cuando se tratase de ofertas especiales.

Una vez terminado el trabajo, envió los diez anuncios al corporativo de Shortspace, usando un botón directo en el mismo programa. Ellos se encargarían del resto.
Tres días después, hacia las diez de la noche, estaban los tres socios cenando en un restaurant elegante. Celebraban que se habían recuperado del mes anterior y que estaban llegando clientes nuevos, que las ventas estaban incrementándose dramáticamente. Se encontraban entusiasmados y comentaban que era conveniente

seguir invirtiendo en publicidad, no sólo digital sino también en anuncios panorámicos y flyers de casa en casa. Tracy comentaba que había leído un artículo sobre publicidad de guerrilla y que le interesaba mucho implementarlo.
Todo era cuestión de ponerse en contacto con las personas correctas y aquello sería un hecho muy pronto.

Al regresar a su casa aquella noche, Devon se quedó helado al abrir la puerta y ver que no había muebles, ni aparatos electrónicos, ni dinero. Alguien entró a robar, ¡se habían llevado todo! Bueno… casi todo.

Dejaron solamente documentos y cosas sin importancia como cuadros, revistas y algunas prendas de vestir, todo regado en el suelo y pisoteado. Pero lo extraño era que también habían dejado un aparato electrónico: su computadora de escritorio. Estaba conectada y en perfecto estado, cuando se acercó y movió el mouse, la pantalla despertó, pasando de negro a la imagen de fondo de escritorio. Justo en ese momento, recibió también una notificación, era para avisarle que había recibido un nuevo correo.

Cuando abrió su bandeja de entrada e hizo clic en el correo nuevo (cuyo asunto era "¡¡¡GRACIAS!!!"), que procedía de una dirección muy extraña de letras y números sin sentido, comenzó a leer el mensaje en letras enormes que parpadeaban y cambiaban de color:

<<*GRACIAS POR PERTENECER A ESTA GRAN COMUNIDAD, CON TU APORTE VOLUNTARIO NOS HAS HECHO CRECER AÚN MÁS!!! SOMOS UNA COMPAÑÍA MUY PRÓSPERA GRACIAS A GENTE COMO TÚ. NUNCA CAMBIES AMIGO!!! n.n*>>

Más abajo, había una serie de gifs de caras burlonas sacando la lengua o haciendo muecas graciosas. Algunos eran dibujos animados, payasos y animales; otros eran actores en escenas de series y películas donde se reían a carcajadas y algunos más eran sólo letras que se movían diciendo "JAJAJA", "¡TONTO!", "EPIC

FAIL" entre otras cosas, sobre un contorno de colores llamativos que parpadeaban.

Mientras más bajaba en el mensaje usando la rueda del mouse, más agudas se volvían las sensaciones de desagrado que estaba experimentando desde que cruzó el umbral de la puerta: tenía un nudo en la garganta, la boca seca, los labios partidos, estaba pálido, su estómago era un volcán en erupción cuya lava lo quemaba por dentro. Sus pupilas estaban tan dilatadas que parecían la foto de un planeta. Su respiración era corta. Temblaba de miedo pero también de coraje e impotencia. Y de asombro. De frío asombro. Como si alguien le hubiese clavado un cuchillo nuevo recién traído de Alemania en el pecho y lo hubiese dejado ahí. No podía ni moverse. No podía ni pensar. Estaba a punto de desmayarse.

Y al final del mensaje, después de todas esas burlas crueles, aparecía, descaradamente, la leyenda <<*GRACIAS POR SER UN MIEMBRO MÁS DE SHORTSPACE* ☺>>

Devon se dio cuenta de algo más: el programa de diseño que instaló con el link de la compañía fraudulenta, estaba abierto, minimizado. Hizo clic para maximizar la ventana y pudo ver una columna del lado derecho con una lista de carpetas y archivos con nombres y extensiones que le parecían familiares.

Justo en medio de esa ventana, apareció otro mensaje con letras verdes, usando una tipografía punteada:

<<*TENEMOS TODOS TUS ARCHIVOS* ☺>>

Segundos después, desaparecieron las dos columnas laterales y los botones de comandos, para dejar solamente la pantalla central de esa ventana, en la cual apareció otro mensaje del mismo estilo:

<<*ELIMINANDO TODA EVIDENCIA… NO HAGAS NADA. PORQUE DE TODOS MODOS NO PUEDES HACER NADA*>>

Y apareció una barra de progreso que llegó rapidísimo a 100%. Fueron inútiles los intentos desesperados que hizo Devon por detenerlo. Mientras esa ventana seguía abierta, ningún clic o presión de teclas funcionaba. Para cuando él quiso desconectar la computadora del tomacorriente como último recurso, ya todo había acabado. El programa desapareció de su computadora sin dejar rastro.

Tracy y Bianca le llamaron a su celular para decirle que a ellas les hicieron lo mismo.
La página de internet de Shortspace así como cualquier anuncio relacionado con ellos, desapareció. Seguramente después de un tiempo usarían otro nombre, otra identidad, un formulario con un estilo diferente y anuncios nuevos, para seguir estafando de la misma forma. Eso fue lo que les explicó la policía cuando fueron a denunciar. Nunca pudieron dar con ellos, con las mentes criminales detrás de esa compañía fantasma. La única evidencia que quedaba, eran los correos electrónicos que Devon recibió de ellos, pero no servían de nada porque las direcciones eran falsas y por más que se investigó jamás se supo desde donde fueron creadas. Esa gente era experta en lo que hacía, pensaron en todo para no ser descubiertos. Todo estaba encriptado, todo era anónimo. No dejaron rastro.

De nada sirvió que Devon tuviera todos sus archivos importantes de naturaleza confidencial protegidos con contraseñas, la información sensible estuvo a su alcance y fue muy fácil para ellos extraer todo a través del supuesto programa: fotos, videos, contraseñas, información bancaria, información de seguros, y lo más importante: una copia digital de la tarjeta llave de la casa de Devon, y también de las de sus socias. Esa tarjeta contenía tres tipos de códigos que podían ser usados en la cerradura electrónica para abrir la puerta: una combinación de círculos negros, un código de barras y una sucesión larga de números.

El grupo de maleantes clonó la llave digital y fue así como entraron y se llevaron todos sus bienes. Con toda la información que tenían pudieron espiar las conversaciones telefónicas y de mensajes de texto de los tres socios, sabían que irían a cenar juntos esa noche y no regresarían hasta tarde, y aprovecharon la oportunidad para finiquitar su acto criminal.

Devon, Tracy y Bianca se reunieron en su mueblería, en la cual, por supuesto, ya no había absolutamente nada, pues Devon guardaba toda la información de la misma en su ordenador. No dejaron ni siquiera los ahorros de Tracy que estaban guardados en una pequeña caja fuerte en la oficina ubicada en el sótano.

Y ahora ellos tres estaban ahí, sentados en el suelo, tristes, desconcertados, sin saber qué decir. Sin un plan nuevo ni ánimos para empezar a reconstruir sus sueños rotos.

Tokio, 1998

Anabelle era el tipo de persona que revisaba cinco veces las perillas de la estufa para asegurarse de que estuvieran bien cerradas antes de salir. La que prefería vestir un sencillo traje sastre de color negro, con una falda a la altura de las rodillas y medias veladas, no tan ajustado y que no llamara la atención para evitar que hombres con quien sabe qué intenciones se le acercaran en la calle.

Después de todo, en una ciudad tan poblada y peligrosa como Nueva York, uno nunca sabe qué pueda pasar, y menos cuando eres una mujer que vive sola en su apartamento, sin conocer demasiado a los vecinos y sin mucha gente a quien recurrir.

En casos como este, es mejor prevenir y evitar cualquier inminente peligro.
Ella había perdido a sus padres años atrás, y digo a ambos porque, aunque su padre seguía vivo, ya no era una persona funcional. Ni siquiera la recordaba.

Él jamás pudo recupersarse del golpe tan duro de haber perdido a su esposa en aquel terrible accidente automovilísitco en el que él iba manejando, le tocó ver a su esposa morir en medio de vidrios, pedazos de metal y mucha sangre. Desde ese entonces, empezó a inventar historias cada vez más incoherentes, se aislaba, no hablaba ni con su propia hija. Y terminó siendo un interno más de un hospital psiquiátrico donde podían cuidarlo las veinticuatro horas. Los doctores siempre dijeron que el golpe que recibió en la cabeza al momento del accidente provocó daños irreversibles a su capacidad de razonar y relacionarse con los demás, pero en realidad, más que eso, el daño más profundo estaba en su alma, en su corazón. Él amaba a su esposa.

Anabelle iba a visitarlo de vez en cuando, y le hablaba y le contaba sus cosas aunque supiera que nunca iba a poder recuperarlo, que su mente caía cada vez más rápido en un pozo profundo de irrealidad. Era ella quien pagaba las cuentas del hospital y debía trabajar de lunes a viernes en una oficina.
Ella había aceptado su realidad desde hace tiempo, y era feliz. Ahora estaba entusiasmada porque al día siguiente salía su vuelo hacia Tokio, Japón. Donde pasaría unas vacaciones que había planeado con bastante antelación, aunque hubo importantes cambios desde varios días antes de llegar allá.

Resulta que, originalmente, iba a viajar con tres amigas, estarían allá por una semana y ya tenían todo listo. Sin embargo, dos de ellas no pudieron resistirse a las compras compulsivas y gastaron todo su dinero en renovar su guardaropa, y la otra, que era, además, su compañera de trabajo, estaba decidida a ir con ella pero justo tres días antes del viaje se enteró de que estaba embarazada y le dio miedo viajar tan lejos, no quería poner en riesgo su embarazo después de intentarlo tantas veces sin éxito y además debía hacer preparativos para recibir a su bebé desde ese momento.

Viendo que era inútil tratar de convencer a sus amigas de ir con ella, decidió irse sola.

—Podemos ir en otra ocasión juntas -le dijo su amiga de la oficina- después de que nazca mi bebé.

–¡No! Lo siento, pero yo estuve planeando este viaje durante muchos meses -contestó Anabelle- y me da mucho gusto que vayas a tener un bebé pero yo no me pierdo estas vacaciones por nada del mundo, ¡las necesito! Además será sólo una semana y me muero por conocer Japón.

Aunque Anabelle era consciente de que tal vez no se divertiría igual yendo sola que con sus amigas, no estaba dispuesta a dejar pasar esa oportunidad.

Así es que, cuando llegó el día, empacó todas sus cosas y voló hacia Japón.

Cuando aterrizó su avión, y después de un largo viaje que en algún momento le pareció que jamás terminaría, se dirigió hacia su hotel, en un bosque a las orillas de Tokio.

No tenía sueño porque había dormido bastante bien en el avión, y sí mucha curiosidad por todo lo que iba a conocer y a explorar. Pero primero debía dejar su equipaje en la habitación y al mismo tiempo conocer el lugar donde dormiría los próximos siete días.

Aquel lugar era diferente a lo que se esperaría de un hotel en Tokio. Lejos de ser un lugar ultra moderno, con lo último en tecnología y acabados de lujo, se trataba de un conjunto de cabañas en un espacio abierto lleno de árboles y vegetación que despedían un olor agradable y una sensación de frescura.

Era muy húmedo ahí, en el bosque también habitaban algunos animales como ardillas, iguanas y otros reptiles, e insectos, que se veían correteando por ahí de vez en cuando.

La separación entre una cabaña y otra permitía tener la suficiente privacidad como para disfrutar de unas vacaciones tranquilas y silenciosas, lejos del bullicio de la ciudad.

Lo que sorprendió a Anabelle al llegar fue que, a diferencia de lo que ella se imaginaba, había muy pocas personas tanto en el hotel como en las calles cercanas a este, que además para salir de ahí se tenía que tomar un autobús que llevaba a los visitantes de regreso al centro de la ciudad.

Los visitantes, algunos de otras partes de Japón que también estaban de vacaciones, otros turistas, arrastraban sus maletas con poco interés por la recepción, y luego por los caminos terrosos y de piedra que los llevaría hasta su cabaña, es decir, su habitación. Casi todos iban en grupos de tres o cuatro personas, no había niños por ningún lado. Algunos iban en pareja, pero nadie solo, únicamente ella.

El día era nublado y húmedo, con poco viento, hacía frío. Nunca vio a nadie sonreír o hablar demasiado, sólo hacían comentarios breves entre sí y algunos se paraban en alguna parte medianamente interesante del hotel para tomarse una foto. Una pareja decidió que se tomarían una foto individual cada uno frente a un anuncio donde estaba un mapa del lugar y una leyenda con algo de su historia, pero cuando él trataba de tomarle la foto a ella, la cámara resbaló y se golpeó con una piedra, se abrió y se les dañó el rollo de 36 fotos. El hombre se quejó, lamentando su mala suerte.

Anabelle observó la escena y pensó que ella también se hubiera molestado, era horrible tener que lidiar con esos aparatos, cuidando todo el tiempo que no se abriera la tapa que contenía el rollo fotográfico, tomar fotos sólo en momentos especiales sin si quiera saber si saliste bien en ellas, y en espacios oscuros rogarle a Dios que el flash no te haya hecho cerrar los ojos o que, si los tienes abiertos en la foto, se te vean rojos.

Ella traía también su cámara, con un rollo de 48 fotos, más moderna, que compró especialmente para ese viaje.

De pronto pensó que todas esas fotos que no salen, las que se velan por la entrada de la luz, o aquellas que se imprimen con oscuridad y manchas extrañas, ¿qué tal si fuera una señal de que nuestra alma ha sido capturada por algo… o por alguien? ¿y si todas esas personas que estaban en la foto han sido condenadas para siempre a vivir una vida miserable?

No entendía porqué pensaba esas cosas así de la nada, trató de disipar esas ideas y siguió caminando hasta llegar a su cabaña que era la número 13.

Abrió la puerta y entró con su equipaje, vio a su alrededor y aquel sentimiento que la invadió de pronto, que llegó a ella como un balde de agua fría en la cara, fue algo que no hubiese podido explicar si alguien se lo preguntara. La razón era que, aunque la habitación lucía cómoda y acogedora, ella no se sentía así.
Era toda de madera y piedra, tenía una pequeña sala, una recámara y una cocineta con refrigerador.
Anabelle trató de captar todos los detalles, de cada esquina, de cada rincón de esa primera vista antes de pasar a los otros espacios… pero no pudo. Se limitó a cerrar la puerta con llave y caminar lentamente por la sala arrastrando su maleta, como si alguien la fuera a atacar. Como si se tratase de un lugar salvaje donde ella fuera presa fácil de cualquier depredador que saldría en cualquier momento a comérsela entera, sin darle oportunidad de defenderse.

Y es que todo aquello era nuevo para ella, desconocido. Pero más allá de eso, la habitación le parecía muy grande, fría, hueca. Le hacía falta algo. Los muebles no llenaban tanto espacio y reinaba un silencio sepulcral. Por un momento se sintió vulnerable y aislada, pero acababa de llegar y no permitiría que esos sentimientos vinieran a entorpecer su avidez por disfrutar de sus vacaciones en un entorno cultural diferente y que siempre le había atraído.

Trató de relajarse, dejó su maleta en la recámara y salió para comer algo en el restaurante del hotel, después se fue a pasear a la ciudad.
Lo disfrutó bastante a pesar del clima, y además, hubo un momento, hacia las tres de la tarde, en el que las nubes se disiparon y el sol se dejó ver por un largo rato. Tomaba fotos en los grandes almacenes de ropa, en los museos y restaurantes, y le pedía a la gente que le tomara fotos a ella frente a lugares emblemáticos, en las cuales posaba con su mejor sonrisa.

Ya de regreso hacia el hotel, las nubes y el frío habían regresado
por completo, y al caminar hacia su cabaña observaba hacia el
cielo y veía como las copas de los árboles se transformaban en
figuras abstractas de color negro debido al atardecer, algunas de
las cuales parecían monstruos tratando de adueñarse de todo el
espacio con sus grandes garras, los movía el viento y a ella le
parecía como si susurraran secretos entre ellos, de monstruo a
monstruo, planeando, quizás, cosas terribles.

Dentro de la cabaña, sintió, de golpe, ese feo vacío de antes
provocado por el silencio y el frío, casi como si el espíritu que
habitaba aquel lugar fuese el de la soledad misma, que esperaba su
regreso con ansias para observarla todo el tiempo y escuchar su
mente.

Se sentó en el sillón para tratar de relajarse, de familiarizarse con
el lugar de una vez por todas.

Luego fue al baño, y antes de salir abrió el grifo del agua caliente
en el lavabo.

Un chorro de agua salió de manera precipitada, violenta,
salpicando agua en la ropa de Anabelle. Ella se asustó, su corazón
dio un salto como si hubiese visto un fantasma. Creyó, por un
momento, que podría salir culaquier cosa de la llave: agua negra,
lava, ácido… cualquier cosa que pudiera hacerle mucho daño.
Inculso podría salir sangre porque quizás, en otra habitación,
habían matado a alguien en medio de la oscuridad de la noche
anterior, y habían tirado el cuerpo por ahí, en pedazos, y de alguna
forma su sangre se había mezclado con el agua de las tuberías del
hotel.

Estaba teniendo esos pensamientos intrusivos nuevamente, y
trataba de racionalizar esa tendencia: quizás, el hecho de estar sola,
en un lugar frío, aislado, al que nunca había ido antes, lejos de su
país y de su rutina diaria de trabajo y prisas, en conjunto con el
impacto cultural, siempre fascinante pero a la vez abrumador, le
había provocado aquella fugaz incertidumbre de no saber si se

encontraba a salvo o en peligro… o quizás todo aquello era un presentimiento de que algo andaba mal, de que un ente la había estado espiando y siguiendo todo ese tiempo, de que había una amenaza real ahí afuera o muy cerca de ella… quizás riéndose de su cara de asustada, gozando con su intranquilidad, abriéndose paso para algo mucho peor, para atacar.

Había cerrado la llave casi inmediatamente después del susto, pero volvió a abrirla a la mitad, y luego un poco más, y más, hasta que llegó a un punto en el que ya no salpicaba agua, pero seguía igual de fuerte y producía un ruido muy intenso. Anabelle decidió agachar la cabeza y acercarse al chorro, para enfrentar aquello de una buena vez y convencerse a sí misma de que era solmente agua, que no había ninguna amenaza ahí debajo.

Observó la boquilla del grifo muy de cerca, mientras escuchaba el ruido del agua saliendo precipitadamente. Después cerró el grifo y abrió el del agua fría, sólo para estar segura.

No había más que agua. Fría, líquida y transparente agua. Nada extraño, nada amenazante. Y entonces se sintió avergonzada de su comportamiento: no sólo debió haber lucido ridícula observando con detenimiento una simple llave, como una niña que observa con curiosidad a un insecto de cerca por primera vez, sino que además estaba desperdiciando agua por una nimiedad. Cualquiera que la hubiese visto en ese momento, se hubiese burlado de ella.

Así lo pensó, y entonces cerró la llave y se incorporó, pensando "basta de tonterías", se lavó y enjuagó las manos, con agua caliente, esta vez sacando únicamente el agua necesaria y a una velocidad razonable. Abrió un poco la llave del agua fría para obtener agua tibia y juntó un poco de esa agua en sus manos, y con ella se lavó la cara.

Al levantar la mirada hacia el espejo, se sorprendió de verse a sí misma, por unos segundos tuvo la sensación de que aquella era la primera vez que veía su propio reflejo, como si no conociera a la mujer que se presentaba ante sus ojos. Entonces se llevó las manos, todavía húmedas, hacia sus párpados, hacia sus mejillas,

hacia su mentón. Luego, con las dos manos, tomó una parte de su largo cabello negro del lado izquierdo y las deslizó hacia abajo con suavidad. Después hizo lo mismo en el lado derecho.
Necesitaba estar 100% segura de que aquel era su cuerpo, de que nadie la estaba engañando. Y luego estaba su mirada, esa mirada penetrante que la observaba con detenimiento, y ella no sabía cuales eran sus intenciones, qué quería de ella, porque estaba convencida de que esa era otra mujer. Esperaba, con un semblante inexpresivo, a que ella le hablara, que le dijera cualquier cosa, que le diera una pista de lo que estaba ocurriendo. Pero no pasaba nada. Y tenía miedo de voltear hacia atrás y encontrar algo tenebroso, o que al voltear, la mujer del otro lado del espejo se quedara quieta para después lanzarle una siniestra sonrisa. Así que no volteaba.

Aquella mirada la hipnotizó a tal punto que entró en un estado de trance, en el que esperaba eternamente una respuesta. Se quedó así, estática, manteniendo un asfixiante diálogo mental con su reflejo.

Pasaron alrededor de cinco minutos hasta que ella volvió a conectar con la realidad, deshaciendo, de golpe, ese duelo de miradas consigo misma… o, más bien, con esa imagen virtual que ella quería creer que la representaba. Después de todo, una persona nunca se ve a la cara a sí misma realmente, estamos condenados a morir sin saber cómo nos veíamos desde afuera, desde la perspectiva de alguien más, incluso si tenemos hermanos gemelos.

Anabelle abrió la puerta del baño y después apagó la luz, pero justo en el momento en que salió de ahí y se volteó para cerrarla, vio a una sombra pasar por el baño, con la luz de su habitación que iluminaba una parte.

Su rostro, ahora, era de terror.

No sabía qué hacer o a quien llamarle, ¿qué caso tenía contactar a alguien del personal del hotel? Con dificultad hablaban inglés y aún si comprendieran completamente lo que decía, lo más probable es que no le creerían ni media palabra.

Al miedo y al escalofrío se sumó la melancolía, cuando salió de su habitación después de unos minutos en los que se había tranquilizado un poco, y se dio cuenta, al ver por las ventanas de la sala, que había anochecido por completo. Cerró las cortinas para no pensar en eso, pero nada que hiciera podía cambiar la realidad: estaba sola, de noche, a miles de kilómetros de su hogar, tenía frío y estaba asustada.

Se sentó en el sofá de la sala, frente al televisor.
Aquel aparato le pareció enorme, era una monstruosa pantalla de vidrio fría que reflejaba algunos de los muebles y a ella misma, rodeada por un marco negro adherido, con una gigantesca cabeza en forma de cono truncado, ¿qué cosas escondía ese aparato? ¿qué tanto había ahí adentro?, ¿porqué era tan grande?, ¿cuántos circuitos y qué cantidad exacta de electricidad se necesitan para enviar imágenes hacia el frente? Todos los días usamos aparatos como ese y damos por sentada su existencia y funcionamiento. Si presionamos "ON" en el control remoto, se envía una señal y se pone en marcha, dentro del aparato, un mecanismo desconocido que hace que la pantalla se llene de pixeles ordenados de cierta forma para que esa combinación dé como resultado la imagen que quería transmitirse originalmente, y podamos ver una fiel representación de todo aquello que es real, que está ahí afuera: personas, coches, calles, árboles, lagos… y también de todo lo imaginario, lo que es producto de la creatividad de cientos de personas… ¿cómo podía todo aquello caber ahí? ¿y cómo pasa todo de forma instantánea? ¿cómo es posible que simplemente nos sentemos ahí, a observar y escuchar todo aquello sin necesidad de entender exactamente cómo es que funciona? ¿cómo llega toda esa información a nosotros desde tan lejos? ¿y cuál es el precio real de semejante comodidad?

¿Y si todo aquello fuera una trampa? ¿Un plan malévolo de un grupo de personas con poder ilimitado sobre el mundo para saturar nuestro cerebro con cantidades exorbitantes de información a cada segundo hasta que el mismo no puede procesar más y quedamos atontados siguiendo reglas, actuando de manera autómata y contribuyendo, sin pensar por nosotros mismos, a una sociedad capitalista opresora?

En todo esto pensaba Anabelle mientras sostenía el control remoto
en sus manos, o era algo así, o quizás simplemente era un
monstruo disfrazado de televisión que la atacaría en cualquier
momento. Sin pensarlo más, y antes de caer en otra laguna mental
que después lamentaría, encendió la televisión.

Necesitaba oír ruidos, distraerse, ver imágenes y tal vez reír un
poco, el punto era no sentir que estaba sola.

Había una mala recepción y eran sólo diez canales, le dio vuelta a
todos pero no entendía una sola palabra porque todos estaban en
japonés.
Aún así decidió dejarla en un canal donde estaban transmitiendo
un programa de concursos. Mientras pasaba el programa, ella se
puso a hacer cosas para ocuparse y no pensar, se puso a limpiar los
muebles y a sacudir un polvo inexistente. Vio en la pequeña
alacena de la cocineta y descubrió que había unas cuantas cosas
que habían dejado los huéspedes anteriores. Principalmente eran
latas de comestibles, las cuales sacó de ahí para observarlas,
sacudirles el polvo con una jerga y reubicarlas en su lugar, esta vez
de una forma ordenada.

En tanto hacía cosas como esas, volteaba de cuando en cuando a
ver la pantalla del monstruoso televisor, y se dio cuenta de que
estaban pasando comerciales. Eran muy coloridos y algunos hasta
graciosos, pero le perturbaba la forma en que los personajes
hablaban y cómo se movían tan rápido, era como si estuvieran
fuera de la velocidad natural del tiempo, como en otra dimensión
donde todo transcurre de forma acelerada y es normal.

Se acercó a la mesa de la sala, frente a la televisión, y comenzó a
sacar unas revistas que estaban debajo. Algunas estaban en inglés
y se entretuvo por un momento viéndolas.
Cuando volteaba a ver la pantalla otra vez quedaba como
hipnotizada por los coloridos comerciales, y se acercaba más. De
pronto le pareció que todos los personajes que aparecían en
televisión se acercaban para burlarse de ella, la miraban de forma
amenazante… todos tenían la misma sonrisa siniestra y la mirada

demoniaca de alguien que está planeando hacer mucho daño, tal vez buscaban meterse en su mente para vivir ahí para siempre y atormentarla desde adentro.

Pensó que lo mejor era ver otra cosa, y tomó el control remoto para cambiar de canal, pero justo antes de hacerlo, volteó hacia abajo para no ver más a la pantalla, y entonces se dio cuenta de que en el mueble de la televisión había un pequeño espacio para guardar cosas que estaba cerrado. Abrió las puertas hacia afuera y vio una colección de videos y películas en VHS.

Muchas de las películas estaban en japonés y algunas otras en inglés, los demás eran videos de ejercicios y de cocina, pero ninguno le llamó la atención. No obstante, el último en esa fila era un cassette sin caja y sin etiqueta.

Le daba curiosidad pero no sabía si ponerlo o no. Podía ser cualquier cosa, desde una cinta virgen hasta una evidencia de un secreto de estado que después de verlo le traería muchos problemas, o incluso en el mismo instante en que terminara de verlo, alguien derribaría la puerta para matarla.

¿Y si era precisamente eso? ¿Una trampa?

¿Y si todo lo que ella hizo hasta entonces, todo el trayecto desde Nueva York a Tokio, o tal vez toda su vida fue observada y dirigida hasta ese preciso momento con el único propósito de que viera ese video? ¿Qué lograrían con eso? ¿Qué era lo que ellos querían y porqué? ¿Quién o quiénes estaban detrás de ese complot?

¿Y si la cinta contenía la escena de un crimen?
¿De un sanguinario asesinato cometido ahí mismo por algún visitante en otra época y que había grabado todo para deleitarse con su propio acto cruel?

Quizás ese psicópata había eliminado toda prueba de su crimen, y nunca nadie lo descubrió pero olvidó ahí el video. Probablemente había enterrado el cuerpo en el bosque… el bosque… ¡el bosque!

Anabelle recordó algo que había leído hace tiempo sobre una leyenda de un bosque maldito en Japón donde miles de personas se habían suicidado desde hace muchos años. ¿Y si el video era la despedida de alguien que se suicidó y las razones por las que lo hizo? Temblaba mientras sostenía el VHS en ambas manos y estaba sudando, completamente pálida, con las pupilas dilatadas y la boca abierta, no movía un solo músculo de la cara.

Temblaba al imaginar que, tal vez, ese bosque sobre el que había leído y no recordaba hasta entonces, quedaba cerca de donde ella estaba, o quizás era ese mismo, y por eso todas las personas que había visto en la mañana iban tan serias, por eso aquel lugar no era tan turístico, porque tenía mala fama.

¡Debió haber investigado mejor! Seguramente todas esas personas estaban ahí para suicidarse, y ella era la única que no lo sabía. ¡Sí, eso es! Eran un grupo de suicidas que ya estaban de acuerdo para incendiar todas las cabañas del bosque… ¿pero en qué momento? ¿y quién lo haría?

Y volviendo a la hipótesis anterior, el video bien podría ser una trampa del psicópata, que aún vivía en esa misma cabaña escondido, quizás entre las paredes o en un túnel subterráneo, o afuera, acechando todo ese tiempo.

En cuanto Anabelle terminara de ver el video del asesinato anterior, ella sería la siguiente. El asesino saldría de su escondite para matarla con un hacha o una sierra eléctrica, y también su cómplice, con una cámara de video para grabarlo todo.

El video sería reemplazado, esta vez con ella como protagonista. Y cuando alguien más lo descubriera y tuviera el atrevimiento de verlo, ese alguien sería la siguiente víctima. Era un juego perverso y demoniaco… ¡DEMONIACO!

¿Y si al ver el video entraba en contacto con algo demoniaco que la perseguiría toda su vida?

Siendo así, no sonaban tan mal las otras opciones, la del psicópata o la del grupo suicida quemando las cabañas con vistantes adentro. De esa forma, al menos iba a morir y todo terminaría ahí. Quizás los del grupo quemarían la cabaña mientras ella estuviera durmiendo… todo sería rápido y fácil, y lo más seguro es que la suya sería la primera, después de todo, era la número 13. Y el 13 siempre es de mala suerte.

Jamás lo sabría si no veía el video. Tenía que acabar con eso de una vez por todas. Además, esa era la oportunidad perfecta para enfrentar todos sus miedos, en ese momento decidió que aquel viaje no sería únicamente para divertirse, relajarse y conocer otra cultura, sino también para crecer como ser humano.

Así que, con las manos aún temblorosas, cambió de canal en los botones del televisor para poder ver el contenido del misterioso VHS, se había olvidado de lo que estaba en pantalla.

Todo el contenido de la pantalla se borró de forma abrupta, dando paso a una estática color rosa y el número 3 en la esquina superior derecha del aparato.

Anabelle, aún sentada en el suelo, dio un brinco hacia atrás y casi se golpea con la mesa de centro, donde había puesto las revistas anteriormente, pues la señal del cable entraba por el canal 4 de la televisión y al cambiar al 3, como el volumen estaba al máximo, se escuchó un estridente ruido del canal sin transmisión.
Enojada con ella misma por ser tan boba y con el monstruo electrónico que tenía frente a sí, se precipitó hacia él para bajar el volumen.

Encendió el reproductor de VHS e introdujo el cassette. Presionó el botón de Play. Esperó.

Seguía sintiendo una atmósfera pesada en el ambiente, algo que le hubiese sido imposible explicar a otra persona en ese momento. Era como si los muebles, los aparatos, todo en aquella habitación hubiesen sido realmente criaturas de quien sabe qué naturaleza, y

estuviesen observando hasta su más mínimo movimiento,
planeando algo siniestro bajo el amparo de un vulgar disfraz.

Mientras encendía el reproductor y veía como se deslizaba el
cassette hacia adentro, imaginaba todo lo que estaría pasando ahí,
dentro de ese complicado aparato que los simples mortales se
limitaban a usar, presionando botones.

Escuchaba los chirridos de la cinta siendo jalada para poder ser
leída por aquel insólito aparato, y después mostrar su contenido en
la monstruosa pantalla con quién sabe qué diabólicos trucos.
Pasaron algunos eternos segundos y por fin el video comenzó: era
una horda de adolescentes enfiestados divirtiéndose con una
cámara, en aquella misma sala.

Había desorden, risas y pláticas que sólo ellos mismos entendían.

Después, volvían a aparecer algunos de ellos frente a la cámara,
esta vez afuera de la cabaña, observando el panorama,
conversando, haciendo muecas y chistes.

Llegado este punto era obvio que el video no tenía ningún
propósito en específico, ni siquiera un orden o planeación, había
cortes repentinos hacia otra escena, se reptían los diálogos, había
saltos de tiempo y a veces la cámara estaba desenfocada o parecía
que la habían dejado olvidada por ahí, grabando. Ni siquiera
trataban de documentar algo importante o memorable.

Anabelle usó el botón de Fast Forward en la videocasetera para ver
si había algo más, pero no. Todo era igual. El video finalizó y todo
se volvió estática rosa de nuevo.

Anabelle apagó el televisor. Al menos ahora estaba segura de que
el video no contenía nada amenazante, era una cinta sin
importancia de unos turistas que habían rentado esa misma cabaña
anteriormente y la dejaron ahí olvidada.

Pero entonces sonó el teléfono…

Sonó tan fuerte que parecía una amenaza de alguien.
Anabelle corrió hacia él y levantó la bocina, dubitativa, con el
corazón a mil por hora. ¿Quién podría ser?

Era alguien del personal de servicio del hotel para preguntarle, en
un inglés medianamente bueno, si todo estaba bien y ponerse a sus
órdenes en caso de que necesitara algo.

Anabelle agradeció y colgó el teléfono.

Volteó otra vez a ver la pantalla oscura del televisor, de pie, sin
saber qué más hacer.

Fue entonces cuando le pareció ver el reflejo de algo en esa
pantalla que pasó muy rápido, ¡era la misma sombra que había
visto en su habitación al salir del baño!
Empezó a dar vueltas, caminando de un lado a otro en la misma
sala. Empezó a morderse las uñas por los nervios y luego de un
rato así ya no tenía más uñas que morder y se lastimó los dedos.
Pensó en salir.
Quizás podría dar una vuelta por el lobby, ver las novedades que
se vendían en las máquinas de monedas y comprar algo, o tal vez
acudir al bar y pedir una bebida, alomejor conocer a alguien.

Pero no sabía si era buena idea salir tan tarde. Ya era muy noche y
tenía que caminar un tramo del bosque antes de llegar de su cabaña
al lobby, y aunque el camino estaba bien iluminado por faroles, no
se escuchaba ruido de gente caminando afuera. Todo estaba muy
silencioso y seguramente muy oscuro, aunque no podría saberlo si
no abría la puerta por lo menos para asomarse.

Iba a hacerlo, pero la detuvo algo que le causó curiosidad: en la
pared, junto a la puerta, había un pequeño switch de palanca hacia
abajo. No estaba claro qué era lo que accionaba, así es que no le
quedó más remedio que moverlo hacia arriba.

Acto seguido, hubo un ruido de algo que comenzaba a funcionar y
que, gradualmente, iba incrementando la velocidad, ella no estaba
muy segura de qué se trataba, de qué acababa de hacer, pero algo

le dijo que aquello estaba arriba. Le daba miedo voltear, así que lo hizo poco a poco, sólo para descubrir que aquella nueva amenaza era solamente un abanico de techo negro, de cinco aspas, y en el centro tenía una lámpara, la misma que había encendido cuando llegó. ¿Cómo pudo ser que no hubiera advertido el abanico antes?

Lo apagó y siguió observando hacia arriba… eso era muy poca luz. Tal vez con una habitación más iluminada se sentiría más segura. Entonces fue hacia donde estaba la lámpara de pie, en una esquina, y, sin pensarlo, le dio vuelta al interruptor para encenderla.

Dentro del plato de vidrio blanco de la lámpara estaba un insecto que se había quedado ahí, probablemente dormido, y como se asustó con la luz empezó a revolotear desesperado dentro del plato, chocando con sus paredes y con el foco, hasta que finalmente pudo salir y se fue volando.

Anabelle decidió que aquel era el último susto de la noche, y se fue a dormir.

A las pocas horas, Anabelle despertó. Abrió los ojos y los volvió a cerrar, y el problema era que no podía desperatrse por completo y mucho menos dormir por completo. Tenía frío, daba vueltas en la cama, su expresión era de angustia.

Estaba teniendo una pesadilla que la atormentaba con elementos que ya había presenciado antes, durante el día.

Veía la llave del lavabo donde se había lavado las manos y la cara, pero esta era gigante, ocupaba toda su visión, y el agua salía a borbotones sin piedad, podía sentir en todo su cuerpo la frialdad de esa agua, le helaba la sangre ver aquel chorro que no podía detener, y sentía que se ahogaba en esa agua. De pronto la velocidad del chorro cambiaba, y parecía como si todo pasara más lento, y en ocasiones dejaba de salir agua sólo para dar paso a otra cosa: arañas.

Pequeñas arañas negras salían unas tras otras del grifo y cubrían todo lo que había alrededor. Y, sin embargo, lo más angustiante no era eso, sino el sonido del agua cayendo, que era por lo menos diez veces mayor al que había escuchado antes.

Se llevaba las manos a la cara y luego a los oídos porque aquel ruido era insoportable, pensaba que se iba a quedar sorda.

Ese aturdidor sonido del chorro de agua se mezcló con el de la estática del televisor, luego el del teléfono, y hasta el del abanico de techo, que daba vueltas cada vez más rápido, sin control, hasta alcanzar la velocidad de las hélices de un helicóptero. Por más que ella bajaba y subía el switch de palanca, no pasaba nada, no se detenía. Empezó a moverlo en todas direcciones, mientras gritaba pidiendo auxilio.

Movió el switch hacia la izquierda y derecha con desesperación, pero lo único que logró fue zafarlo por completo de la pared, y cayó al suelo.

Finalmente, el abanico de techo se desprendió por completo con violencia, cayendo sobre Anabelle y degollándola.

Cuando esto sucedió, los ruidos desaparecieron, y ahí, tirada en el suelo de la sala, comenzó a ver una luz blanca, resplandeciente, la cual se hacía cada vez más brillante hasta que lo cubrió todo.

Se mantuvo en esa posición hasta que ya no sentía nada, pero entonces volvió a respirar, y tuvo la sensación de haber despertado después de un gran letargo, rodó su cuerpo hasta quedar boca arriba y estaba aún ahí, en la sala, pero nada malo había ocurrido.

Se sentía bien, estaba completa, no tenía ni un rasguño y ya no había sangre, pero algo estaba raro: los muebles estaban cubiertos por sábanas de colores rojo, verde y azul, y encima de ella, lo único que podía ver era el abanico de techo, cuya lámpara seguía encendida. Probablemente la luz de esa lámpara fue lo que vio antes de despertar, ¿pero porqué estaba en el suelo?

El abanico estaba apagado, y aún así ella no era capaz de levantarse todavía. Lo contemplaba, pensaba.

Le pareció que las aspas se hacían un poco más largas, quizás por
el lagrimeo de sus ojos después de haber dormido mucho. Pero sí
se hacían más largas, y de un momento a otro ya no eran aspas
sino patas…
¡patas de araña!

En un brusco movimiento el abanico de techo se convirtió en una
araña gigantesca, y de la lámpara circular, cuya luz blanca seguía
encendida y conservaba la misma luminosidad, salieron cientos de
arañas pequeñas muy negras, corrían a una velocidad increíble
para su tamaño, se precipitaban para salir.

Anabelle, naturalmente, se asustó. Pero como no sabía qué hacer ni
qué tan real era eso, se quedó ahí paralizada, con los pies y brazos
sobre el piso, las piernas cruzadas hacia arriba. Lo que hizo que se
incorporara de inmediato, fue que la araña gigante comenzó a
caminar por el techo muy rápido, y luego por la pared, en dirección
hacia ella.

De un salto, se levantó del suelo, y comenzó a gritar como nunca
en su vida.

Anabelle sintió que se le iba la vida en ese grito, nunca había
gritado tan fuerte, con tanto pánico, ni siquiera aquella vez cuando
era niña y que se le ocurrió imitar el canto de una lechuza que
estaba cerca. Era de noche y ella no sabía donde estaba, pero salió
de la oscuridad de los árboles sólo para vengarse de ella. Se le fue
directo a la cara, revoloteando y dándole picotazos fuertes.
Entonces despertó.

Estaba sudando pero tenía mucho frío, se levantó y encendió la
luz. Buscó el control de la calefacción, ansiosa. Por fin lo encontró
guardado en uno de los burós.

Cuando lo tuvo en sus manos, los mismos pensamientos de antes
comenzaron a bombardearla: ¿y si era un trampa? ¿y si al
presionar el botón de encendido todo explotaría porque así lo
planearon los del grupo suicida? ¿O si encendía y funcionaba

como cualquier calefacción pero al mismo tiempo estaría toda la noche liberando un gas tóxico para envenenarla y al día siguiente amanecería muerta?

Antes de que esos pensamientos se apoderaran por completo de su voluntad nuevamente, presionó el botón y encendió la calefacción. Todo lo que quería era dormir.

Durante los siguientes seis días fue lo mismo: de día se daba gusto conociendo y explorando la ciudad, de noche era atormentada por sus miedos y por los artefactos que la rodeaban en esa cabaña sombría.

Le cercenaba el encéfalo la sola idea de tener que seguir regresando a ese mismo lugar todas las noches durante su estancia en Japón. Su cruel refugio que hablaba sin hablar, que la recibía siempre con el mismo silencio asfixiante adornado con un taciturno olor a madera húmeda. Ese refugio donde sus demonios internos más abominables aprovechaban el fértil silencio para sembrar sus detestables semillas del horror, para usarlo como foro de discusión donde cada miembro del debate hablaba cada vez más alto, con arrogancia, tratando de ganar.

Ya para el día tres, la televisión y la videocasetera estaban cubiertas con una sábana blanca, también algunos muebles, y cada que entraba, prendía la luz pero procuraba no ver hacia arriba. Así permanecieron hasta que desocupó la cabaña, Anabelle nunca les quitó las sábanas, tampoco abría las cortinas, ni siquiera por la mañana. El teléfono lo desconectó y lo escondió.

Nunca se atrevió a hablar con nadie. Aunque había varios turistas que hablaban su idioma y de vez en cuando en la calle alguien se acercaba a ella para preguntarle algo y entablar una conversación, duraba muy poco.
Llegó el momento de regresar a Estados Unidos, y una vez en su departamento, Anabelle tomó una ducha, después comió algo de fruta y se relajó escuchando su música favorita. ¡Por fin estaba en su país, de regreso! Abrió la ventana de su habitación para observar todo el movimiento al que estaba acostumbrada, el ruido,

los autos, la gente, los anuncios… estaba de nuevo en casa, en contacto con todo lo que conocía, en la ciudad que nunca duerme, ¡estaba de regreso en Nueva York!

Ella pensó que estando de nuevo en casa todo estaría bien y que podría sentirse segura nuevamente, dejando atrás aquellos desafortunados episodios de pánico que vivió en la cabaña. Pero no fue así.

Conforme iba pasando el día, los mismos pensamientos negativos de antes volvieron. De nuevo la invadían sentimientos oscuros, desconfiaba de sus propias cosas y de su casa, como si le fueran ajenos. La soledad y el aislamiento nuevamente le jugaron sucio y le hicieron sentir vulnerable, recordó todo lo que había vivido en los días pasados, como estar ahí de nuevo, y volvió a sentir miedo.

Fue ahí que no pudo más y se quebró, ¿qué estaba pasando con ella? Sentada en el suelo lloró como no lo había hecho en todos esos días, todo ese cúmulo de emociones estaban ahora a flor de piel y ya no había marcha atrás, era horrible no poder sentirse segura ya ni en su propia casa.

Aún le quedaba una semana más de vacaciones en el trabajo, así es que no hubo tiempo que perder, tenía que ir a ver a un psiquiatra, estaba decidida.

Al día siguiente lo hizo, habló con el psiquiatra, le contó absolutamente todo lo que había pasado y sobre todo, cómo se sentía.

Después de varias sesiones y pruebas durante los siguientes días, la llamaron porque sus resultados ya estaban listos.

El diagnóstico del doctor fue contundente: esquizofrenia.

**REALIDAD
AUMENTADA**

Aplausos y miradas curiosas recibieron al arquitecto Argel Favela, era una audiencia pequeña pero un grupo selecto. Entre ellos figuraban los mejores profesionistas de lo digital, de la construcción, de otros rubros como el diseño sustentable y tecnologías basadas en la nube. Así también, estaban ahí los mejores periodistas de la prensa actual.

Todos tenían algo en común, y era su voraz curiosidad por presenciar la última innovación del afamado arquitecto, un invento logrado junto a su equipo de trabajo después de varios meses de perfeccionamiento y que prometió sería un producto que no sólo llegaría para quedarse, sino que además iría mejorando con el pasar del tiempo y las actualizaciones, y que llegaba, por supuesto, a revolucionar la industria.

Se trataba, ni más ni menos, de unos pupilentes de realidad aumentada conectados 24/7 a una plataforma digital por medio de internet. En ella los clientes podrían acceder a varias funciones dentro de las cuales destacaban las de colocar de forma virtual muebles y decoración elaborados por diseñadores profesionales, e incluso cambiar el color de las paredes y la textura del suelo en sus propios espacios para tener claro cómo se veía y tomar la mejor decisión a la hora de remodelar su hogar. Lo anterior sería posible gracias a una amplia gama de herramientas y recursos online.

Una vez satisfechos con el resultado, podrían tomar capturas y enviarlas, por medio de un formulario, a la página web del arquitecto Favela para que él y su equipo se encargaran de hacer realidad sus sueños.

El principal objetivo de los lentes de contacto era acercar más al cliente a la casa o espacio de sus sueños incluso antes de comenzar a construir, por medio de herramientas digitales de última generación, todo en un solo dispositivo… aunque, en realidad eran dos.

Los lentes, una vez puestos, serían capaces de tomar captura con un parpadeo fuerte, y video renderizado en tiempo real con tres parpadeos seguidos. Así, un cliente podría caminar por los pasillos de su hogar y "mágicamente" irían apareciendo los elementos nuevos que deseara y que habría incluido con anterioridad, y todo se grabaría en video, para que los arquitectos tuvieran una clara idea del proyecto que se llevaría a cabo en cualquier habitación o espacio abierto. Pero para elegir los elementos, seleccionar botones y enviar capturas se debería navegar por un menú de opciones que iba a desplegarse y "flotar" frente al usuario, sin importar el lugar donde estuviera. La forma de hacerlo sería mediante los dedos de la mano izquierda o derecha, dependiendo de la persona, quien los usaría para hacer zoom in y zoom out, para navegar por la pantalla virtual y para accionar botones y seleccionar y arrastrar elementos, como lo haría en cualquier dispositivo táctil. Esos movimientos eran detectados por el sistema gracias a un anillo de diseño minimalista, color plateado, que el usuario colocaría en su dedo índice, el cual, además, contenía un micrófono y un altavoz integrados que podían ejecutar comandos de voz, grabar y comunicar en tiempo real, así como permitir escuchar los audios grabados y reproducir música.

Cuando terminó la presentación, todos estaban realmente fascinados. ¡Era perfecto!

La solución ideal para lograr que cualquier tipo de trabajo arquitectónico estuviera en sincronía con las expectativas de los clientes.

Entre las muchas otras cosas de las que se hablaron en la presentación, se dijo que el lanzamiento oficial sería dentro de algunas semanas, y que el proyecto estaba en fase beta, ya casi terminado. Había pasado por un largo proceso de pruebas y estaba listo para ser usado por un grupo de 100 voluntarios antes de estar disponible en el mercado.

Minutos después de que la presentación finalizó, el arquitecto estaba contestando algunas preguntas para la prensa, quienes le acercaban micrófonos, grabadoras y cámaras, y le tomaban fotos para algunas revistas.

Después de eso fue a saludar a algunos invitados y amigos del gremio, cuando de pronto fue interrumpido por Tadeo Urrutia, su asistente.

—Arquitecto, lamento interrumpir, pero necesito que vea algo.

—¿Qué quieres, Urrutia? Estoy muy ocupado ahora -dijo Favela en voz muy baja y tratando de disimular una mueca de desagrado, al tiempo que se daba cuenta de que lo saludaban de lejos otros conocidos que no había visto antes y sonreía saludándolos desde su lugar con la mano derecha-

—Lo sé, pero es muy importante. Y tiene que ser en privado, no le quitaré mucho tiempo.

—Está bien, ¡está bien! -dijo Favela- Espero que realmente sea algo de importancia, como para sacarme de aquí cuando soy el foco de atención y no puedo darme el lujo de quedar mal con nadie.

Diciendo esto, Argel acompañó a Tadeo hasta un lugar muy discreto en backstage, no sin antes ser interrumpidos varias veces por gente conocida, a quien tuvo que saludar precipitadamante.

Cuando por fin pudieron pasar desapercibidos por un momento, llegaron a ese lugar y Tadeo le mostró al arquitecto una lista en la pantalla de su tablet.

–Sí, sí, ¡es la lista de voluntarios para la prueba gratuita! ¡Ya lo sé! ¿Pero y qué? ¿Qué pasa con eso?

–Vea el número.

El arquitecto Favela vio la cifra y no podía creerlo.
Tomó la tablet en sus manos y navegó por la lista con el dedo índice.

–No puede ser.

En la lista había muchos nombres, pero quedaban espacios vacíos, y en la esquina superior derecha, la pantalla mostraba el total: 83.

–Pero, ¿cómo…?

–No lo sé, arquitecto, yo hice todo lo que usted me pidió.

Habían lanzado la convocatoria dos días antes, tanto en la página de internet como en redes sociales y se había anunciado tanto el evento como el producto muchos meses atrás.

Se esperaba que la lista de personas que estarían interesadas en llevarse a casa los pupilentes totalmente gratis y compartir sus experiencias excedieran por mucho los 100 lugares disponibles.

Pensaron Favela y su asistente, así como otros miembros de su equipo de trabajo que aquello sería una locura, que causaría furor y serían bombardeados con peticiones de personas de todo el mundo para que se les permitiese usar el producto. Imaginaban sus redes sociales y correos personales saturados de mensajes.

Eso no fue así.

Favela estaba realmente preocupado. Su asistente le aseguraba una y otra vez que se había encargado de difundir el mensaje y que la campaña de marketing había sido muy efectiva.

–Pero no fue suficiente, Urrutia. Tenemos que hacer algo y ya. Esto no es bueno, no es para nada bueno.

–Pero, ¿qué podemos hacer, señor? Todo lo que se debía hacer ya se hizo.

–¿Y que tal si convencemos a los clientes personalmente?

–No lo sé, señor.

–Yo creo que puede funcionar. Por favor ayúdame, voy a necesitar que me acompañes a todas partes y que con cada cliente resaltes los aspectos más importantes del producto, necesitamos enseñarles todo lo que pueden hacer con él y porqué deberían tenerlo. ¡Por lo menos consigamos a los 17 voluntarios que nos faltan!

La principal preocupación de Argel Favela era que la consultoría que los asesoraba estaría esperando esa lista con datos que debían ser 100% reales, si había menos de las 100 personas que se habían contemplado, no sería posible llevar a cabo un análisis detallado del funcionamiento y aceptación del producto. Lo anterior se basaría en cifras, y la muestra debía ser estrictamente de 100 individuos, las estadísticas finales determinarían el éxito o fracaso del producto, así como información útil para poder hacer mejoras, identificar problemas y diseñar estrategias para llegar a un público más extenso.

Argel convenció a Tadeo de que debían proceder lo antes posible y buscar potenciales clientes que aceptaran el producto gratis, por nada del mundo debía regarse por ahí la noticia de que ni siquiera pudieron llegar a 100 personas que realmente les interesara utilizar su innovación, la prensa se volvería loca y al día siguiente aparecería en primera plana en todos los periódicos y en portadas de revistas que el producto "fue un fracaso antes de ser lanzado".

Así que pusieron manos a la obra y al día siguiente ya estaban ellos dos haciendo malabares para encontrar personas a las que podrían convencer, dejando de lado otros proyectos que tenían en ese momento.

Visitaron los hogares de clientes anteriores con el pretexto de darle seguimiento a las obras que habían realizado antes, tanto de remodelación como de construcción. Buscaron correos electrónicos que en otras circunstancias habrían tardado semanas, o tal vez meses en contestar, también llamaron a amigos cercanos que en alguna ocasión les habían hecho alguna consulta de carácter profesional. Todo servía.

Pero eso sí, debían ser muy discretos. Nadie más podía enterarse de lo que pasaba. Únicamente ellos dos lo sabían y estaban obligados a resolverlo pronto.
Fue así como dieron con el nombre de Miguel Herrera, él les había dejado un mensaje por medio del formulario de la página de internet la noche anterior, era para hacerles una consulta sobre una ampliación en su casa y otras reformas que planeaban él y su esposa. Querían tener un bebé pronto y estaban entusiasmados con los cambios que vendrían.

Jamás se imaginó que su mensaje sería respondido en tan poco tiempo, y mucho menos con una propuesta tan inusual: el arquitecto Favela y su asistente querían visitar su casa personalmente para detallar los pormenores y brindarle una asesoría personalizada.

Y así lo hicieron, con una imagen impecable se acercaron a Miguel y a su esposa, recorrieron la casa recopilando datos con tablet en mano mientras el matrimonio les explicaba exactamente qué era lo que querían. Favela buscó un punto de la conversación en el que la especulación y las ideas no fueran suficientes, pues cada uno tenía una imagen mental de lo que se hablaba en cuanto a la ampliación se refería, y también en cuanto a la remodelación de la sala de estar, en la que Miguel y su esposa Elena tuvieron algunos desacuerdos referentes a la distribución de espacios, el nuevo color de las paredes y las dimensiones de los muebles nuevos que pronto comprarían.

—¡Señores, tenemos la solución ideal para sus disyuntivas! -dijo Favela con una amplia sonrisa mientras Urrutia sacaba una pequeña cajita de su bolsillo-

Les explicaron lo de la realidad aumentada y las funciones adicionales de los pupilentes y el anillo, ambos escuchaban con interés, pero el más entusiasmado, sin duda, era Miguel.

—Lamentablemente solo podemos ofrecer una unidad por familia, pero no se preocupen, porque la interfaz permite compartir las imágenes del diseño con otros dispositivos para que ambos lo vean en una pantalla -aclaró Urrutia-, así que, ¿quién de los dos se animará?

Miguel y Elena voltearon a verse.

—¡Hazlo tú! A mí me dan miedo esas cosas -dijo Elena-
—¡Ay, mujer! ¡Por favor! -contestó Miguel con una risa de entusiasmo mientras se colocaba los lentes y el anillo-

Mientras les explicaban las funciones y el uso de la interfaz, Miguel estaba entusiasmado probando diferentes colores en la pared y agregaba y quitaba elementos como muebles y decoración, cuando por fin estuvo satisfecho con el diseño, tomó una foto y la envió a la tablet de su esposa.

—Mira, este es el tono de amarillo que te decía.
-Miguel le mostró el diseño a su esposa-

—A ver. ¡Sí, ese está perfecto! -contestó Elena-

Ambos quedaron aún más sorprendidos cuando les dijeron que los lentes eran gratis y que cuando se decidieran por un diseño podían enviárselo directamente al arquitecto para empezar a trabajar en eso. Pensaron que era broma cuando les dijo que también los trabajos a realizar correrían por parte del arquitecto. Lo único que iban a pagar ellos eran los materiales y los muebles nuevos, estos últimos con descuento.

Antes de irse, el arquitecto Favela les explicó que los lentes eran absolutamente seguros y discretos.

—¿Puedo dormir con ellos puestos? -preguntó Miguel-

—¡Claro! Sin ningún problema. -contestó sonriente el arquitecto-

A partir de ese momento, Miguel se pasaba el tiempo explorando las funciones de los pupilentes. Le fascinaba tener toda esa tecnología en sus manos y sin pagar ni un centavo. Unos días después, ya tenían el diseño exacto que querían, tanto para la remodelación de la sala como para el que sería el cuarto de su futuro hijo.

—Entonces, ¿estás segura de que estás contenta con ese diseño?

—Sí, es perfecto. Por fin encontramos algo que nos gusta a los dos.

—¡Sí, es que esto de los pupilentes es genial! -dijo Miguel emocionado- ayuda muchísimo a tomar decisiones, me encanta poder ver como va a quedar todo con solo pararme aquí en la sala. Es como estar viendo al futuro.
—¡Ay, Miguel! Estás loco.

—Futuro. Presente. Antes. Después. Hoy. Mañana.
-decía Miguel mientras activaba y desactivaba el filtro usando su dedo índice-

—¿Sabes? Es raro verte así desde mi perspectiva, porque yo no puedo ver todas esas cosas que tu estás viendo. -dijo Elena- Es como tener un esposo esquizofrénico.

—¡No! Solo estoy loquito por ti, mi amor. Eso es todo.
-dijo Miguel con un tono juguetón e infantil mientras cargaba por la cintura a Elena, dándole vueltas y besándola- Y por la

remodelación, y por el bebé que vamos a tener muy pronto, y por que cada día estás más hermosa…

¡Mira! También tiene para oír musiquita. -Miguel activó la música desde la interfaz invisible para Elena y levantó la mano a la altura de la cara de ambos.

–¿En serio? Yo no escucho nada. -dijo Elena-

–¡Ah, es que está muy bajito! Pero puedes subir el volumen, mira. -deslizó el dedo índice izquierdo sobre el anillo y se encendieron en él algunos cuadritos verdes. Ahora los dos podían escuchar la música-

–También funciona con comandos de voz. -dijo él y acto seguido dio dos golpecitos con la yema del dedo sobre el anillo- Siguiente canción. -La canción cambió-

–¡Guau! -dijo Elena sonriendo.

–Pero ¿sabes qué? Me siento algo tonto hablándole a mi dedo, así es que mejor…

Miguel sacó una cajita donde tenía dos auriculares y los chocó uno por uno contra el anillo, por la parte de atrás. Ahora estaban conectados de forma inalámbrica a la interfaz. El anillo se silenció y la música podía ser escuchada ahora por medio de los auriculares. Se puso uno él y el otro se lo dio a Elena. Se escuchaba mejor ahora, y como era música electrónica los dos se pusieron a bailar y luego se besaban con amor.

Ya en la noche, ambos estaban dormidos cuando en la madrugada Miguel se despertó. Se levantó para ir al baño, sin despertar a Elena. Cuando regresó a la cama, se acostó de nuevo y cerró los ojos. Pero entonces descubrió algo nuevo…

Así, con los ojos cerrados, puso su dedo índice y pulgar izquierdo sobre el anillo, apretándolo por ambos lados para sentir su textura lisa y perfecta, pensando en lo maravilloso que era aquel aparato.

Permaneció así por más de cinco segundos y entonces vio unas pequeñas letras rojas que aparecieron frente a él, justo en medio: "NIGHT MODE". Se asustó un poco y abrió los ojos instintivamente. Las letras desaparecieron.

Debió haber estado soñando, pensó. Tenía mucho sueño y seguramente al cerrar los ojos empezó a quedarse dormido y a soñar, sin darse cuenta.

Volvió a cerrar los ojos. Pero entonces, unos segundos después, volvió a aparecer la leyenda "NIGHT MODE". Esta vez sabía que era real. Por lo tanto, permaneció con los ojos cerrados para ver qué más pasaba. Las letras cambiaron a "LOADING…", y Miguel levantó lentamente la mano derecha, como lo hacía normalmente para navegar por la interfaz.

Entonces apareció un cursor virtual en forma de triángulo isósceles, rojo, con la punta más aguda apuntando en diagonal hacia el lado izquierdo.

Pocos segundos después, se desplegó un pequeño menú de opciones en forma de carpeta:

- Escuchar música relajante
- Escuchar la radio
- Fotos
- Películas
- Juegos

Miguel estaba tan fascinado, que, sin darse cuenta, volvió a abrir los ojos. Sonreía, pensaba, y miraba a su alrededor. Elena continuaba profundamente dormida y de espaldas hacia él.

Tomó el pequeño estuche cargador de los auriculares que había puesto sobre su buró y los sacó. Se los puso y cerró los ojos, el menú de opciones seguía ahí.

Cualquiera que lo hubiese visto habría pensado que estaba soñando, que era un sonámbulo o un loco.

O un sonámbulo Y un loco.

Gesticulaba con la cara y con las manos, cuidándose de no abrir los ojos. Exploraba con impaciencia cada una de las carpetas, moviendo su dedo de arriba abajo, y después en todas direcciones.

Abría una carpeta y encontraba otras, en la de música las canciones estaban divididas por género, y cada género era una carpeta. También vio sus fotos, las mismas que había tomado antes durante el día, y descubrió además que tenía la opción de sincronizar su fototeca con su cuenta en la nube, y así lo hizo. Pasó varios minutos viendo fotos viejas que tenía olvidadas, recordando tiempos anteriores. También escuchó la radio mientras jugaba algunos juegos clásicos que contenía la interfaz. Jugó al Tetris, Snake, Tic Tac Toe, Buscaminas y hasta Pac-Man. Cuando se aburrió, dejó eso y se fue a la carpeta de las películas, que también estaban divididas por categoría: Sci-Fi, Horror, Aventura, Clásicas, etcétera. El catálogo no era tan amplio. Si acaso 10 o 13 películas en la mayoría de las carpetas, y en algunas sólo 5 o 6.

Se decidió por una y le dio "play". La vio toda con mucha atención, se le había ido el sueño por completo. Algunas veces había momentos graciosos, pero intentaba no reírse tan fuerte para no despertar a Elena. A veces necesitaba descansar y abría los ojos, y la película se pausaba automáticamente, cuando volvía a cerrarlos la película se reanudaba.

Elena seguía dormida, sin moverse, así que no había de qué preocuparse.

Hacia las cuatro y media de la mañana, terminó la película y Miguel trató de recordar cómo había activado esa opción para ver si haciendo lo mismo se apagaba. Y así fue, puso los dedos sobre el anillo, de la misma manera, durante cinco segundos y el modo nocturno se apagó. Miguel se durmió casi inmediatamente.

Horas después, durante el desayuno, Miguel platicaba con Elena sobre su experiencia.

–… y no sabes, fue genial. Es que es… ¡como estar en el cine... y la pantalla son tus párpados!

A Elena comenzaba a fastidiarle ese asuntito de los lentes de contacto y la realidad virtual. ¡No era la gran cosa! Y, sin embargo, estaba acaparando la atención de su esposo.

Ella estaba seria, no contestó nada. No hizo ningún comentario ni para bien ni para mal, y siguió sirviéndose su desayuno.

–Acuérdate de que mañana vienen los trabajadores que contrató el arquitecto Favela para la remodelación de la sala, eso será lo primero, así es que debemos ir sacando los muebles y las cosas hoy mismo. -comentó Elena después de unos segundos-

–Sí, no hay problema. -contestó Miguel-

–Y Renata nos invitó a una fiesta en su casa el sábado por la mañana, es una pool party así es que tenemos el pretexto perfecto para comprar trajes de baño nuevos.

–OK, amor. Mañana vamos.

La comunicación entre ellos parecía buena, como siempre, sin embargo, Miguel la sentía un poco distanciada, y fue así durante todo el día.

Él no podía dejar de mirar la sala con el diseño en realidad aumentada superpuesto. También le gustaba caminar hacia el lugar donde se haría la ampliación y grabar video para luego verlo varias veces, y le resultaba muy gratificante pasar por ahí y ver una y otra vez los cambios manifestarse ante sus ojos de una forma tan artística. Los gráficos eran tan realistas que parecía cuestión de magia.

Al llegar la noche, se puso a experimentar nuevamente con el modo nocturno. Empezó tres películas, no vio ninguna. Jugó Tic Tac Toe, unas cuantas partidas. Se aburrió y apagó la interfaz. Elena se había dormido muy temprano y seguía distante y fría.

Miguel despertó por la madrugada, y aprovechando que fue al baño, estando ahí frente al espejo, decidió quitarse los pupilentes. Era hora de descansar de ellos por un tiempo. Intentó moverlos un poco para luego jalarlos hacia afuera, primero con un dedo y después con dos, pero sólo consiguió deslizarlos brevemente, porque volvieron a su posición inicial y no hubo manera de poder sacarlos.

Tenía tanto sueño que mejor regresó a dormir, podía quitárselos después. En ese momento lo importante era descansar.

Por la mañana fueron de compras, los empleados que se encargarían de la remodelación ya estaban en casa y ellos salieron con la total confianza que les brindaba su sistema de seguridad que podían consultar desde su smartphone en cualquier momento, y, por supuesto, la garantía de carácter ético y profesional del afamado arquitecto.

Durante varias horas, Miguel no encendió la interfaz. Estaba tranquilo disfrutando con su esposa. De vez en cuando revisaba su teléfono y le mostraba la pantalla a ella, diciendo cosas como: "mira, parece que están haciendo un buen trabajo". En la pantalla podían ver a los trabajadores quitando los restos de la pintura anterior con una espátula, o midiendo, o pegando papel periódico en el piso, o utilizando un cincel.

Llegó el momento en que, estando en una tienda de ropa, Elena no se decidía por nada, entraba varias veces a probarse varios atuendos y accesorios, y Miguel se estaba aburriendo. Entonces encendió la interfaz y se puso a navegar por el menú y por la página del arquitecto Favela, pero cuando salía Elena, la cerraba para no ver ninguna clase de realidad virtual y no distraerse. La cerraba, mas no la apagaba.

Elena salía del probador e iba a buscarlo para preguntarle qué opinaba de lo que traía puesto. Él se estaba aburriendo de la situación, pero al verla tan entusiasmada no quería arruinar el momento y disimulaba, fingiendo sorpresa y haciendo comentarios muy positivos.

–¿Te gusta?
–¡Todo se te ve bien, amor! Y ese vestido, en especial, está espectacular.

En una de esas ocasiones, cuando Elena estuvo frente a él modelando otro vestido y haciéndole preguntas, apareció un rectángulo vertical con pequeños pixeles de colores desordenados sobre ella, tapando su rostro, el busto y parte del abdomen. Era como un error de video en una pantalla. Aunque fueron sólo dos segundos, fue muy notorio y repentino, y Miguel no pudo disimular su cara de asombro.

–¿Qué pasa, mi amor?
–No, no… nada. -contestó Miguel, sonriendo- nada, mi amor. Es que se te ve divino, y de pronto me pareció que eras otra chica.

–Tontito mío. -respondió Elena con una sonrisa y le dio un beso en la boca-

Mientras la veía alejarse para regresar de nuevo al probador de ropa, un grupo de pixeles aparecieron, esta vez del lado izquierdo y derecho, por un breve instante, con los mismos colores distorsionados.

Nunca había pasado eso, no obstante, Miguel decidió ignorar aquello, después de todo un pequeño error sucede hasta con la mejor tecnología del mercado. Además, Elena ya había retomado una actitud positiva hacia él, y no arruinaría eso por nada. Lo mejor era seguir adoptando una actitud normal y despreocupada, y no mencionar más lo de la realidad aumentada.

Durante el resto del día mantuvo la interfaz cerrada, sin usar ningún comando ni opción, aunque la dejó encendida por curiosidad. Quería ver si volvía a presentar algún glitch o algo extraño.

Se llegó el sábado, y como él estuvo listo mucho antes que Elena para ir a la fiesta de su amiga Renata, se aburrió y comenzó a usar la interfaz de nuevo. Descubrió que se había actualizado durante la noche, el diseño de los iconos y el menú se veía diferente, y ahora había también una pequeña tienda de "apps", donde podía descargar algunas muy divertidas de forma gratuita.

Descargó una llamada "caras", pero en ese momento Elena salió por fin, y se dirigieron al auto para asistir a la fiesta. Probaría la app en otro momento.

Cuando ya estaban en la fiesta, y después de saludar a todos y ponerse su traje de baño, Miguel tuvo un momento a solas y aprovechó para probar la app que había descargado y tenía por ahí guardada. No pudo contener la risa porque, inmediatamente al abrirla, les ponía caras chistosas a todos los demás invitados. Caras de payasos, caras de gato, de mono, etcétera. Y algunos volteaban a verlo sin saber qué pasaba. Él se divertía cambiando los filtros para ver qué más encontraba. Los filtros les ponían nubes grises y lluvia a algunas personas, o hacían que pareciera que alguien les lanzaba un pastel a la cara desde lejos.
Miguel siguió probando más filtros.

En ese momento pasó Elena frente a él.

–¿Qué pasa, amor?
Al dirigir la mirada hacia ella y tenerla justo enfrente, Miguel lanzó tremenda carcajada que hasta lo hizo encorvar la espalda hacia atrás.

Trató de ahogar su risa por un momento para poder explicarle lo que pasaba.

–¡Ay, amor, perdóname, pero es que… JAJAJAJAJA! ¡Te ves chistosísima! Esa cara de… jajajajaja… ¡cara de gatita! ¡JAJAJAJAJA! No puedo.

Desactivó el filtro y por fin pudo ponerse un poco más serio cuando vio que su esposa lo miraba con cara de extrañeza, sin decir nada.

—Es que en la mañana descubrí que había una actualización y… y bueno, bajé esta app que… ¡ahora se pueden bajar algunas apps! Y esta… ¡jajaja! Es muy divertida porque te pone caritas y cosas… jajaja. Y todos se ven muy chistosos con esos filtros.

Elena desvió la mirada por un breve instante, y esbozó una sonrisa, moviendo la cabeza ligeramente de arriba abajo y alzando las cejas en señal de que comprendía. Se acercó a él riendo.

—Ay, Miguel, a veces pienso que me casé con un niño.

Acto seguido le dio un beso muy breve en la boca, más que con amor, con ternura, y se alejó, dirigiéndose hacia donde estaban sus amigas para sentarse a platicar con ellas.

Miguel se quedó ahí riendo un poco de nuevo, para luego pasar a un estado más reflexivo, se quedó pensando en lo que su esposa acababa de decir, y se preguntaba con qué intención se lo dijo. No se veía molesta, pero era difícil descifrar su actitud.

Siguió a Elena y se sentó en una de las reposeras, junto a ella, sus amigas, y los novios de las amigas.

Trató de entablar conversación, pero ellas respondían con frases cortantes como "ah, mira" o "ah, OK" y volteaban a verse y a hablar solo entre ellas, en especial Renata. Sus novios se levantaron y fueron a nadar. Resignado, Miguel también se levantó minutos después, y les dijo que iba a meterse a la piscina un rato. Elena se quedó conversando con ellas.

—¡A ver! -dijo Elena cuando vio que Miguel ya se había alejado lo suficiente como para no escuchar, interrumpiendo una conversación trivial entre dos de sus amigas- Ya sé que Miguel no les cae bien, eso es obvio. Pero les pido por favor, y si realmente son mis amigas, que no lo hagan tan notorio frente a él. Está tratando de integrarse y ustedes lo hacen sentir mal siendo tan cortantes.

–Perdón, Elena, pero es que ¿de qué podríamos hablar con él? - dijo Renata en el tono más sincero- tú sabes que nunca nos gustó para ti, yo siempre he pensado que ustedes dos no son compatibles. Lo respeto porque ahora es tu esposo, pero no me pidas que lo trate como el príncipe que tu quisiera que fuera.

–Renata…

–¡no, es que de verdad! Lo siento muchísimo, ¿qué más puedo decirte? Uno no estudia Diseño Gráfico por más de cinco años para terminar vendiendo seguros de puerta en puerta…

–Ay, ya vas a empezar como mis papás, en serio me das flojera… - Elena interrumpía a Renata mientras sus otras dos amigas permanecían calladas, incómodas por la situación-
–No, no es eso. Tú eres dueña de tu vida, yo no te voy a sermonear, si aún así eres feliz con Miguel…

–Mira, gana excelentes comisiones, ¿OK? Ese trabajo nos ha sostenido, y puede ser que no viva como una princesa, pero…

–¡Pero era a lo que tú estabas acostumbrada!

–¡Eso no importa! Yo apoyo a mi esposo.

–¡No tiene el más mínimo interés en conseguir un mejor trabajo! ¿no te das cuenta…?

–¡No empecemos de nuevo! Yo sé que él quiere, tú no lo conoces, ¡ya deja de criticarlo! Además, cuando tengamos a nuestro primer bebé todo va a cambiar.

–¿Eso crees? Porque eso también me preocupa, amiga.

–¡Estoy segura!

–¿ah sí? -dijo Renata haciendo una pausa y mirándola a los ojos-
¿y cuál es su plan? ¿qué está haciendo ahora?
–Bueno, justo ahora… nada. Pero eso es temporal, pidió dos meses
de vacaciones en el trabajo por lo de la remodelación y la
ampliación. Quiere ayudarme y estar al pendiente de cada detalle.
Además, como estamos planeando ser padres, necesitamos pasar
más tiempo juntos.

Renata desvió la mirada, movió la cabeza con desaprobación y le
dio un sorbo a su bebida.

–¡Pagados, Renata! Dos meses pagados. -dijo Elena con énfasis- Y
se los concedieron, por su excelente trabajo. Después de dos largos
años de trabajo se los merecía, ¿no crees?

Hubo un silencio.

–Mira, somos un matrimonio joven, estamos comenzando. A mí
no me preocupa nada de eso que dices. Yo tengo unos ahorros de
mi último que trabajo que también estamos utilizando y todo va
muy bien, en serio.

Miguel las veía desde lejos, se sentía desplazado.
Usando la interfaz de los lentes de contacto, hizo zoom hacia
donde estaban ellas y les puso un filtro que les colocaba caras de
perro a todas, después, uno de brujas.

–¡basuritas! -dijo en voz baja y se lanzó a la piscina para nadar.

Estuvo así un rato y luego salió, para ir por una cerveza. No
conocía a nadie, comenzaba a sentirse incómodo y bastante
aburrido.

Por su parte, Elena y sus amigas habían cambiado de tema y
cuando Renata vio llegar a un joven alto y atractivo que era amigo
suyo, llevó a sus amigas hacia donde él para presentárselo.

Miguel permanecía solo, caminando por ahí, tomando el sol. Volvió a abrir el menú de la interfaz y quiso buscar otras apps para bajar y entretenerse, pero algo andaba mal…

El menú quedó posicionado en la pantalla virtual de inicio, la de siempre. Los mismos botones y letras azules. No podía hacer nada más, la interfaz no obedecía a los movimientos de sus dedos.

Giraba la cabeza y la sacudía para ver si con eso lo arreglaba.

Nada.

Solo veía a los mismos imbéciles divirtiéndose y encima de ellos el menú de opciones.

Se quitó el anillo para ver qué más se le ocurría para tratar de repararlo y fue ahí cuando se dio cuenta: ¡se había metido a la piscina con el anillo puesto! ¡Pero qué idiota! Estaba tan enojado con la situación y con su propia torpeza. Nadie dijo nunca que el anillo era resistente al agua, y eso fue lo que lo dañó.

Después de soplar y sacudir el anillo varias veces, decidió ir a una de las reposeras a la orilla de la piscina y recostarse. Intentó algo más: activar el modo nocturno. Así que cerró los ojos y puso los dedos correctos sobre el anillo, y eso funcionó. Volvió a aparecer la leyenda "NIGHT MODE". Eso bastó para que, al abrir los ojos, el menú principal desapareciera, dejándole la vista libre. Pero entonces puso el dedo índice izquierdo sobre el anillo. Un solo dedo, en el área correcta por tres segundos. Con eso, normalmente se apagaba por completo. Pero esta vez no fue así. Lo intentó varias veces e hizo varias pruebas para ver si se había apagado y nunca lo logró.

No le quedó más que seguir así, pero además la interfaz presentaba otros fallos: de pronto aparecía el menú principal otra vez, o pixeles, o imágenes distorsionadas, o resultados de búsquedas que había hecho en el navegador de internet anteriormente, y fue así durante todo el día.

Esa noche casi no pudo dormir. Y al día siguiente por la mañana intentó contactar a Favela para explicarle lo que pasó y que lo ayudara. No podía quitarse los lentes. Estaban completamente adheridos a sus ojos. Favela tenía su celular apagado y no respondía tampoco a los correos electrónicos. El anillo seguía sin funcionar correctamente.

Comenzaba además a sentir una irritación en los ojos, y entonces se los tallaba e intentaba nuevamente sacarse los pupilentes, pero todo fue inútil.

A escondidas de Elena, fue donde el médico y le contó lo que le estaba pasando. El médico lo revisó bien y dijo que intentarían disolver los pupilentes con una solución administrada en gotas. Lo hicieron todo ahí, en su consultorio.
Miguel estaba asustado. El médico, después de varios minutos de tenerlo ahí sentado, con la mirada hacia arriba, y después de varias aplicaciones de las gotas, observó que se habían aflojado solo un poco.

Fue por unas pinzas alargadas y delgadas, e intento extraer los pupilentes, o por lo menos fragmentos de ellos. Comenzó por el ojo derecho.

Los ojos de Miguel estaban muy rojos, inflamados y llenos de lágrimas.

Cuando el doctor logró extraer un fragmento, con ayuda de la enfermera que le sostenía la cabeza a Miguel para mantenerla firme, hubo sangre y pus, Miguel gritó de dolor y se retorcía.

–¡¡¡POR DIOS, DOCTOR!!! ¡¡¿QUÉ FUE ESO?!!! ¡¡¡DÍGAME QUE YA PUDO SACARLO!!!

–No. Es un pedazo de tu ojo. -contestó el médico muy serio mientras sostenía las pinzas y observaba, asombrado, un pequeño fragmento de carne envuelta en sangre coagulada, pus y una pequeñísima parte del lente.

Miguel gritó horrorizado. Se puso tan mal que tuvieron que inyectarle un sedante que lo dejó dormido en segundos.

El médico dejó a Miguel al cuidado de la enfermera mientras salió un momento a consultar el caso con sus colegas. Varios médicos lo observaron, y antes de que despertase, le administraron toda clase de sustancias para lograr estabilizar sus ojos.

Lograron, así, bajar por completo la inflamación, contrarrestar el dolor y extraer el pus.

Más de dos horas después, Miguel despertó. Comprobó, viéndose en un espejo, que sus ojos estaban como si nada hubiera pasado… pero el doctor le tenía una terrible noticia.

–No hay nada que hacer, Miguel. Los lentes de contacto se han fusionado con tus ojos. Es imposible extraerlos, lo siento.

–Pero, doctor. ¡Eso no puede ser! Mire, el anillo ya no sirve, desde que se mojó ya no puede hacer nada, ¡no puedo apagar la interfaz! Veo imágenes aquí y allá, veo letras, pixeles y errores que aparecen y desaparecen, y filtros. ¡Y no puedo desactivarlos! No puedo controlar nada. Desaparecen por momentos, pero luego vuelven a aparecer, ¡esto es un infierno!

–Sé que es difícil, pero tendrás que acostumbrarte. Trata de llevar una vida normal, en la medida de lo posible. Y te recomiendo que insistas en buscar a ese arquitecto hasta que lo encuentres, tiene que darte la cara y hacerse responsable por esto, ayudarte a salir de este problema.

Miguel hizo todo por tranquilizarse y regresó a su casa como si nada hubiese pasado, le mintió a su esposa diciéndole que había ido a dar un paseo por la ciudad y que luego se encontró con un amigo y se les fue el tiempo platicando.

Por la noche, Elena le dijo que le tenía una sorpresa, y una vez en la recámara, salió del baño con un disfraz de Gatúbela puesto, con el propósito de cumplir con él una vieja fantasía sexual.

Miguel sonrío al verla, estaba emocionado y todo iba bien, pero de pronto una foto de ella se tomó sola, y empezaron a aparecer imágenes relacionadas de internet, como si hubiese hecho una búsqueda por imagen. Los recuadros que contenían las imágenes pasaban muy rápido, era como si alguien estuviese haciendo scroll down en esa página, y los resultados iban desde disfraces infantiles hasta mujeres voluptuosas en sitios pornográficos, pasando por gatos de verdad y otras mujeres hermosas vestidas de Gatúbela en posiciones sugerentes. De la nada, se detuvo en una lista de algunas de esas fotos que mostraba a varias mujeres con ese mismo disfraz.

Miguel no sabía que hacer, no podía dejar de voltear la mirada hacia el lado derecho, donde estaban las imágenes. Simplemente era imposible ignorarlas.
Elena lo notó, y se molestó mucho.

–¡Miguel, no te distraigas! Ponme atención, por favor.
¡Así no me voy a embarazar nunca! ¡¿Qué estás viendo?! ¿Qué tanto ves?

Miguel no sabía qué decir.

–¿Eh? ¿Otra vez estás jugando con eso? ¿Qué tanto estás viendo? ¿Acaso es más importante que yo, que nosotros?

Elena cambió a un tono más apacible y se acercó a él cuando vio que agachó la mirada con tristeza, aún sentado en la cama.

–¿Qué es lo que pasa? Por favor, cuéntame. Necesito saberlo.

Miguel no pudo más y le contó todo.

Elena comprendió la situación, lo abrazó y le mostró su apoyo. Le dijo que todo estaría bien y que juntos resolverían eso. Hablaron con los trabajadores, que seguían restaurando detalles de las paredes y el piso de la sala antes de comenzar a pintar, pero ninguno de ellos tenía comunicación directa con el arquitecto o su asistente. Les dieron la dirección del lugar donde los habían contratado por órdenes de él y eso fue todo.

A partir de ahí, pudieron dar con las personas que formaban parte del equipo de trabajo con quien el arquitecto se entendía directamente, Miguel les explicó lo ocurrido, pero le informaron que el arquitecto Favela no estaba ahí en ese momento, que había salido del país, pero no quería que se le molestara hasta que regresaran él y su asistente, así es que cortó comunicación con ellos por esos días y no dijo hacia donde viajarían.

Le explicaron que solo ellos dos conocían a la perfección el sistema, y que debía esperar a que regresaran, pues para solucionar su problema se tenía que desactivar por completo el dispositivo, ingresando el número de serie en un software al que solo ellos tenían acceso, hasta ese momento nadie más estaba autorizado ni entrenado para hacerlo.

El arquitecto Favela no sólo logró llegar a su meta de 100 voluntarios que usaran su producto, sino que además el lanzamiento oficial fue todo un éxito, se comentó en todas las revistas importantes de tecnología y se vendió muy bien, pero él quería ampliar su mercado, por eso se fue de gira a varios países con Urrutia, dando conferencias y concediendo entrevistas, todo como parte de la promoción de sus ya famosos pupilentes.

En casa de Miguel, varios de los contratistas que estaban trabajando en la sala comenzaron a renunciar al proyecto gradualmente, con pretextos poco creíbles. Incluso los dos que quedaron al final, llegaban tarde o faltaban, Miguel les insistía en que, si sabían cualquier cosa del arquitecto, se lo hicieran saber porque era urgente. Él pensaba que lo estaban encubriendo o que no querían meterse en problemas.

Pasaban los días y Elena se mostraba comprensiva con Miguel, pero pronto empezaron a tener problemas.

Iniciaban discusiones en las que Elena le reclamaba que él había tenido la culpa de lo que estaba pasando, pues se obsesionó con los lentes y no se los quitaba ni para dormir. Ella le había advertido que, aunque Favela y su asistente nunca lo mencionaron, era obvio que el uso prolongado de los pupilentes podía traerle consecuencias, pero él jamás la tomó en serio. Le decía que sus miedos eran irracionales.

Esas discusiones iban subiendo de tono al grado que terminaban en gritos, los reproches de Miguel hacia Elena iban más allá de su situación actual: él le decía que nunca lo había comprendido y que, aunque no se lo dijera, siempre lo había visto como un mediocre. Elena se ofendió tanto que le contó las cosas que sus amigas habían dicho de él en la fiesta, y le hizo notar que ella siempre lo defendió, no sólo de ellas, sino también de su propia familia, que nunca lo aceptaron del todo.

En una de esas discusiones, Miguel estaba tan enojado que aventó el anillo de control por la ventana. Elena no podía creer que hubiera hecho eso, ¡ahora estaba aún más lejos de solucionar su problema! Y el arquitecto seguía sin aparecer.

Las cosas en su relación se tornaron tan grises que Elena se fue a vivir unos días con su amiga Renata.

El doctor que atendió a Miguel lo llamó para decirle que había denunciado a Favela, con la ayuda de sus contactos (conocía a gente muy importante) y con su testimonio cuando los llamaran para declarar, sería suficiente para hundir a Favela en muy poco tiempo, y tendría que hacerse responsable de todo lo que le estaba pasando.

Elena regresó únicamente para decirle a Miguel que había tomado una decisión y que lo mejor sería comenzar con los trámites del divorcio lo antes posible.

Miguel trató de convencerla de lo contrario y arreglar las cosas una vez más, pero fue inútil. Ella le dijo que se había enamorado de otro hombre: Donato.
Un pintor italiano que exhibía sus obras abstractas en los mejores museos de arte contemporáneo alrededor del mundo, lo había

conocido en la fiesta de Renata, mientras Miguel trataba de aislarse de todos.

Argel Favela fue localizado y detenido, el peso de la ley cayó sobre él solamente, por ser el líder del proyecto. Pensó que contaría con la ayuda de Tadeo, su asistente, para salir de ese problema cuanto antes.

No fue así.

Tadeo Urrutia lo visitó en la cárcel solamente para decirle que renunciaba como su asistente y que no podía hacer nada para ayudarlo, además de que él mismo se arrepentía de haberlo apoyado en su precipitada decisión de lanzar al mercado un producto que no había sido expuesto a la cantidad de pruebas suficientes para evitar poner en peligro a sus consumidores. —Manipulamos información, apresuramos las ventas con artimañas. Hice todo por usted porque confiaba en que sabía lo que estaba haciendo, porque yo lo admiraba, pero ya no más. Este es el momento preciso para tomar mejores decisiones, y voy a hacerlo. Yo no terminaré como usted.

Argel no sabía que decir. Tenía una mezcla de sentimientos encontrados que lo paralizaban de mente, cuerpo y espíritu. Estaba pálido, tenía una expresión de incredulidad, la única persona que le había mostrado lealtad hasta en los momentos más difíciles, ahora lo abandonaba. Y allá afuera, seguramente todo sería un caos también, con el escándalo mediático y el despido obligado de su equipo de trabajo, ¡todos ellos se quedarían sin empleo! Sentía culpa, remordimiento, vacío. ¿Porqué no tomó mejores decisiones? ¿Ahora a quién le echaría la culpa? Su orgullo estaba demasiado herido.
Tadeo le dijo, además, que él mismo iba a asegurarse de que se detuvieran inmediatamente todas las ventas, que devolvería el dinero a todas las personas que compraron el producto y que a los voluntarios afectados les daría una indemnización. No iba a permitir que a ninguna otra persona le pasara lo mismo que a Miguel o a algunos de los otros voluntarios cuyos casos fueron

saliendo a la luz casi al mismo tiempo: infecciones en los ojos, irritación, dolor, problemas psicológicos…

Mientras tanto, Miguel entró a la sala, observando el resultado final de la remodelación. ¡Todo se veía tan real! Las paredes amarillas recién pintadas, los muebles nuevos, el ambiente acogedor, ¡hasta un hermoso retrato de él y su esposa sobre el borde de la chimenea! Cuadros, lámparas, un piso perfecto y nuevo.

La escena era tan agradable que Miguel se sentó en el suelo, recargándose en el muro contiguo a la chimenea, contemplando todo con una triste sonrisa.

Se imaginó ahí con Elena, observando el retrato, abrazándola, amándola. Los dos sonreían con el júbilo de cualquier pareja joven que está en la cúspide del enamoramiento, la ilusión en ambos rostros anunciaba la llegada de su primer hijo.

Pero esas imágenes tan apacibles no eran más que un espejismo. Como también lo era la habitación remodelada: sólo un render generado a partir de pixeles por el magnífico dispositivo que combinaba GPS y realidad aumentada para dar lugar a tan realistas gráficos.

En realidad, toda la sala se encontraba vacía, con rastros de un trabajo que dejaron empezado.

Paredes blancas, salpicaduras de yeso, un piso tapizado de periódico, brochas, rodillos, una escalera por aquí, un tornillo por allá, clavos…

Presionados por las constantes preguntas de Miguel, habían renunciado algunos contratistas, y los últimos dos también se fueron en el momento que se enteraron de la aprehensión del arquitecto Favela.

Sirvió de nada el plan inicial del arquitecto de contratar a 8 personas "para que el trabajo quede listo en poco tiempo".

Como era ya habitual, las imágenes virtuales comenzaron a mezclarse con la realidad, en una dolorosa y pixeleada intermitencia.

Miguel seguía observando la chimenea y el retrato que no estaba ahí, sus ojos empezaban a irritarse y su expresión de soñada fantasía cambiaba a una de profunda tristeza. Las inminentes lágrimas hacían resaltar los pedazos de circuitos eléctricos incrustados en sus globos oculares.

Y ahí, donde estaba, lloró desconsolado.

Ese día estaba en la cocina, refunfuñando como de costumbre, ¿y quién no lo haría en semejante ambiente donde todo está sucio, descuidado y lleno de cosas viejas y tiradas?

Buscaba algo que echarse a la boca rápido y que le quitara el hambre, no estaba dispuesto a ponerse a cocinar, no iba a darle ese gusto a su esposa.

Llegó Juanito, su hijo menor. Un niño de 10 años muy entusiasta que no se desanimaba en su afán por agradarle. Había llegado de la escuela y deseaba mostrarle a su padre el experimento que habían hecho en la clase de Química Experimental.

–¡Papá, papá! Ya llegué.

–Sí, qué bueno.
–¿Qué buscas?

–Pos algo de tragar, aunque sean unas galletas rancias o algo… pero en este cabrón chiquero no encuentro nada.

–¡Mira lo que hicimos hoy en la escuela!

Juanito le mostró a su papá un tubo de ensayo tapado que traía en la mano, con una sustancia verde adentro.

–¿Qué es eso?

–No lo sé, es una sustancia nueva. En la clase de Química Experimental hicimos varios experimentos padrísimos con sustancias que se han descubierto recientemente, luego mezclamos algunas y…

El papá desvió la fugaz mirada de atención que había dirigido hacia el niño, fastidiado. Siguió buscando hasta que encontró un viejo envoltorio con unas cuantas galletas, luego fue hacia al refrigerador y sacó una cerveza.

–…al final resultó esta, la profe nos dijo que nos la lleváramos a casa para hacer varias pruebas con ella y ver como reaccionaba. Podemos ponerla al sol, mezclarla con agua, agitarla… ¡si la destapas hace burbujitas, mira!

–¿Y eso de qué sirve?

–Todavía no se sabe, pero se descubrirá pronto, ¡por eso entre más experimentos hagamos es mejor! Y vamos a anotar todo lo que pase en una libreta.

Juanito miró hacia el refrigerador.

–¡Ya sé! -exclamó con entusiasmo- ¡La voy a poner un rato en el congelador a ver qué pasa!

Tapó el tubo de ensayo rápido y trató de correr hacia el aparato, pero su papá lo detuvo con brusquedad.

–¡No, no, no! En el refri no vas a poner esa chingadera.

–¿Pero porqué no? -preguntó Juanito, decepcionado-

–No sabemos ni qué es, vas a apestar el refri. O se puede joder.

–La sustancia es inolora e insabora, y no es tóxica, nos lo dijo la profe.

–Lo que sea, pero no la metas ahí.

–Pero la profe dice que la experimentación es necesaria para descubrir cosas nuevas que pueden ayudar mucho.

–La profe, la profe… ¡Tu maestra no te mantiene!, ella no sabe nada de la vida, es una pendeja a la que le pagan por hablar bonito y hacerte creer que la vida es facilita.

Había empezado a comerse las galletas y vociferaba con la boca llena, masticando como un animal y atragantándose para seguir sermoneando al niño, que agachaba la mirada con tristeza.

–¡Los estudios no sirven para nada! Mejor deberías aprender a trabajar desde ahorita, hacer algo que te deje dinero, no esas pendejadas que se inventan en la escuela. ¡Aprende a tu hermano! Él no fue a la universidad, pero ya tiene su propio taller mecánico, se casó y le está yendo bien. Se defiende en la vida.

–Es que él es grande -contestó Juanito, con una voz temblorosa- tiene 18, yo tengo 10… y yo quiero hacer otras cosas cuando tenga su edad… todavía no sé qué, pero me gusta la química.

–¡Ah, ya te vas a poner a llorar! -dijo su papá, tirando al suelo el envoltorio de las galletas rancias que acababa de terminarse, y se limpiaba la boca con la camisa, pasándose el antebrazo derecho-

–Por eso nadie te respeta, mijo. ¡Te falta carácter, güey! Por eso te molestan en la escuela y se burlan de ti. ¡Nunca te defiendes! Eres débil.

–Te faltó que no tengo amigos -expresó su hijo, aguantándose las ganas de llorar-

Hubo un breve silencio. Su papá dio un suspiro de hartazgo.

–¡Bueno, ta bien! Ya no te voy a decir nada. Ahurita no vas a entender de todos modos, en unos años más, cuando estés más grande, vas a saber la realidad de la vida. Por ahora, sigue con tus experimentos de química.

Sacó una cerveza del refrigerador, buscó algún instrumento con qué abrirla, pero no encontró nada útil entre el desorden de los trastos sucios puestos sobre la mesa donde comían. La abrió con los dientes.

–¿Entonces sí me dejas ponerlo en el congelador?

–Haz lo que quieras.

Su padre salió de la cocina y Juanito, recuperando su entusiasmo de antes, acercó una silla para alcanzar bien el congelador.

Abrió la puerta para meter el tubo de ensayo, pero antes, lo agitó un poco moviéndolo de izquierda a derecha para ver qué pasaba con la sustancia.

La sustancia seguía igual, pero como no había quedado bien puesto el corcho, se zafó y se cayó.
A Juanito le había costado trabajo subirse ahí como para bajarse a recogerlo, además la sustancia podía tirarse.

Así que lo metió sin el corcho, recargándolo en la pared izquierda del congelador, a la orilla, con cuidado de que la sustancia no se derramara, pero cuando cerró la puerta del congelador, se cayó sin que él se diera cuenta.

Era un refrigerador viejo y maltratado, las cosas que tenía adentro, muchas de ellas estaban ahí desde hacía años, y nadie se tomaba la molestia de limpiarlo.
Tenía manchas amarillentas y suciedad por dentro y por fuera.

El niño se bajó de ahí y se fue a su cuarto a hacer sus otras tareas.

Su papá estaba en otro cuarto, peleando con su mamá.

–¡Ándale, mujer, ya levántate! ¿No piensas hacer nada en todo el día? ¡Sabía que iba a encontrarte así, acostadota!

–Déjame en paz, ya no jodas.

–¿Porqué no hay nada de comer? Yo te había dado dinero para que compraras algo.
–¡Lo que me diste fue una miseria! Todo lo demás te lo gastaste en cerveza, como siempre.

–¡Te di suficiente, animal! ¡Siempre es lo mismo contigo!

Discutían acaloradamente y él le reclamaba que por su falta de responsabilidad se había descuidado hasta ella misma, y que estaba gorda y fea, le gritaba cosas crueles como que cada vez le daba más asco y que esa vida miserable que llevaban, en gran parte era culpa de ella, pues ni trabajaba ni hacía nada en la casa.

Salió del cuarto, enojado, ya se había terminado la cerveza y fue otra vez a la cocina, para tirar la botella vacía dentro de una bolsa rebosante de basura que estaba en el suelo, donde revoloteaban las moscas sobre ella como si de un cadáver en descomposición se tratara.

Abrió la puerta del refrigerador y sacó otra cerveza, volvió a abrirla con los dientes y comenzó un nuevo soliloquio de quejas lanzadas al aire.

—¡Esta porquería parece caldo! Le he dicho mil veces a esta gorda pendeja que compre las cervezas y las meta al refri desde la noche para que estén bien heladas. ¡Pero no, ni eso puede hacer bien! De seguro las compró hace rato.

…

—O fue el baboso de Juanito que otra vez dejó la puerta del refri abierta… ¡pinche alien con lentes! Yo no sé para qué lo teníamos, ¡yo ni quería! Pero Lorna chingue y chingue con el cuento de tener otro hijo disque "para salvar nuestro matrimonio" … ¡sí, como no…! Pinche gorda.

Tomó uno de los pocos vasos que estaban limpios y lo puso sobre la mesa, cerca de la orilla, era una especie de jarrito de vidrio con un asa. Su intención era servir ahí la cerveza después de echarle hielos.

Abrió la puerta del congelador para buscar los hielos, pero lo primero que vio fue el desastre de la escarcha verde, que al principio no entendió, pero al ver el tubo de ensayo tirado y el corcho en el suelo, se enfureció.

—¡Pinche chamaco baboso! -decía mientras sacaba el tubo de ensayo y, con la mano derecha, trataba de limpiar un poco la sustancia derramada- ¡¡¡Juan!!! ¡¡¡JUAN!!!

El niño no lo escuchó, su esposa tampoco salía del cuarto, seguramente se habría dormido otra vez, o platicaba con sus amigas por teléfono mientras se pintaba las uñas con ese esmalte corriente que compró en un bazar.

Tiró, con coraje, el tubo de ensayo que aún contenía un poco de la sustancia a la basura, y regresó al congelador para seguir escarbando entre la escarcha con ambas manos. En ese momento, se fue la luz.

Se dio cuenta porque el refrigerador dejó de hacer ruido y accionó el interruptor de la luz para comprobarlo. Como era de esperarse, el foco no encendió.

–¡Puta madre! ¡Lo que faltaba, cortaron la luz! ¡¡¡JUAN!!!

Pero el apagón duró solamente unos segundos, y entonces regresó a escarbar entre la escarcha, quería asegurarse de que no quedaran restos de esa sustancia desconocida y también aprovechar para limpiar un poco el congelador antes de servirse los hielos.

Pero, al estar escarbando en el fondo del congelador, sintió algo desconocido que lo hizo detenerse de golpe: ¡era un dedo humano!

Se asustó tanto que retrocedió y se quedó pasmado frente al congelador, con la puerta abierta. Dudaba si seguir limpiando y no tenía claro si aquello había sido real o un producto de su imaginación y sus manos entumidas.

Se armó de valor y, dispuesto a averiguar qué estaba pasando, siguió limpiando la escarcha, pero esta vez con más calma, hasta que sintió una mano entera, que, al tocarlo, también se asustó y retrocedió.

Dio un grito del susto, pero ya no había vuelta atrás: escarbó y escarbó con las dos manos, lo más rápido que pudo, hasta que logró despejar toda la escarcha y descubrió algo insólito: había un hombre idéntico a él, hasta con la misma ropa que traía puesta (camisa a cuadros azul encima de una playera blanca), aunque con una expresión más jovial y el cabello mejor arreglado. Tenía puestas unas gafas de seguridad amarillas. Donde él estaba, se veía, al fondo, una habitación que parecía ser también una cocina. Lo miraba sorprendido, pero no decía nada.

—¡Cerveza adulterada! Pinche Lorna, ¡ahora sí te mamaste!

—Disculpa, ¿quién eres tú? -preguntó el hombre de las gafas amarillas-

—Pues me llamo Israel, pero ¿tú quién eres y cómo te metiste a mi refri?

—Es lo mismo que yo me preguntaba, ¡tú eres el que está en mi refri! Y… yo también me llamo Israel.

—Esto está muy raro. Eres casi igual a mí, aunque tú eres mucho más joven.

—¡Bueno, ni tanto! -dijo el hombre de las gafas amarillas, sonriendo con gesto de sentirse halagado- Tengo 38 y…

—¡¿Tienes 38 años?! ¡También yo!
—¿En serio?

—Sí, de verdad. Quizás soy yo el que se ve más viejo, por la barba de tres días, las ojeras, las arrugas, la panza, y que estoy algo encorvado… en cambio tú… bueno… se ve que estás en buena forma, ¡seguramente has tenido una vida fácil!

—Pues, no creas, ni tanto.

—¿Y esas gafas amarillas?

—Ah, son gafas de seguridad -dijo mientras se las quitaba y las doblaba, guardándolas en el bolsillo de su camisa- Juanito, mi hijo, derramó por accidente la sustancia de un experimento en el congelador y decidí que era mejor tomar mis precauciones. No sabía qué reacción podía tener esa sustancia verde con esta temperatura y me asusté un poco después de que se fue la luz por unos segundos.

–¡Guau! -dijo Israel 1- ¡esto es increíble! Está muy cabrón, en serio, porque a mí me pasó lo mismo. Mi hijo también se llama Juanito, tiene diez años y metió ese experimento aquí… Yo estaba buscando hielo para mi cerveza.

–Yo estaba buscando hielo para prepararme un frappé, lo malo es que el refri es un poco viejito y hace escarcha, entonces aproveché para limpiarlo un poco, aunque sea con las manos, pero ahí fue donde me encontré contigo. -aclaró Israel 2, riendo-

–Pues parece que tu mundo y el mío son casi iguales. Hay tantas cosas que quisiera preguntarte que no sé por donde empezar -expresó Israel 1-

–Me pasa igual -contestó Israel 2- hay detalles de tu mundo que me causan mucha curiosidad, quisiera saber si de verdad somos tan parecidos y qué otras variantes podemos hallar.

–¡Pues ven! Pásate para acá.

–¿En serio?

–Sí, ¿porqué no?

–¿Crees que se pueda?

–Hay que intentarlo.

–OK, pero vas a tener que ayudarme. Porque está como complicado, ¿no? Déjame ir por una silla.

–Yo pondré una silla aquí también, para que puedas pisar bien y no te caigas cuando pases para acá.

Israel 1 ayudó a Israel 2 a pasarse a su casa por medio del refrigerador, Israel 2 le dijo a Israel 1 que le gustaría conocer a su familia y que, si se los presentaba, pero Israel 1 le dijo que no era buena idea, y que mejor fueran a dar un paseo.

Ya estando afuera, notaron que el tiempo se había congelado. Había pájaros con las alas extendidas suspendidos en el aire, señoras afuera de su casa regando la banqueta con una manguera, y el chorro de agua que salía no seguía corriendo, sino que parecía como una escultura de cristal, una pareja de ancianos en la calle, paseando a su nieto en la carriola, daban un paso que no avanzaba. Todo estaba detenido.

–Supongo que cada uno debe estar en su universo para que el tiempo avance, -expresó Israel 2- al momento de pasarme a este lado, creamos una paradoja o algo así… ¡todo estará bien de ambos lados cuando regrese a casa, estoy seguro!

–Pues mejor aún, así tenemos tiempo de sobra para platicar, conocernos. -dijo Israel 1-

–¡Sí, eso es genial! -contestó Israel 2- Y dime, ¿a qué te dedicas?

Israel 1 le contó que era empleado en un taller mecánico que estaba ahí cerca, que tenía otro hijo llamado Gael, de 18 años, quien vivía en otra ciudad y tenía ya su propio taller mecánico, fruto de los ahorros de toda su vida, y que se había casado recientemente con una joven.

También le contó que no se llevaban muy bien y que era raro que fuera a visitarlos a él, a su madre y a su hermano, pero él lo admiraba porque se independizó muy joven y estaba haciendo su vida.

–Al menos él se ha ido superando, en cambio yo, aquí me verás, con mi auto viejo, mi casa hecha un asco y viviendo en este barrio de cagada.

−Yo no lo veo tan mal, claro que necesita algunos cambios, pero todo es cuestión de organizarse. En donde yo vivo tenemos un comité vecinal en el que cada uno de nosotros hace algo por mantener todo limpio y bonito. Invertimos nuestro tiempo y dinero para mantener un ambiente agradable.

−¿O sea que vives en un barrio elegante y de ricos?

−¡Para nada! De hecho, es muy parecido a este, es uno de los barrios latinos de…

−¡Los Ángeles, California!

−¡Sí! Vivo exactamente en este mismo lugar, pero, ya sabes, "del otro lado del refri" -dijo Israel 2, bromeando-

−¿Quieres decir que vives en este mismo barrio pobre pero allá la gente es amable?

−Yo más bien diría que es un barrio modesto pero muy bonito, y sí, la gente es amable…. bueno, a excepción de… don Leandro.

Al decir eso, iban pasando exactamente frente a la casa de don Leandro, un hombre de aproximadamente 62 años, sucio y mal vestido que estaba sentado en una vieja silla de madera, detrás de la cerca de alambre que separaba el porche de su casa de la calle.

−Tiene esa misma expresión severa de siempre, como si no soportara a nadie. Él es el único que no pertenece al comité vecinal. Su vida siempre ha sido un misterio, se la pasa ahí sentado, solo, y cuando sale a caminar no habla con nadie, únicamente merodea por ahí, con paso lento y su bordón de siempre, a veces solamente sale a comprar lo más necesario y ya, se regresa a su casa, la cual es exactamente igual a esa. Creo que su casa está igual de descuidada en cualquier universo. No se sabe si tiene familia en algún lugar del mundo o si siempre ha estado solo. Por más que he tratado de ser amable con él, simplemente no hay manera. Se queja y me insulta, me dice que lo deje en paz. Nunca quiere hablar con nadie de sus cosas. Así es él. Siempre hostil, siempre huraño… y en especial a mí me odia. Eso siempre ha sido demasiado notorio. Es como si no soportara que yo sea tan feliz.

–¿¡Es broma!? -replicó Israel 1- ¡Don Leandro es mi único amigo aquí!

–¿De verdad?

–¡Pues claro! ¡La de borracheras que nos hemos puesto juntos, ni te imaginas! Es un buen tipo.

–Jajaja, pues… si tu lo dices…

–Sólo tienes que hallarle el modo.

–¿Y te ha contado algo de él, de su vida privada?

–No mucho, pero se queja de las mujeres. Se la pasa diciendo que todas son iguales, que son unas ingratas. Me ha dicho que tuvo varias esposas en el pasado, pero ninguna se quedó con él, y jamás tuvo hijos. Está solo en la vida.

–¿Pero porqué es tan cerril?

–No es que sea cerril, más bien creo que se siente incomprendido. Mira, lo que pasa es que nadie de aquí le cae bien. Le pasa un poco lo mismo que a mí: nunca me he llevado con nadie porque siento que no tengo nada en común con la gente que vive aquí. Todos están encerrados en sus propios problemas y en su vida, no me caen ni bien ni mal, me son indiferentes. Sucede que este barrio inmundo está lleno de delincuencia y adolescentes drogadictos. No es como en tu lado. Aquí siempre verás grafitis, basura, porquería… y a veces las cosas se ponen realmente feas… y la gente decente que vive aquí, son todos unos estirados engreídos, nadie es auténtico. Viven para aparentar y presumir. ¡Son todos unos pendejos!

–Ya veo. -dijo Israel 2, con un suspiro resignado-

–Pero bueno, cuéntame más de ti. ¿También tienes un hijo mayor?

–¡Sí! ¡Mi otro campeón! Pero el mío se llama Gabriel, también tiene 18 y está estudiando Filosofía en una universidad privada.

–Me imagino que debe salirte muy cara.

–Más o menos… le dieron una beca y eso ayuda mucho. ¡Es que es muy inteligente! También vive en otra ciudad, pero viene a visitarnos todos los fines de semana y cuando está aquí se la pasa jugando toda la tarde con su hermano Juanito. ¡Son muy unidos!

–¿En serio? -dijo Israel 1, sorprendido-

–Bueno, en realidad, todos en mi familia somos muy unidos.

–Ya veo.

–Bueno, y cuéntame, ¿cómo se llama tu esposa? -preguntó Israel 1-

–Lorna.

–¡Otra diferencia! La mía se llama Ximena.

Conforme iba avanzando la conversación, Israel 1 se mostraba mucho más interesado en la vida de Israel 2 que Israel 2 en la de él, Israel 2 le contó que tenía su propio taller de carpintería en el centro de la ciudad y que se dedicaba de tiempo completo a él. También le mostró algunas fotos de su familia en su teléfono móvil y fue así como descubrieron algunos detalles interesantes, como por ejemplo que Gael y Gabriel, sus hijos mayores, eran idénticos, mientras que su esposa no. La esposa de Israel 2 era otra persona, una ex modelo alta, rubia, con un cuerpazo y muy fitness. Se dedicaba a hacer video tutoriales de ejercicios de yoga, aeróbicos y de cardio. Además, daba consejos nutricionales en su exitoso vlog. Así era Ximena. Era totalmente opuesta a Lorna.

Juanito usaba lentes y le gustaba la Química en ambos lados, pero en el de Israel 2 tenía siempre una expresión de alegría y autoconfianza, en varias de esas fotos estaban todos reunidos y sonriendo en fiestas y en salidas que organizaban durante las vacaciones.

Israel 1 omitía cada vez más detalles de su vida cuando Israel 2 le preguntaba, nunca le mostró fotos con el pretexto de que la pantalla de su teléfono estaba rota y no se podía apreciar bien, además de que lo había dejado en su casa. Únicamente le dijo que Lorna, su esposa, no se parecía en nada a Ximena. También le dijo que Juanito era muy inteligente y curioso, y que tenía un gran futuro en cualquiera de los dos universos.

Pasaron así más de cinco horas, pero seguía siendo la una de la tarde con diecisiete minutos.
Israel 2 expresó que era tiempo de regresar a su verdadero hogar y que había sido un placer conocer a Israel 1. Se despidió y caminó hacia el refrigerador.

–¡No tan rápido! -exclamó Israel 1- Tú ya conociste mi universo, mi realidad. Ahora es momento de que yo conozca la tuya.

–Pero…

–Es lo justo. Me da mucha curiosidad todo lo que me has contado, y ahora soy yo quien quiere visitar tu hogar.

–Bueno, pues… sí. Tienes razón. Está bien, ¡vamos!

–Más bien quisiera pasar de aquel lado yo solo.

Israel 2 volteó a verlo de nuevo con una expresión de extrañeza, sin entender su intención.

–Es que, si no te molesta, quisiera conocer un poco más de tu vida… después de todo somos como hermanos gemelos. Pero me gustaría conocerla bien, a fondo. Vivir, aunque sea unas horas en tu realidad, y explorarla.

Así, tú también tendrás la oportunidad de conocer a mi familia, mi trabajo, mi ritmo de vida…

–Pues, si quieres, yo puedo mostrarte, puedo…

–Ya me contaste suficiente. Quiero descubrirlo yo mismo, y con el tiempo congelado no es igual. Tú mismo dijiste que estando los dos en el mismo universo no es posible que el tiempo continúe.

Hubo un silencio. Israel 2 estaba pensativo, pero Israel 1 no estaba dispuesto a dejarlo pensar demasiado.

–Mira. -Israel 1 se acercó al congelador y abrió la puerta, del otro lado podía verse un reloj digital colgado en la pared. Marcaba la 1:17 p.m.- ¿Ves? El tiempo está congelado en tu universo también, como era de esperarse. -Israel 1 señaló también su propio reloj colgado en la misma pared de la cocina, pero el suyo era uno tradicional, de madera-

Israel 2 aceptó, pero le dijo que se arreglara un poco porque estaba muy desaliñado y le enseñó cómo caminar para mejorar su postura. No quería que Ximena o el niño se dieran cuenta de que no era él y se asustaran. Israel 1 se afeitó la barba y se arregló el cabello para poder parecerse más a él. Israel 2 le dio las gafas amarillas. Israel 1 se las puso y pasó del otro lado del refrigerador.

Habían quedado en volver a verse a las cinco de la tarde en punto. Regresaría cada uno a su vida y todo volvería a la normalidad.

Israel 1 ni siquiera se tomó la molestia de advertirle a Israel 2 que entraba a trabajar al taller a las tres y media de la tarde. Eso, seguramente, haría que Israel 2 no aceptara, y no estaba dispuesto a dejar pasar esa oportunidad. Prefería faltar al trabajo ese día, o en todo caso, que Israel 2 faltara.

Estando del otro lado, ambos pudieron observar como los relojes avanzaban.

–¡Parece que funcionó! -dijo Israel 1- ¡Sí! Mira, de este lado acaba de volar una mariposa que estaba aquí en tu cocina.

–Cierto. -contestó Israel 2- aquí también, acaba de volar… una mosca.

–Hagamos un experimento más antes de despedirnos.
–¿De qué hablas?

–Es que quiero saber si puedes pasar para acá si yo cierro la puerta. A ver si puedes abrirla desde ahí.

–Está bien.

Israel 1 cerró la puerta del congelador e intentaron lo dicho, pero Israel 2 no pudo pasar.

–No se puede. -dijo Israel 2 después de que Israel 1 esperó algunos segundos y volvió a abrir la puerta- Cuando cerraste la puerta de aquel lado intenté empujarla, pero ya no había puerta, estaba solamente el fondo del congelador lleno de escarcha.

–¿De verdad? Bueno, ahora tú. Cierra la puerta de aquel lado y yo intentaré pasar.

Así lo hicieron.

–¿Y?

–Lo mismo. También se convirtió en el fondo de antes con la escarcha.

–Creo que sólo se abre el portal cuando los dos abrimos la puerta de cada lado. -expresó Israel 2-

–Muy bien, entonces ninguno de los dos debe abrir la puerta del congelador sino hasta las cinco de la tarde. Por si acaso, ya veré que me invento de este lado para convencer a Ximena de que no lo abra tampoco.

–Muy bien, entonces así lo haremos. Nos vemos a las cinco.
¡Suerte!

Israel 1 conoció la vida de su "yo" alternativo. Durante esas cuatro
horas se dedicó a explorar su casa, su familia, su barrio, sus cosas,
¡en fin! su estilo de vida.

Le dijo a Ximena que el refrigerador estaba fallando porque
Juanito había dejado caer, por accidente, una fórmula con una
sustancia extraña en el congelador, y que no debían acercarse a él
hasta que fuera revisado por un técnico especialista que iba a
contratar para que les dijera qué hacer, y así no arriesgarse.

Puso de pretexto que era una sustancia desconocida y que había
provocado una interrupción repentina en la corriente eléctrica.

Ximena estaba convencida de que tenía a su lado un hombre
precavido que tomaba cartas en el asunto y protegía a su familia de
cualquier situación riesgosa, los lentes de seguridad que se había
puesto eran el toque final de un encubrimiento perfecto… bueno,
casi perfecto.

Ella era muy cariñosa y apasionada, lo besaba como si fuera su
primer día de novios y no como alguien que lleva varios años
casada con su marido.

¡Israel 1 estaba en éxtasis con esas muestras de afecto. Aquello
superaba cualquier expectativa que hubiese tenido antes, mientras
miraba las fotos. Era increíble poder besar a aquella
despampanante rubia, tocar su cadera y su cintura, saborear sus
carnosos labios.

Pero Ximena sí notó algo extraño en Israel. Sin duda, para ella, era
su esposo. ¿Quién más podía ser? Pero sí le hizo algunos
comentarios sobre su aspecto y su forma de actuar un poco
extraña. Israel 1 le dijo que simplemente se había descuidado un
poco en los últimos días y que también estaba cansado porque
había estado trabajando mucho en el taller de carpintería.

Le prometió que pronto se daría un tiempo libre y tomarían unas vacaciones.

No tardó mucho en deslumbrarse con todo lo que Israel 2 poseía: su barrio, aunque era el mismo, tenía un aspecto mucho más amable, la gente se saludaba entre sí, los jóvenes se dedicaban a las artes y a los deportes. Nadie por ahí andaba de vago, sino por el contrario, todos hacían algo por la comunidad y conservaban su hogar limpio y bonito, al igual que las calles. Al caminar, la gente lo reconocía y lo saludaban con dulzura, le preguntaban por su familia, menos don Leandro. Hasta se dio el lujo de manejar el coche de Israel 2 y dar un paseo por otros lugares de la ciudad, también conoció a Juanito, igual de entusiasta que su propio hijo, pero mucho más alegre, como si esa chispa de optimismo infantil jamás fuese a extinguirse.

¡En fin! Israel 2 lo tenía todo: una casa sencilla pero hermosa y cuidada, un auto en perfectas condiciones, vecinos agradables, condición física y una familia que lo adoraba.

¿Cómo podía ese cretino tenerlo todo y ser tan feliz? ¡Ellos eran casi iguales! Pero la vida había sido injusta con Israel 1, lo había puesto en la versión fea. Se quejaba de ello en secreto de regreso a casa. Había salido otra vez a dar un paseo por el vecindario a pie, esta vez con Juanito y un perro que tenían de mascota. Era un Golden Retriever muy alegre, Juanito jugaba con él mientras caminaban y acariciaba su pelo suave. Hablaba con el que creía que era su papá, le contaba que iba a enseñarle algunos trucos al perro y que de grande iba a tener muchos más perros.

Israel 1 no le hacía mucho caso al niño, pensaba en lo injusta que había sido su vida hasta entonces, y caminaba con desánimo y decepción.

Mas, si la vida había sido injusta con él… ¿Por qué no ser injusto?

Al llegar a casa, mandó a Juanito a su cuarto a hacer la tarea, Ximena estaba en el patio grabando un video de ejercicios para su vlog.

Se dieron las cinco en punto. Era hora de abrir el congelador. Israel 1 se aproximó al refrigerador, que era del mismo modelo que el de su casa, pero de un color más alegre y vivo.

–¡Hey! ¡Hola, amigo! -exclamó Israel 2, tan risueño como siempre- ¡qué bueno verte de nuevo! ¿Te gustó mi casa?

–Tu casa y todo lo demás. -contestó Israel 1, serio, pero con una pequeña sonrisa misteriosa-

–¡Qué bien, amigo! Tu hogar no está nada mal, y tienes una linda familia.

Hubo un silencio. Israel 1 no decía nada, pero seguía sosteniendo la manija de la puerta del congelador con la mano derecha.

–¡Bueno, es hora de regresar a nuestro lugar! -dijo Israel 2, y acto seguido volteó la mirada para localizar una silla y colocarla cerca del refrigerador, para ayudarse a subir.

–Me temo que eso no se va a poder, amigo. -dijo Israel 1, esta vez con una sonrisa confiada en su rostro-

Israel 2 se asustó.

–¿De qué hablas?
–Pues, mira, sucede que me gusta un chiiiiingo tu vida, ¿y qué crees? Me la quedo.

Israel 1 estaba atónito, y después de pasar saliva y recuperarse un poco de esas palabras de cinismo, se rio con un gesto de incredulidad.

–Oye, amigo…

–¡De verdad! ¿Sabes qué? ¡Te felicito! Tu esposa es un bomboncito; la mía es gorda y fodonga. Tu carro está como nuevo y funciona siempre; el mío es un puto cacharro viejo que siempre me deja por ahí botado… y ¡bueno!, muchos otros detalles que tú ya sabes, pero te haces güey.

–A ver, Israel, vamos a calmarnos, no puedes hablar en serio…

–No es ninguna broma, querido amigo Israel. Voy a tomar tu lugar.

–¡No, no me hagas eso! ¿Qué piensas hacer…? Estás loco. ¡Teníamos un trato!
¡¡¡NO PUEDES HACERME ESTO!!!

–¡Oh, sí que puedo! Adiós.
–No. ¡No, no, no, no, no! ¡Espera! ¡¡¡ESPERA!!!

Israel 1 cerró la puerta del congelador tranquilamente, confiado en que Israel 2 no tendría tiempo para acomodar la silla, y mucho menos para subirse a ella y trepar para poder pasar.

Acto seguido, desconectó el refrigerador de la corriente eléctrica y corrió hacia su recámara.
Recordó dónde había guardado su caja de herramientas y esperó que este Israel también la hubiese dejado donde mismo.

Para su buena suerte, ahí estaba. Y contenía casi las mismas cosas, sólo que esta, desde luego, era una caja mucho más moderna, limpia y ordenada.

Inmediatamente localizó una cinta industrial de color gris, de esas que son gruesas y resistentes. La tomó y aprovechó la oportunidad para asomarse a la ventana y asegurarse de que Ximena seguía en el patio grabando su video en el patio de atrás.

Y así fue, Ximena le hablaba a su audiencia a través de la cámara, montada en un tripié, dando instrucciones mientras hacía estiramientos para reafirmar los glúteos.

–¡Uy, mi reina! -exclamó Israel 1 con un gesto lascivo-

Pronto salió de su embeleso y fue corriendo nuevamente hasta la cocina, movió el refrigerador hacia adelante y comenzó a sellar la puerta del congelador de una forma brusca y atropellada, dándole varias vueltas con la cinta industrial. Hizo lo mismo en la puerta de abajo, luego amarró también el cordón eléctrico al aparato con cinta.

Lo arrastró y se lo llevó en el carro, fue hacia un lugar remoto y lo lanzó por un barranco.

A Ximena le dijo que lo había llevado a reparar con un amigo suyo que era técnico, le pidió a Juanito que tuviera más cuidado con sus experimentos y que ya no metiera fórmulas al refrigerador, lo hizo de una forma paternal y cariñosa para no levantar sospechas.

Días después, le dijo a Ximena que su amigo técnico le había dicho que el refrigerador no tenía arreglo y que se había deshecho de él.

–No te preocupes, después compramos uno nuevo.

–¿Después? -dijo Ximena- Mi amor, no. Mejor comprémoslo ya. Es un fastidio esto de tener las cosas de comida en la hielera o en casa de la vecina.

–Amor, ¿pero con qué dinero? -preguntó Israel-

–¡Ay, amor! No seas así, ¡es muy necesario! Yo sé qué tienes todo tu dinero invertido y que no te gusta gastar demasiado, pero esto es algo primordial, ¿no crees?

Fue así que Israel descubrió que en esa realidad tenía fuertes sumas de dinero invertidas. Algunas en negocios y otras en la bolsa de valores.

No solamente compró un refrigerador carísimo y de última generación, sino que además empezó a despilfarrar el dinero y a emborracharse.

Sabía algo de carpintería porque aprendió en la secundaria, pero no era suficiente para manejar el taller, ni tampoco tenía ganas de continuar trabajando en él, así que lo vendió.

Era como si por fin le estuviese reclamando a la vida lo que, según él, le había negado por tantos años. ¡Ahora simplemente era momento de disfrutar! No era momento de preocuparse más por tonterías.

El sexo con Ximena era espectacular, jamás imaginó tener a una mujer así, y que fuera su esposa. Sin embargo, cuando comenzó a aburrirse de ella, no sólo dejó de prestarle atención, sino que también la trataba mal.

También empezó a aburrirse de sus hijos, aunque en esa realidad ya se llevaban mejor, de cierta forma le fastidiaba que fueran "tan perfectitos".

A Gabriel llegó a decirle que esa estupidez de la filosofía no servía de nada, y que mejor debería salirse de la universidad y comenzar a trabajar, que podían abrir juntos un taller mecánico y ser socios, porque "no hay mejor inversión que un negocio propio". Gabriel no aceptó.

Ya ni se diga de los vecinos, a quienes trataba como basura, pero se volvió amigo del viejo Leandro. Un día, simplemente fue a su casa para sacarle plática, y a don Leandro le cayó bien por el solo hecho de que nunca, en todo el tiempo que tenían de conocerse en ese universo, lo había escuchado decir palabrotas, y esta vez lo sentía "más auténtico".

Juntos se ponían unas borracheras de aquellas, incluso por la mañana y en días laborales, se burlaban de los vecinos que pasaban por enfrente de la casa de Israel, les gritaban que eran unos estirados y falsos.

Israel se regodeaba de que, sin andar bien vestido y sin tener la educación que tenían muchos de ellos, o su "trabajo estable de oficina", podía permitirse comprar lo que él quisiera: muebles de lujo, electrodomésticos de última generación, relojes de pulsera caros, un equipo de sonido impresionante y hasta un auto nuevo.

También tomó la costumbre de comprar cualquier cantidad de porquerías en internet por el simple placer de hacerlo o porque le llamaba la atención algún detalle de esos objetos, aunque no los necesitara.

Las juntas vecinales en las que su versión anterior en ese universo era un activo participante comenzaron a aburrirle sobremanera, le parecían un trámite molesto y un estandarte social. Por esto, cada muestra de amabilidad o de cortesía que los vecinos le mostraban le parecían un disfraz de algo oscuro, un intento por ocultar sus verdaderas opiniones sobre él, que seguramente no eran para nada positivas. La raíz de tal creencia era que cada vez que él proponía algo, nadie estaba de acuerdo con él, nadie lo apoyaba, únicamente hacían énfasis en que había cambiado mucho. A veces le decían directamente que sus ideas eran descabelladas y que no aportaban nada a la comunidad.

Él se fue alejando cada vez más del grupo, los tachó a todos de hipócritas y mezquinos. Su desinterés fue escalando desde no participar en las pláticas, bostezando a propósito cada vez que alguien participaba, a llegar tarde o faltar, o llegar con aliento alcohólico, y, finalmente, a mandar a todos al diablo y dejar de pertenecer al consejo.

Muchos meses después, Ximena ya no pudo más y lo enfrentó.
Le reclamó y le hizo ver tantas cosas, que Israel terminó llorando y pidiéndole perdón.
Ximena también lloraba y le decía que simplemente no podía entender porqué había cambiado tanto.
Israel sintió el sufrimiento de ella, tenía miedo de perderla.

Juntos intentaron darse una segunda oportunidad, pero Ximena le dijo que, si realmente quería que lo perdonara, tendría que pedirle perdón a sus hijos también, por su indiferencia y su mala actitud.

Israel aceptó y reunió a toda la familia. Para compensar un poco todo lo que había pasado antes y reconciliarse por completo con su esposa, se los llevó de vacaciones a la playa.

En ese viaje pudo conocer un poco más de cada uno de ellos, tuvieron conversaciones agradables y fueron una verdadera familia, aunque el gusto duró poco.

Israel comenzó a jugar en un casino que estaba cerca del hotel donde se hospedaban. Se encerraba ahí por horas, tratando de ganar, se obsesionó tanto que descuidó otra vez a su familia. Ximena, Gabriel y el pequeño Juanito caminaban juntos por playa, se divertían sin él. Así era durante todo el día.

Israel apostó y perdió prácticamente todo su dinero. Esto, aunado al hecho de que había descuidado el buen camino de sus inversiones y que llevaba meses sin trabajar con el pretexto de que "ya habrá tiempo para eso después", lo dejó económicamente arruinado.

Llegó el momento de regresar a casa y se montó con su familia en el flamante auto nuevo que se había comprado. Estaba ebrio y furioso. Durante su trayecto reinaba el silencio, nadie se atrevía a comentar nada porque, horas atrás, Gabriel le había dicho a su padre que lo había visto tomar demasiado en el hotel, y que lo mejor sería que le diera las llaves del auto para que él lo manejara.

Gabriel le gritó que estaba loco, que ni soñara que iba a conducir su auto. Ante la insistencia de su hijo, Israel se enojó y le dijo que se callara y que él sabía lo que hacía. Le dio un empujón y Gabriel cayó de espaldas sobre la arena.

Aquello superaba todo. Nunca lo habían visto así, ni siquiera en los últimos meses.

Israel pudo burlar a las autoridades, pero no a la tragedia: sufrieron un accidente donde murió toda su familia.
Él quedó con grandes lesiones de las que tardó mucho tiempo en recuperarse. Tuvieron que amputarle una pierna.

El médico y las autoridades del estado de California le prohibieron volver a consumir alcohol, además tuvo que pagar una fuerte multa para no ir a la cárcel.

Don Leandro, su único amigo, era quien lo visitaba todos los días y le compartía algo de su comida. Se ponían a ver televisión y a platicar por largas horas, reflexionando sobre "las trampas de la vida". Juntos montaron un taller mecánico ahí mismo, en casa de Israel, que resultó ser un total fracaso.

Israel tuvo que vender muchas de sus cosas para poder pagar la cuenta del hospital y sus tratamientos.
En cuestión de semanas, se encontró peor de lo que estaba antes de descubrir ese universo alternativo.

Uno de esos días por la mañana, estando solo en la cocina, la cual ahora se encontraba abandonada y sucia, se aburría en su silla de ruedas pensando mientras se llevaba a la boca montones de comida chatarra que tomaba con la mano directamente de la mesa.

Volteó a observar el refrigerador, uno que compró usado, casi en las últimas, y se preguntaba:

–¿qué habrá hecho mi otra versión en el que solía ser mi universo? ¿qué habrá sido de él?

Ese mismo día, Israel 2 estaba llegando a la que ahora era su casa, llevaba unas bolsas que contenían dulces y comida. Era el cumpleaños de Juanito.

Justo al llegar a la puerta, se encontró a un vecino que iba pasando y lo saludó.

–¡Hola, vecino! ¿Cómo está? Qué gusto verlo.

–Muy bien, vecino, ¿y usted? -contestó Israel 2-

–Bastante bien. De hecho, todo el vecindario ha estado mucho mejor desde la creación del comité vecinal que fue su idea. ¡Y pensar que al principio estábamos renuentes! No cabe duda de que tenemos al mejor líder.

–Bueno, vecino, yo sólo cumplo con mi deber.

–¡No sea usted modesto! Fue usted quien cambió la visión de todos nosotros, que únicamente nos limitábamos a vivir aquí, ¡y a veces a quejarnos! pero no tomábamos acción para cambiar las cosas. Recuerdo que todo comenzó cuando nos propuso que hiciéramos una brigada para recoger basura y que cooperásemos de forma voluntaria para comprar pintura y cubrir los grafitis, así como también presionar al gobierno para que haya más vigilancia.

 Muchas gracias por el reconocimiento, ¡y lo que nos falta todavía! Hay muchas cosas por hacer.

–¡Desde luego! ¿Cuándo será la próxima junta?

–Yo les aviso. Probablemente la próxima semana.

–Muy bien, muy bien. ¡Cuente conmigo para lo que sea!

–Muchas gracias.

–Estaba viendo que pintó su casa, ¡quedó muy bonita!

–Ah, sí. Es que vendí el coche viejo que tenía y con el dinero hice algunos cambios. Realmente ahorita no necesito un coche y el que tenía me daba mucha lata. También me deshice de muchas cosas que nunca usé y estaban por ahí acumuladas, algunas nuevas, dentro de su empaque y todo.

–Sí, en la venta de garaje, ¿no?

–Así es.

–Sí, recuerdo eso. Yo vine y compré algunas cosas también ese día, igual que muchos vecinos. ¡Fue todo un éxito!

–¡Vendí todo! Y el dinero de las ganancias lo invertí en varios negocios y abrí un fondo de ahorro para la universidad de Juanito.

–¡Qué niño más inteligente! Yo pienso que tiene un gran futuro, hace bien en pensar en eso desde ahora.

–Sí, tengo que hacerlo. A Juanito le entusiasma mucho la Química. ¿Sabe? Antes lo molestaban por eso en la escuela, pero ya lo he notado más seguro, lo he enseñado a defenderse y enfrentar a sus bullies. Ha seguido mis consejos, sin llegar a ser violento, y todo ha ido mejor. Eso le ha dado autoconfianza.
–Me alegro.

–Es por él también que me decidí a abrir mi taller de carpintería, desde que renuncié al taller mecánico he estado en trabajos eventuales que no me dejan muchas ganancias. La idea del taller la traigo en mente desde hace un tiempo, y ya casi reúno todo el dinero necesario.

–¿De verdad? ¡Hombre, vecino, me da muchísimo gusto por usted! ¿Y ya sabe dónde va a ubicar su taller? Quiero ser su primer cliente.

–Pues estaba pensando en la casa donde vivía antes don Leandro. Es un buen punto.

–¡Qué bueno que se fue de aquí para siempre ese viejo gruñón! Era muy grosero con todos.

–Es verdad. En algún tiempo fuimos amigos, pero ya no más. Y desde que ya no le permití que entrara a mi casa, se amargó y se aisló más, hasta que terminó por irse y vendió esa casa. Ahora el nuevo dueño la está rentando y ya hablé con él porque me interesa para mi negocio.

—¡Pues mucho éxito vecino! ¿Y esas bolsas? Digo, si se puede saber. Jajaja, ¡qué metiche soy!

—Son dulces y otras cosas para la fiesta de Juanito, ¡es que hoy es su cumpleaños! Y le estamos festejando con una pequeña fiesta, ¿quiere acompañarnos?

—Claro. Gracias por la invitación.

—Pase usted.

Ambos entraron a la cocina, donde estaban todos celebrando, pusieron las cosas sobre la mesa y Juanito, que ya había partido el pastel y comido una rebanada, jugaba con dos amiguitos, mientras Lorna conversaba alegremente con otros invitados.

La cocina, como la casa en general, estaba muy cambiada. Todo parecía de lujo.

De pronto, llegaron también Gael y su esposa, Israel fue el primero en recibirlos con un fuerte abrazo.
Fue ahí que aprovecharon para darles la feliz noticia de que la esposa de Gael estaba embarazada, a lo que todos respondieron con alegría y felicitaciones.

Las amigas de Lorna la elogiaban diciéndole que tenía un cuerpazo y que se veía muy elegante y bonita, que había cambiado mucho y para bien.

—Es porque Israel me propuso que fuéramos al gym juntos y que corriéramos por las mañanas. Los dos nos hemos puesto en forma. -expresó Lorna-

—Y no solo eso -dijo una de sus amigas- tu casa es diferente, y se ve muy bonita así, con todos estos muebles nuevos tan hermosos, ¡esa alacena, por ejemplo! ¿dónde la compraron? ¿y el comedor? ¡Cielos, me encanta!

Lorna se rio.

–¡Son los mismos de siempre!

–¡No! No te creo.

–De verdad. Israel los remodeló y los pintó, hizo un excelente trabajo. Ha cambiado mucho, ¡ya hasta dejó ese maldito vicio del alcohol! Y su cambio me motivó a mejorar yo también, por eso conseguí empleo y cambié mi aspecto. ¡Él es otro! Y me ha demostrado que me ama.
Entre risas y alegres pláticas, Israel 2 se sentó a la mesa para comer una rebanada de pastel, y mientras los demás continuaban con el festejo, volteó y se quedó viendo hacia el refri, que era el mismo, pero de otro color y muy limpio. Habían pasado más de 8 meses desde aquel encuentro, y pensó:

–¿Cómo le iría al otro Israel? ¿Volveré a verlo algún día al abrir la puerta del congelador?

Pronto, disipó esos pensamientos y gritó:

–¿Quién quiere jugar Monopoly?